MA LISTE DE RÈGLES

JENNIFER SUCEVIC

1

Carina

— Qu'est-ce que tu fiches ici, Fischer ? résonne une voix profonde derrière nous.

Pas besoin de me tourner.

Je sais exactement qui je vais trouver.

Je possède une sorte de sixième sens pour flairer Ford Hamilton. Et je déteste ça, viscéralement ! S'il existait un truc pour éteindre les flammes qui se réveillent chaque fois qu'il est dans les parages, je saisirais l'occasion sans attendre.

C'est peut-être du vaudou qu'il me faut. Ou bien un exorcisme. Quelque chose qui l'éradiquera de mes pensées une bonne fois pour toutes.

Je laisse échapper un soupir exaspéré. Je savais qu'inviter Justin à cette fête était une erreur. Ou plutôt un accident. On s'est croisés au centre étudiant il y a deux jours et il m'a demandé si je voulais qu'on se retrouve quelque part. Quand j'ai mentionné la fête, il m'a proposé de passer me prendre et voilà ! On est dans la place.

Justin serre les dents tandis qu'il se redresse de toute sa taille, c'est-à-dire une dizaine de centimètres de moins que mon ex-demi-frère. Impossible de me retenir de comparer ces deux mecs alors qu'ils se mesurent l'un à l'autre. Justin est un joueur de base-ball et il

1

est plus mince. Ford joue au hockey. Il est ciselé et musclé. La façon dont ses biceps ressortent…

Je me force à réprimer le petit frisson qui tente de me dévaler l'échine.

N'y pense même pas, Carina. C'est exactement comme ça que tu te retrouves dans la mouise.

À tous les coups.

— On m'a invité.

Ford fusille l'autre mec du regard en croisant les bras. Le geste fait paraître son corps encore plus large. Cela suffit à me rendre la bouche pâteuse.

— Qui ?

Le fait notoire que j'aurais dû prendre en compte est que les joueurs de hockey et de base-ball sont comme chat et chien. Aucune des équipes de sport de Western ne s'entend vraiment. Inévitablement, tout dérape en un concours de force.

Croyez-moi, on s'en lasse vite.

Cinq minutes plus tôt, quand j'ai franchi la porte en compagnie de Justin, j'ai songé que ce n'était probablement pas la meilleure idée du monde. Mais c'était bien trop tard pour y faire quoi que ce soit. J'avais espéré pouvoir éviter Ford toute la soirée, mais clairement, ce plan a eu l'effet contraire.

L'énervement qui assombrit son visage m'informe que ça vient de foirer spectaculairement.

Essayant clairement d'asticoter Ford, Justin enroule un bras autour de moi avant de se fendre d'un sourire suffisant.

— Carina.

Ford montre les crocs puis me perce d'un regard glacial. Si j'étais moins têtue, je tremblerais dans mes Jimmy Choo.

— Ce n'est pas *sa* fête, énonce-t-il d'une voix glaciale. Tu devrais peut-être nous faire une faveur à tous et te casser.

Justin tourne juste assez la tête pour effleurer le côté de mon visage du bout des lèvres. C'est comme s'il essayait de le provoquer.

— Non. Je n'en ai pas l'intention.

La fête est bondée et les battements sourds de la musique

frappent contre les murs de la maison. La tension monte rapidement en flèche jusqu'à se faire suffocante.

Mes muscles se contractent, anticipant la bagarre qui semble sur le point d'éclater. C'est quasiment une procédure standard à une fête de hockey. Ce serait même étrange si ça n'arrivait pas.

Les yeux de Ford s'assombrissent et son expression se fait rageuse. Alors qu'il a l'air à deux doigts de perdre la tête et de balancer le premier coup de poing, il me regarde brusquement dans les yeux et me demande, les dents serrées :

— Je peux te parler dehors ?

Mes joues s'empourprent tandis que les gens tournent la tête dans notre direction pour essayer de voir ce qu'il se passe. Les bagarres ont beau être monnaie courante, ils veulent tous être aux premières loges.

Je plisse le front, essayant de le convaincre télépathiquement de passer à autre chose.

— C'est vraiment nécessaire ?

— Absolument.

Son visage reste braqué vers le mien alors qu'il désigne la porte de derrière d'un mouvement sec du menton.

— Allons-y.

J'ai du mal à détourner l'attention de lui pour regarder mon rencard de ce soir.

— Donne-moi une minute. Je reviens tout de suite.

Je coule alors un autre regard à mon ex-demi-frère.

— Apparemment, Ford a décidé d'être un connard inhospitalier ce soir.

— C'est un connard tous les soirs, réplique Justin avec un sourire narquois.

Avant que je puisse en convenir, les doigts de Ford se referment sur mon poignet. Il n'en faut pas plus pour qu'un frisson file le long de ma peau et que le duvet délicat de ma nuque se hérisse. Son regard accroche le mien et en scrute les profondeurs pendant une seconde avant de se diriger vers le joueur de base-ball. Il lui adresse un dernier regard hostile avant de m'entraîner au loin. Ford fend la foule comme s'il était Moïse qui écartait la mer Rouge. Les gens s'écartent rapidement de sa route, ne voulant pas se faire renverser dans le mouvement. On met moins d'une minute pour atteindre la porte de derrière par laquelle il me pousse dans l'air froid de la nuit.

Sa proximité fait sauvagement battre mon cœur contre mes côtes.

Depuis qu'on s'est rencontrés, l'été avant la seconde, son contact m'a affectée.

Je déteste ça.

Je déteste le fait qu'il soit le seul capable de me provoquer des petits nœuds douloureux dans le ventre.

Autrefois, je rêvais d'être le plus proche de lui que possible.

À présent, c'est tout le contraire.

J'ai envie de placer le plus de distance possible entre nous, ce qui n'est pas chose facile vu que nous sommes voisins. Parfois, j'ai l'impression que je ne peux aller nulle part sur le campus sans croiser Ford.

Un autre point de discorde ?

Ce mec est bien trop *caliente*. Ses cheveux décoiffés couleur café sont longs sur le dessus et rasés sur les côtés. D'un miel doré, la couleur de ses yeux attire les filles sans méfiance et les prend au piège comme une fleur carnivore.

Pour être transparente, j'en ai fait l'expérience en personne.

Je n'en suis pas fière.

Un faux pas malheureux et tu dégringoles dans un trou dont tu ne ressors jamais…

Son T-shirt embrasse sa poitrine sculptée comme une seconde peau. Quand il revient du centre athlétique, son jogging posé bas sur ses hanches minces, découvrant le V ciselé qui disparaît sous le tissu en coton, les filles amourachées perdent la tête.

Ce que j'essaye de dire est qu'il est comme de l'herbe à chats pour les filles du campus.

Non, ce n'est pas le terme approprié.

Elles ne sont guère plus qu'un troupeau de groupies des patinoires.

Western en regorge.

Cela dit, toutes les équipes de sport masculines ont leurs groupies et leurs fan-clubs.

Simplement, le hockey en compte le plus. Tout le monde veut sortir ou coucher avec un hockeyeur.

Pourquoi les filles du campus deviennent-elles légèrement – d'accord, très – stupides quand elles croisent un mec qui sait manier la crosse ?

On ne le saura jamais, un peu comme le nombre de coups de langue qu'il faut pour arriver au milieu d'une sucette.

Incapable de supporter l'intensité de son contact, je retire brusquement la main. Mes doigts massent la peau de mon poignet qui me donne maintenant l'impression d'avoir été incendiée. Ça ne me surprendrait guère si je trouvais l'empreinte de sa main tatouée ici pour l'éternité.

Avec un froncement de sourcils, je bats en retraite sur quelques pas, essayant de placer une distance de sécurité entre nous. Une distance qui empêcherait son parfum boisé d'enrouler sournoisement ses volutes autour de moi et de faire des choses bizarres à mon ventre.

— C'est quoi, ton problème ?

Je lui décoche une seconde question avant qu'il ait le temps de réagir.

— Tu as perdu la tête ?

Au lieu de répondre, il m'en pose une autre.

— Qu'est-ce que tu fais avec ce connard de joueur de base-ball ?

— Ça ne te regarde absolument pas.

Son expression se durcit, devenant encore plus formidable.

— Ne te fais pas d'illusion. *Tu* me regardes et ça ne changera jamais.

Ça suffit pour me déclencher une vague de colère. J'inspire profondément, accueillant l'accès de fureur qui réduit à néant l'attirance qui crépite dans l'air électrisé.

Je cale mes poings sur mes hanches et gronde :

— Comment ça ?

— On est demi-frère et sœur.

— Non, certainement pas. Nos parents ne sont plus mariés.

J'ajoute ce détail parce que je sais qu'il va le tarauder et le contrarier. Et pour l'instant, je n'ai pas d'autre artillerie à mon arsenal.

— Quant à ton père, je le considère toujours comme un parent.

Sa joue se contracte. Un muscle y palpite à un rythme effréné alors qu'il serre les dents.

— Mais pas moi ?

Il y a une seconde de silence malaisant alors qu'il scrute mon regard. Pendant un instant, je me demande si je l'ai vraiment blessé.

— C'est ce que tu essayes de me dire ?

Bien malgré moi, je ressens une bouffée de culpabilité.

Comme je ne réagis pas, il s'avance, envahissant mon espace personnel et faisant caracoler mes sens. J'ai beau être grande et faire plus d'un mètre soixante-dix, j'ai besoin de lever le menton afin de soutenir son regard fixe. Dans l'obscurité de velours qui nous entoure, je cours le risque de me noyer dans ses profondeurs dorées.

Pourquoi lui ?

Pourquoi est-il le seul mec à avoir élu résidence à l'intérieur de mon cerveau, refusant de se faire expulser ?

C'est frustrant. Particulièrement parce que je préfère ne ressentir absolument rien pour Ford Hamilton. J'ai beau avoir envie de tourner les talons et de m'enfuir, je refuse de céder. Je lui tiens plutôt tête.

Bien entendu, sans cesser de retenir mon souffle.

— Réponds à la question.

Sa voix est faussement calme.

— Nous ne sommes pas parents ?

Je détourne le regard, me concentrant sur les petits groupes de gens qui fument du shit dans le jardin. L'odeur fétide de la beuh s'attarde lourdement dans l'air glacial.

— Carina ? lance-t-il.

Je me force à soutenir à nouveau son regard après avoir mis sous clé toutes mes émotions chaotiques.

— Non. On ne l'est pas.

Je lis un éclair de douleur dans ses yeux, rapidement remplacé par le masque narquois de l'indifférence.

— Malheureusement pour toi, ce n'est pas si facile de se débarrasser de moi.

C'est absolument vrai.

Ce serait plus facile si c'était le cas.

Partout où je vais, il est là. Ce mec est comme une MST incurable.

Une maladie grave, avec des pustules purulentes.

Incapable de tolérer une seconde de plus de notre proximité rapprochée, je fais un pas en arrière. Alors que je m'apprête à en faire un autre, il tend les mains qu'il resserre sur mes biceps avant de me tirer en avant pour m'écraser contre les muscles d'acier de sa poitrine.

L'air reste bloqué au fond de ma gorge alors que je lève vers lui des yeux immenses et incrédules.

— Qu'est-ce que tu fais ?

Autrefois, je permettais à Ford de me toucher chaque fois qu'il le désirait.

Je me délectais de la sensation de ses mains.

Ce n'est plus le cas.

S'il aime me provoquer, il garde généralement ses mains pour lui.

Son regard enflammé se pose sur mes lèvres.

— Je n'en suis pas certain.

La confusion dans sa voix suffit à faire caracoler mon cœur. Alors que je suis à deux doigts de m'évanouir par manque d'oxygène, mon organe reprend du poil de la bête avant de battre à un rythme effréné contre ma cage thoracique.

Pendant des années, je me suis échinée à réprimer mes émotions envers Ford. La dernière chose dont j'ai besoin est qu'il pénètre les murailles que j'ai érigées afin de le tenir fermement à distance. Je ne lui permettrai jamais de détruire le peu d'autoprotection qu'il me reste. C'est la seule chose qui me permet de dormir sur mes deux oreilles.

Dans un retournement imprévu, il murmure :

— Action ou vérité.

La nervosité explose dans mon ventre alors que son souffle chaud caresse mes lèvres entrouvertes.

Je ne peux que le regarder, choquée.

C'est un jeu auquel on jouait au lycée. Des défis stupides et des vérités que je n'aurais jamais révélées à personne d'autre qu'à lui. Après m'avoir ignorée et repoussée, il n'a jamais révélé le moindre de mes secrets.

C'est étrange. Même quand on s'envoyait des piques, je savais qu'il n'utiliserait pas contre moi les informations que je lui avais confiées. Il les a tenues sous clé.

Il arque un sourcil.

— J'attends, ma jolie. Qu'est-ce que ce sera ? Action ou vérité ?

Ma jolie.

C'est ainsi qu'il m'appelait il y a plusieurs années.

J'inspire en tremblant, consciente qu'il serait sage de me libérer de sa prise et de partir avant qu'il n'arrive autre chose. On s'aventure dans un territoire dangereux. Je peux pratiquement entendre la glace craquer sous nos pieds, se fissurant, s'affaiblissant. À tout moment, je vais me briser et on plongera tous les deux dans des profondeurs troubles où personne ne nous retrouvera jamais.

— Action.

C'est stupide.

Stupide.

Stupide.

Je joue avec le feu et j'en ai conscience.

— Passe les bras autour de moi et fais semblant que je suis le seul à qui tu as pensé.

Ma bouche se dessèche.

Quand je reste figée sur place, il dit d'une voix rauque :

— Je ne t'ai jamais vue refuser un défi.

Ne le fais pas.

Va-t'en, tant que tu en as l'occasion.

Au lieu d'écouter la voix de la raison, mes paumes se posent contre les lignes d'acier de sa poitrine avant de remonter et de s'enrouler autour de son cou comme si je m'y accrochais désespérément.

Nos regards se croisent sous le clair de lune argenté tandis que des gens rient et discutent autour de nous. Je suis collée si fort à lui que je ressens toutes les oscillations de sa poitrine. C'est un choc de découvrir qu'il n'est pas affecté par ce qu'il s'est passé entre nous.

— Merde, Carina, murmure-t-il en baissant les yeux vers mes lèvres.

Mon cœur accélère alors que son visage se rapproche. Quand je suis convaincue qu'il va franchir la distance entre nous et m'embrasser, quelqu'un crie son nom.

Je sursaute et quitte son étreinte d'un bond. Nos regards restent accrochés l'un à l'autre alors que mes doigts volent jusqu'à mes lèvres.

— Carina !

Je tourne les talons et retourne rapidement vers la maison.

Vers la sécurité.

Je me passe les doigts sur les lèvres une deuxième fois. Je n'arrive pas à croire que cela soit presque arrivé. Alors que j'ouvre la porte de force, la voix profonde de Ford fend l'air nocturne et me fait piler net.

— Reste bien à l'écart de Justin. C'est compris ?

Au lieu de répondre, je fais la seule chose dont je suis capable et me glisse à l'intérieur.

2

Ford

Je porte la petite bouteille de bière brune à mes lèvres et en avale une grande gorgée alors que mon regard reste braqué sur la blonde fougueuse. Au lieu d'écouter mes mises en garde, elle est restée collée à ce connard pendant toute la soirée.

Putain… Elle est probablement avec lui parce que j'ai ouvert ma grande gueule et que je lui ai dit de rester à l'écart.

J'aurais dû la fermer.

S'il y a une chose que Carina aime, c'est la contradiction.

Particulièrement envers moi.

Si je dis à gauche, elle insiste pour aller à droite.

Si je dis noir, elle soutient que c'est blanc.

Quand elle est entrée en traînant Justin derrière elle, je me suis dit que je garderais mes distances.

Mais c'est difficile.

C'est si difficile de la voir avec d'autres mecs !

Particulièrement alors que je ne pense qu'à la toucher.

J'avale une autre gorgée alors que Justin la serre contre elle. Je dois replier les doigts et faire craquer les os de mon cou afin de détendre un peu la tension et m'éviter de péter une durite. Je dois invoquer toute ma retenue pour ne pas me jeter sur lui et casser la figure de ce con.

Ce mec n'est vraiment pas assez bien pour Carina.

Je suis pote avec Demi Richards depuis la deuxième année de fac. Elle était sortie avec lui au début du semestre et l'avait surpris en train de se faire sucer pendant une fête. Nul besoin de dire que leur relation s'était terminée abruptement. Peu de temps après, la jolie footballeuse avait commencé à sortir avec Rowan Michaels, le quarterback star de l'équipe de son père.

C'est un chic type.

Il a beau être footballeur, on a toujours été amis.

On vivait au même étage pendant la première année.

— Désolé de te dire ça, mais si tu veux scorer ce soir, cette grimace ne va pas t'aider, dit Colby McNichols. Tu fais fuir toutes les petites chéries.

J'avale une autre gorgée en étranglant un rire. Ma tentative de noyer mon chagrin dans l'alcool ne fonctionne pas. Je suis toujours en colère.

— Qui a dit que je voulais scorer ?

Il sourit, creusant ses fossettes. La fille qui se tient à un mètre de nous en reste bouche bée. Je serais prêt à parier que sa culotte vient de s'embraser.

Je lève les yeux au ciel.

On ne l'appelle pas l'assassin au visage poupin pour rien.

Je n'ai jamais vu quelqu'un se taper autant de meufs que Colby.

Il les fait tomber comme des mouches.

Il n'a qu'à dégainer ses fossettes et les filles s'écroulent sur le dos, les jambes écartées, sans poser de questions.

S'il tire profit de son charme adolescent ?

Chaque fois qu'il en a l'occasion.

Et pourquoi pas, après tout ?

Depuis que je le connais, il a toujours été célibataire. Je doute qu'il s'engage un jour dans une relation. S'il existait une compétition du plus gros tombeur sur le campus, il l'emporterait haut la main.

Alors que Colby lui adresse un sourire charmeur qui affiche ses deux fossettes, elle paraît frôler l'évanouissement.

— Tu es vraiment sans honte, tu le sais ?

Son sourire s'élargit et il porte la bière à ses lèvres pour en avaler une longue gorgée.

— On doit bien donner à ses fans ce qu'elles désirent.

— Incroyable, marmonné-je.

— Hé.

Je jette un regard à Bridger qui abaisse davantage sa casquette de base-ball afin qu'on distingue à peine la partie supérieure de son visage.

— Qu'est-ce qu'il t'arrive ? On dirait que tu es incognito.

Dès que la question me sort de la bouche, je me remémore les textos qui sont apparus sur le système de messagerie de l'université. Ils sont envoyés directement à tous les étudiants et les employés de Western. La dernière fois que c'est arrivé, il s'est pris un savon par le chancelier qui – manque de bol – est également son père.

Après coup, il a été d'une humeur affreuse pendant plusieurs jours.

Bridger a toujours été une personne privée. Avant cette histoire, je ne m'étais jamais rendu compte que son père était un tel trou du cul. Il a discrètement demandé à quelques amis pros de l'informatique de se pencher sur le problème. Jusque-là, aucun d'eux n'a été capable de découvrir qui a piraté le système et communiqué sa vie privée partout sur le campus. Un message est posté toutes les semaines, avec une régularité de métronome. Je me sens mal pour lui. Ça pue, comme situation.

Il pince le coin des lèvres.

— Oui, quelque chose comme ça.

— Désolé, mon pote. J'ai parlé sans réfléchir.

Il accepte mes excuses avec un haussement d'épaules avant d'observer la fête qui bat à présent son plein. J'ai la sensation qu'il perçoit chaque personne comme un suspect potentiel.

Je l'imite, scrutant tous les visages comme s'ils regardaient dans notre direction.

— Tu penses qu'il pourrait être là maintenant ?

— Je n'en suis pas certain. C'est ce que j'espère découvrir avant qu'on poste un autre message.

— Tu sais qui ça peut être ?

Il me décoche un regard froid. La lueur dans ses yeux est celle que je vois sur la glace quand on joue contre des rivaux du même niveau.

— J'ai quelques théories.

— Tu veux bien m'en faire part ?

— Pas avant d'avoir plus de preuves.

— On dirait que tu as un vrai mystère de Scooby-Doo sur les pattes, l'interrompt Colby.

Bridger lui donne un coup de coude dans les côtes.

Fort.

Il n'en faut pas plus pour que Colby éclate de rire.

Hayes vient se joindre à nous, accompagné par Maverick McKinnon.

— Garde ces conneries pour la patinoire, dit Hayes.

— Ou plutôt garde tout ça en réserve pour Garret Akeman, ajoute Maverick. Ce mec est un vrai connard.

— Je crois qu'on est tous d'accord sur ce point, en conviens-je.

Je regarde en travers de la pièce et aperçois le type en question en train d'essayer de draguer une fille. Elle est jolie, mais je ne la reconnais pas.

Je pointe sèchement le menton vers Garret alors qu'il se rapproche et envahit son espace personnel.

— Apparemment, Akeman essaye de scorer, ce soir. Je parie vingt dollars que ses efforts lui vaudront un coup de genou bien placé.

— Qui serait assez stupide pour relever ce pari ? réplique Hayes.

Je hausse les épaules.

— Hé, j'essayais simplement de me faire vingt dollars facilement.

Hayes étouffe un rire alors que Maverick plisse les paupières.

J'observe la fille en question.

— Tu la connais ?

Mav me décoche un regard avant de se concentrer à nouveau sur la fille.

— Oui. On suit un cours ensemble.

Sentant un point sensible, je change de position tout en souriant involontairement.

— Super. Alors tu voudrais bien nous présenter ? C'est exactement mon genre.

Je dois dire que le muscle qui se contracte violemment dans la mâchoire de notre plus jeune joueur est particulièrement satisfaisant.

— Va chier, Hamilton. Va retrouver ta demi-sœur. Oh, c'est vrai, ajoute-t-il en se tapant le front. Elle a amené un autre mec avec elle ce soir. Aïe. Ça doit faire mal.

Ça atomise mon sourire.

Connard.

Avant que je puisse ajouter quoi que ce soit, Mav se dirige droit vers Akeman et la fille qu'il a l'intention de se taper.

— Je crois qu'il t'a cloué le bec, dit Hayes avec un rire.

Je lui décoche un doigt d'honneur.

Cela étant… il n'a pas tort. Je ne dois vraiment pas être dans mon assiette si j'ai permis à Maverick McKinnon de l'emporter sur moi.

Mon regard file à contrecœur vers Carina et nos regards s'accrochent. Je la ressens dans toutes les fibres de mon être.

Ouais… Vraiment pas dans mon assiette.

Et cette blonde sexy en est la seule responsable.

Celle qui s'est infiltrée profondément sous ma peau il y a des années.

$$\overline{}$$

3

Carina

$$\overline{}$$

Je me glisse sur mon siège près du milieu de la pièce pour mon cours de 9 heures et ouvre mon sac à dos avant d'en sortir mon ordinateur. Une romance en tombe et je la remets rapidement à l'intérieur. Alors que j'allume ma bécane, un mec s'installe à côté de moi. Quand je me tourne, je vois que c'est Cameron Lee.

Je lui souris. On a suivi plusieurs cours ensemble au fil des années et je les ai toujours appréciés. Aujourd'hui, la prof va mettre des gens en binôme pour un projet, alors je suis contente qu'il ait décidé de s'asseoir à côté de moi. Ce mec est hilarant et j'ai bien besoin d'un peu de légèreté.

— Hé, Carina. Comment ça va ?

Je me tourne sur ma chaise et scrute son visage avant d'étrangler un rire. Il a l'air d'avoir le poids du monde sur les épaules.

— Mieux que pour toi, apparemment.

Il affiche un sourire lent.

— Oui, j'ai peut-être bu un verre de trop hier soir.

— Un mardi ? demandé-je en haussant rapidement un sourcil. C'est hardcore. Même pour toi.

Alors qu'il s'apprête à répondre, une voix profonde l'interrompt.

— Debout, Lee.

Cameron adresse un regard contrarié à Ford.

— Sérieusement, mec ?

— Oui. Tire-toi.

Cameron passe une main à travers ses cheveux ébouriffés avant de récupérer ses livres et d'évacuer la zone.

— On se voit plus tard, Carina.

— D'accord.

Je fusille Ford du regard alors qu'il se laisse tomber sur le siège nouvellement libéré.

— C'est quoi, ton problème ?

— Je n'en ai aucun, dit-il tranquillement comme s'il ne venait pas de faire fuir un autre mec.

Un coin de sa bouche remonte.

Argh !

Avant que je puisse lui dire de partir, Dr Betsworth s'éclaircit la gorge et sourit depuis le podium à l'avant de la pièce. Son regard parcourt le petit amphithéâtre avant de tomber sur Ford.

Lorsque son visage s'illumine, je lève les yeux au ciel. Peu m'importe si elle me voit. C'est exactement l'effet que Ford a sur le beau sexe, même les professeures qui devraient être au-dessus de ce comportement ridicule. Je me souviens de plusieurs enseignantes à notre ancien lycée qui lui faisaient les yeux doux ou se collaient à lui dans le couloir pour lui tâter le biceps.

Croyez-moi, c'était vomitif.

Et Dr Bets l'a tout aussi mauvaise. Ses attentions sont peut-être même tout aussi effrontées. Elle se montre parfois séductrice devant la classe tout entière. C'est comme si elle se contrefichait de renvoyer une image aussi peu professionnelle.

Du coin de l'œil, je regarde Ford, guettant sa réaction. J'ai besoin de reconfirmer qu'il n'est qu'un coureur en recherche d'attention qui s'en repaît comme il engloutit ses céréales sucrées du matin. Il lui décochera probablement un sourire Colgate et s'en servira à son avantage. Il cherche à décrocher la meilleure note dont elle le récompensera.

Au lieu de faire ce à quoi je m'attendais, il lui rend un sourire poli.

Hmm.

Intéressant.

Quand elle se rend compte qu'il ne va pas flirter en retour, elle dit d'une voix guillerette :

— Bonjour ! À la fin de la semaine dernière, nous avons discuté du nouveau projet qu'on va explorer. Aujourd'hui, je vais vous affecter un partenaire et vous aurez le reste du cours pour discuter du thème et générer des idées.

Avant même qu'elle finisse sa phrase, Ford referme sa grande main sur la mienne et il les lève brusquement en l'air toutes les deux.

— Je me mets en binôme avec Carina.

Je hoquette et tente de récupérer mon bras.

— Excellent.

Quoi ?

Non !

Certainement pas !

Ça ne suffit pas qu'on soit voisins de palier dans le même immeuble et qu'on soit fourrés ensemble dans le même cours ?

M'associer avec lui est la goutte d'eau.

Quoi que je fasse, l'univers continue de conspirer contre moi. Je ne parviens pas à l'éviter.

Ford Hamilton est partout.

Et cela inclut mon espace intime.

Dr Bets a l'audace de m'adresser un clin d'œil.

— Petite chanceuse.

Je devine que mon air pincé crie le contraire.

Ford se penche juste assez pour que son souffle chaud caresse ma peau.

— Elle a raison, tu sais, murmure-t-il. Tu as une chance incroyable de travailler avec moi.

Je me tourne suffisamment pour montrer les crocs et gronder avant de redresser le dos et m'efforcer de l'ignorer.

Sérieusement, ce mec fait ressortir mes pires côtés.

Malheureusement, l'ignorer est plus facile à dire qu'à faire.

Particulièrement lorsqu'il étire ses longues jambes musclées… Il *manspread* comme le con qu'il est jusqu'à ce que son genou vienne cogner le mien. Parcourue par des vagues torrides d'excitation, je change rapidement de position, m'écartant aussi loin de lui que je le peux. Je braque à nouveau mon attention sur la prof alors qu'elle liste les consignes.

— Si tu continues à t'éloigner, je vais finir par avoir un complexe et croire que tu ne m'aimes pas.

Ignore-le.

Ne lui parle pas.

— C'est ce que tu essayes de me communiquer ? Tu me fais bosser plus dur pour attirer ton attention ? Parce que je peux…

Je laisse échapper un sifflement en me tournant vers lui.

— Ferme-la ! grondé-je. Tu m'empêches de faire attention.

— Carina ? Vous avez une question ?

Je me tourne vers Dr Bets et secoue la tête.

— Non. Désolée.

Mon visage se réchauffe alors que nos camarades de classe se tournent pour nous dévisager.

— On comprend tous que vous êtes impatiente d'entamer le travail avec votre partenaire, mais laissez-moi d'abord finir les consignes.

Je pince les lèvres. Si j'ouvre la bouche pour protester, je suis à même de perdre mon sang-froid et je n'ai vraiment pas envie que ça arrive.

Du coin de l'œil, je vois les épaules de Ford tressauter d'un rire silencieux.

C'est là que je me rends compte que je ne survivrai pas à ce projet sans l'étrangler.

4

Ford

À la seconde où la prof nous libère pour la journée, Carina fourre son ordinateur portable dans son sac à dos et bondit hors de son siège comme si elle avait le feu aux fesses.

— Hé, l'appelé-je, conscient que ça va la contrarier, mais incapable de me retenir. Tu ne m'attends pas ? On n'a pas fini de discuter de notre projet.

Elle me décoche un regard acéré, un regard qui me ratatinerait les couilles si elles n'étaient pas aussi solides.

Je baisse les yeux vers les courbes de ses fesses alors qu'elle quitte la pièce en coup de vent. Je m'en vais aussi dès que j'ai fourré mes affaires dans mon sac. Carina devrait pourtant savoir qu'elle n'est pas capable de courir plus vite que moi.

Pas alors que je l'ai dans le collimateur.

C'est comme ça depuis le jour où nos parents nous ont présentés et durant toutes ces années, ça n'a jamais changé.

— Ford, vous avez un moment ? demande Dr Bets.

Mes épaules se contractent alors que je jette un œil à ma montre de sport.

— Désolé, j'ai un entretien avec l'entraîneur. On peut se parler un autre jour ?

Ses lèvres affichent un sourire compréhensif. Un sourire qui est censé être sexy.

— Bien sûr. On se voit vendredi.

J'avoue, c'est un mensonge. Il n'y a pas d'entretien. Malheureusement, si j'accorde trop d'avance à Carina, elle se fondra dans la foule dense des étudiants qui traversent le campus.

— Oui.

J'entre en mouvement, m'insinuant dans le flux de la circulation qui encombre le couloir. Puisque je fais plus d'un mètre quatre-vingts, je suis capable d'étirer le cou et d'observer le couloir pour chercher sa tête blonde.

Alors que je tourne à l'angle du couloir, je la vois franchir la porte en verre et émerger sous le faible soleil du matin qui tente de filtrer à travers les nuages de plomb. Il n'en faut pas plus pour que j'accélère le pas et joue des coudes à travers la foule.

J'arrive à sa hauteur quand elle atteint l'allée de béton.

— Attention, je pourrais croire que tu as envie de me faire manger la poussière.

Son épine dorsale se raidit et elle regarde droit devant elle.

Son désintérêt manifeste me fait encore plus désirer son attention.

— C'est étrange. Qu'est-ce qui t'a donné cette idée ?

— Oh, je ne sais pas. Peut-être que la façon…

Elle s'arrête abruptement avant de se tourner et d'enfoncer le poing dans ma poitrine. Je ressens à peine son coup de poing.

— Merde, ça fait mal, marmonne-t-elle en se secouant la main alors que je retiens un éclat de rire.

J'ai parfaitement conscience que si je cède à l'hilarité, elle me redonnera un autre coup. Plus fort, cette fois. La dernière chose que je veux est qu'elle se fasse mal. Ce sera une autre transgression qu'elle retiendra contre moi.

— Pourquoi tu as fait ça ? demandé-je.

Garder mon sérieux me demande un effort soutenu, particulièrement quand son regard se fait mortel. Elle est à deux doigts de me déchirer en lambeaux avec les dents.

— Tu le sais parfaitement ! Tu es la dernière personne avec laquelle j'ai envie d'être en binôme.

Un grondement bas vibre dans sa poitrine.

— Et maintenant, on est coincés ensemble pour le mois qui vient.

— Aïe, dis-je en faisant semblant de grimacer. Ce n'est pas très gentil.

— Ah oui, eh bien… Je ne me sens pas très bien pour le moment. Grâce à toi.

J'incline la tête et lui adresse un regard attentif.

— Tu aurais sincèrement préféré être en binôme avec Cameron ?

— Avec n'importe qui d'autre, Ford, grommelle-t-elle en soufflant. J'aurais préféré travailler avec n'importe qui sauf *toi*.

— Tu te rends bien compte qu'il t'aurait fait faire tout le travail et même rédiger le devoir ?

Je vois à la façon dont elle pince les lèvres qu'elle comprend parfaitement que mon évaluation de la situation est exacte, sans quoi, elle aurait protesté.

— C'est un chic type, marmonne-t-elle enfin.

— Il fume un peu trop, répliqué-je avec un rire.

Elle lève les yeux au ciel avant de tourner les talons et de s'en aller.

— Tu es comme une urticaire tenace qui refuse de partir, malgré les quantités de pommade aux stéroïdes dont je pourrais me tartiner.

Un autre ricanement m'échappe alors que je lui adresse un sourire.

— Tu passes beaucoup de temps à penser à moi, n'est-ce pas ?

Refusant de répondre, elle secoue la tête.

— Alors, pour ce soir… On part ensemble après l'entraînement ?

Sa seule réaction est de lever la main pour me faire un doigt d'honneur, m'informant que je suis numéro un dans son cœur.

Exactement là où j'ai envie d'être.

5

Carina

À contrecœur, je place le marque-page dans mon livre que je glisse dans mon sac alors que Ford conduit sa Corvette Stinger rouge cerise le long de la longue route en briques patinées. Puis il s'engage dans l'allée circulaire et lève le pied de la pédale.

La première fois que j'ai aperçu le manoir de pierre avec ses tourelles et son portique, c'était l'été qui précédait la seconde. C'est le genre d'endroit dont j'avais simplement entendu parler dans les romans d'amour que j'avais commencé à dévorer.

Maman a rencontré Crawford au restaurant où elle bossait. Ça a été le coup de foudre, suivi par une cour et des fiançailles rapides. Huit semaines plus tard, ils se sont passé la bague au doigt et se sont promis de s'aimer jusqu'à ce que la mort les sépare.

Puis on a emménagé avec Crawford et Ford et… voilà ! une famille recomposée instantanée.

Contrairement aux livres que j'ai lus, tout le monde s'est parfaitement entendu. Crawford était veuf depuis plus d'une décennie. Sandra, sa première femme, s'est tragiquement noyée. Depuis, il vivait seul avec Ford.

Ford…

À ce jour, ma réaction envers lui m'embarrasse encore. C'était si cliché ! Ma respiration reste coincée au fond de ma gorge et ma poitrine se contracte jusqu'à ce qu'inspirer soit douloureux. J'ai eu la sensation très étrange qu'on s'était déjà rencontrés. Puis je me suis rendu compte que je lui avais bavé dessus dans des publicités pour une marque de vêtements pour ados haut de gamme. Celles où ils ne portent quasiment rien.

J'ai appris qu'en plus de jouer au hockey, il a fait du mannequinat.

Quand on a emménagé, j'ai eu peur que Ford me méprise. Après tout, qui aurait voulu qu'une ado et sa mère investissent une maison qui avait été une baraque de célibataire pendant les dix dernières années ?

Mais ce n'était pas du tout le cas.

Ford s'est montré amical et gentil. Il me faisait rire et voulait qu'on passe du temps ensemble. Quand l'année a commencé, il m'a prise sous son aile et m'a présentée à tous ses potes.

Puisque Ford était populaire – sans surprise –, j'ai été acceptée sans problème.

Avant leur mariage, Maman et moi sortions à peine la tête de l'eau. J'ai pu suivre un ou deux cours de danse que j'ai pu me permettre en aidant à donner des cours aux débutants. Une fois que Maman et Crawford se sont mariés, j'ai été capable de m'immerger dans les leçons et je les ai suivies cinq jours par semaine pendant plusieurs heures d'affilée.

C'était le bonheur à l'état pur.

Quand mon nouveau beau-père a découvert à quel point la danse comptait pour moi, il m'a construit un studio privé au sous-sol. Il est ouvert et aéré, avec un plancher en bois et des murs couverts de miroirs. J'y passais tout mon temps et c'est vite devenu mon refuge.

En quelques mois, c'est comme si le père de Ford était devenu le mien. J'ai été dévastée quand ils se sont séparés, cinq ans plus tard. J'étais terrifiée que Crawford me tourne le dos comme mon propre père l'avait fait.

Dès que Ford coupe le moteur, je reviens au présent et tire sur la poignée, soulagée d'échapper aux confins étouffants du véhicule avant de claquer la portière.

Il me colle aux basques alors que je remonte au pas de course les longues marches de pierre.

— Tu ne vas même pas m'attendre ? appelle-t-il alors que l'humour filtre dans sa voix profonde.

C'est comme s'il faisait tout son possible pour me contrarier au maximum.

— C'est malpoli !

Je suis tentée de lui faire un doigt d'honneur pour la deuxième fois, mais avec Ford, j'essaye de me limiter à un geste injurieux par jour. Croyez-moi, ce n'est pas facile. En plus, j'ai parfaitement conscience que m'asticoter lui procure un plaisir pervers.

Ce mec est comme un grand enfant.

Il préférerait attirer l'attention négativement que ne pas se faire remarquer.

Mes doigts se referment sur la délicate poignée en argent avant d'ouvrir la porte à la volée. Je tourne les talons tandis que Ford bondit en haut des escaliers comme s'il n'avait pas le moindre problème. Pendant ce temps-là, son regard reste collé au mien.

Alors qu'il atteint le porche, je lui claque la porte en plein visage.

Puis je tourne le verrou.

J'affiche un léger sourire. C'est presque aussi satisfaisant que lorsque je lui ai fait un doigt d'honneur plus tôt dans l'après-midi.

Je n'ai pas fait plus de deux pas à l'intérieur du vestibule aux hauts plafonds avec son immense lustre de cristal que Crawford passe la tête par la porte de son bureau.

Dès qu'il me voit, un sourire sincère illumine ses traits. Avec ses cheveux poivre et sel et ses joues bien rasées, c'est un bel homme de cinquante ans. Quand Maman est partie, j'ai pensé que ce n'était qu'une question de temps avant qu'une autre femme ne mette le grappin sur lui – après tout, c'est un bon parti –, mais ça n'est jamais arrivé.

J'ai le soupçon lancinant qu'il est toujours amoureux de Pamela.

Le pauvre !

Il n'aurait jamais dû l'épouser.

Attention, j'aime ma mère, mais elle n'était pas faite pour devenir la femme d'un homme politique.

Ce qu'elle aimait le plus était la sécurité financière que lui apportait Crawford… et qu'il continue de lui fournir via des pensions alimentaires conséquentes déposées sur son compte une semaine sur deux. Ça lui permet de continuer à mener la vie de luxe à laquelle elle a vite fini par s'habituer.

— Comment se porte ma fille ? demande Crawford en ouvrant grand les bras.

C'est la seule invitation dont j'ai besoin pour m'y précipiter. Je ferme lentement les paupières et mes muscles se détendent alors que je m'enfonce dans son étreinte chaleureuse. J'inspire profondément l'odeur d'eau de Cologne au bois de santal qui s'accroche à lui. Il y a quelque chose de réconfortant et de solide dans sa présence.

Je ne m'imagine plus ma vie sans lui.

— Je vais bien. Et toi ?

— Oh, je ne vais pas me plaindre. Je suis content que vous soyez tous les deux venus pour le dîner. C'est une pause bienvenue.

— Tu travailles trop, le grondé-je.

Entre ses obligations au Congrès et sa société de construction, il brûle constamment la chandelle par les deux bouts.

La porte d'entrée s'ouvre et Ford s'avance d'un pas guilleret.

— Hé, mon fils, salue Crawford avec un grand sourire.

Pendant juste une seconde, je me demande ce que ça ferait d'avoir un parent qui apprécie ma présence. Dès que cette pensée s'infiltre dans mon esprit, je la bannis. Ma mère est telle qu'elle est et je ne pourrais rien faire pour y changer quoi que ce soit. J'ai mis du temps à accepter cette dure réalité et à revoir mes attentes à la baisse.

— Papa.

Quand je m'éloigne à contrecœur de Crawford, il glisse un bras autour de ma taille.

— Vous avez faim ? Sarah a préparé du bœuf Wellington avec des haricots verts à la vapeur.

Les yeux de Ford s'éclairent alors qu'il tapote son ventre musclé.

— Ce que je préfère.

Crawford lui adresse un sourire décontracté.

— Elle l'a préparé spécialement pour toi.

Tous les trois, on descend le long couloir vers la pièce qui nous sert formellement de salle à manger. La table en noyer poli est assez grande pour accueillir largement vingt convives.

C'est souvent le cas.

Deux fois par mois, Crawford organise des collectes de fonds et des dîners. D'abord, j'aimais porter de belles robes, me faire coiffer et maquiller professionnellement par une équipe de mise en beauté, mais au bout d'un moment, je me suis lassée. On doit répéter les mêmes conversations en souriant et en répondant à des questions sur Crawford et ses aspirations politiques.

À présent que Ford et moi sommes au collège, on y assiste moins souvent. Cela dit, de temps en temps, Crawford me demande de l'accompagner à un événement. Après tout ce qu'il a fait pour moi, je serais bien incapable de lui refuser quoi que ce soit. Plusieurs mois après leur mariage, il a ouvert un compte d'épargne à mon nom et a dit que quoi qu'il arrive, je pourrais l'utiliser pour mes études.

Je dois tout à cet homme.

Sarah nous salue avant de nous servir des assiettes fumantes. L'arôme puissant est enivrant. Elle était la chef d'un restaurant étoilé Michelin avant que Crawford la convainque de travailler exclusivement pour lui. Je mâchouille mon steak alors que les deux hommes discutent des prochaines élections.

— Et toi, Carina ? Comment se profile ton solo pour le gala d'hiver ?

— J'ai encore quelques petites choses à perfectionner, mais ce devrait être parfait pour la mi-décembre.

Il m'adresse un sourire.

— C'est super. J'ai hâte de le voir enfin.

Après dix minutes, je pose mes couverts sur mon assiette.

— Ça ne te fait rien si j'utilise le studio pendant un moment ?

— Bien sûr que non. C'est la raison pour laquelle je l'ai fait construire.

Ses sourcils épais se rapprochent alors qu'il regarde mon assiette.

— Tu as à peine touché à ton dîner. Ça ne t'a pas plu ?

— C'était délicieux. Je crois que je n'avais pas faim, c'est tout.

— Tu aimerais que Sarah t'emballe les restes pour les rapporter chez toi ?

— Ce serait super. Merci.

Sur ce, je me redresse du fauteuil à haut dossier et fais le tour de la table avant de déposer un léger baiser sur la joue de Crawford.

En même temps, je fusille Ford du regard.

Il n'en faut pas plus pour qu'un large sourire lui fende le visage.

Connard !

Puis je file hors de la pièce et descends les marches qui mènent au sous-sol indépendant. Une fois que j'arrive au studio, je me glisse dans le petit vestiaire où je garde des shorts et des tops athlétiques de rechange.

Alors que la musique remplit l'espace, je prends position au milieu de la pièce et bloque tout ce qui tente de s'immiscer.

Et ça inclut mon ex-demi-frère.

6

Ford

Mon regard reste braqué sur Carina alors qu'elle sort de la pièce. Malgré mes efforts, il tombe sur les courbes de ses fesses.

Elles sont ravissantes.

Hautes, fermes et musclées.

Son corps est comme un instrument aiguisé par des années de danse.

C'est une œuvre d'art.

On a une piscine de longueur olympique à l'arrière et pendant l'été, elle y passe beaucoup de temps. La voir dans un bikini minuscule est tout aussi divin qu'infernal.

Ce n'est que lorsque mon père s'éclaircit la gorge et attire à nouveau mon attention sur lui que j'écarte ces pensées. Il hausse un sourcil comme s'il savait exactement le genre de fantasmes dévoyés qui me tournent dans la tête.

Eh bien… Merde !

Généralement, j'essaye de dissimuler mes véritables sentiments envers Carina. Je me prépare, craignant qu'il n'aborde le sujet. Je déteste la façon dont il me regarde, comme si j'étais un prédateur qui guette l'opportunité de profiter d'elle.

C'est un soulagement quand il me demande plutôt :

— C'est le nouvel entraîneur qui te cause des problèmes ?

Je me détends sur ma chaise de collection.

— Non. Il est devenu plus cool depuis le début de la saison. Il était plus sur le dos de Ryder que n'importe qui d'autre. Je me suis senti mal pour lui.

— J'ai consulté les réseaux sociaux de la fac. Ton pote se débrouille bien.

J'acquiesce.

— Oui.

Si tout se passe bien, Chicago le choisira après la saison et son objectif d'intégrer la ligue nationale deviendra réalité. Ce serait un rêve devenu réalité pour n'importe lequel de mes coéquipiers.

Je suis probablement l'exception à la règle. J'ai toujours su que mon futur m'entraînerait sur un chemin différent. Papa m'a fourré dans la tête depuis mon plus jeune âge qu'une fois que j'aurai décroché mon diplôme de Western, je travaillerai à temps plein pour son entreprise de construction que je finirai par reprendre.

Chaque printemps, à la fin des cours, je passe environ soixante heures par semaine à bosser pour lui. Au lieu de rester assis dans le bureau à apprendre le business, je fais partie du personnel et je suis traité comme n'importe quel employé du bas de l'échelle. Je ne veux pas qu'on pense que je suis monté en grade sans l'avoir mérité. Quand je retourne à Western tous les automnes, le hockey et les cours me font l'effet de vacances bien méritées.

Papa est entré sur la scène politique il y a une quinzaine d'années en briguant un siège au conseil municipal local avant d'être élu au Congrès. Peter Bowman, son partenaire, a endossé largement plus que la part du lion des responsabilités au sein de la compagnie. Au mois de mai, je devrai me lancer et être immédiatement productif.

J'ai parfaitement conscience que j'ai de la chance d'avoir un chemin tout tracé, mais parfois, je me demande ce que ça ferait d'avoir le choix de mon futur.

Pendant un long moment, j'étais le seul héritier et tout reposait sur mes épaules. À présent, il y a Carina. Puisqu'elle aussi étudie le commerce, Papa veut qu'elle soit également impliquée dans la compagnie. Ça ne me pose pas le moindre problème. D'ailleurs, s'il arrive à la convaincre de travailler pour lui, elle sera forcée de rester.

Alors que l'obtention des diplômes se profile à l'horizon, pas si loin que ça, j'ai l'impression que ce chapitre de ma vie – celui qui s'est centré autour de Carina – arrive lentement à son terme. Quand je songe qu'elle pourrait déménager à Los Angeles ou à New York et essayer de se faire une carrière dans la danse, une boule de la taille du Texas m'alourdit l'estomac.

Je déteste songer qu'elle peut être aussi loin.

Hors de ma portée.

Ce ne sera qu'une question de temps avant que quelqu'un ne lui dérobe son cœur. Je m'étonne que ça ne soit pas déjà arrivé. J'ai beau être préparé à l'inévitable, je fais toujours fuir les hommes qui ne la méritent pas.

Au cas où vous vous poseriez la question : c'est-à-dire *tous*.

Particulièrement ce con de Justin Fischer ! Lui et moi avons eu une conversation privée l'autre jour. Bien entendu, il voit à présent les choses comme moi.

— J'espère pouvoir venir à ton prochain match, dit Papa.

— Ce n'est pas grave si tu ne peux pas.

Pendant des années, il m'a emmené à la patinoire cinq fois par semaine pour l'entraînement et des matches avant que je sois capable de m'y conduire tout seul.

Son emploi du temps est toujours plein à craquer. Il est l'artisan de sa propre réussite et ne sait pas comment ralentir ou bien se détendre, ni même profiter de la vie. C'est une des raisons pour lesquelles Pamela a mis un terme à leur mariage.

Elle paraissait apprécier les jolies choses qu'il pouvait lui offrir, mais elle s'est lassée de son travailolisme. Elle n'est pas le genre de femme qui aime se retrouver livrée à elle-même. Je ne peux pas lui reprocher de vouloir trouver quelqu'un d'autre, mais la façon dont elle s'y est prise est nulle.

— Je te contacte s'il y a le moindre changement.

Avant que je puisse lui dire que ce n'est pas la peine, il revient au sujet précis dont je n'ai aucune envie de discuter avec lui.

— Carina a l'air d'aller bien.

Je hausse les épaules, fais reculer ma chaise et tente de rester détendu.

— Oui.

Il m'étudie attentivement en hochant la tête.

— Tu ne la croises donc pas souvent ?

— On suit un cours de marketing ensemble, mais à part ça, pas vraiment.

C'est un petit mensonge destiné à le rassurer.

— Ça vaut probablement mieux.

Même si les réponses semblent lancées à la légère, elles sont destinées à toucher un nerf.

L'irritation explose en moi et mes doigts se referment autour des accoudoirs polis de la chaise, mes ongles courts s'enfonçant dans la surface lisse.

— Ça vaut mieux qu'on n'interagisse pas beaucoup ?

Son expression change comme s'il avait enfin trouvé ce qu'il cherchait, mais que ça le désolait.

— Tu sais exactement ce que je veux dire.

Il y a un bref silence avant qu'il n'ajoute d'une voix plus basse :

— Vous êtes frère et sœur.

Il est fou ? Ce que je ressens pour Carina ne correspond certainement pas à une sœur.

Ça ne l'a jamais été. Même lorsqu'on avait quatorze ans.

— Non, on ne l'est pas, lancé-je, regrettant immédiatement mon débordement.

— Vous l'êtes de toutes les façons qui comptent. Vous serez parents pour le reste de vos vies. Peu importe si Pamela et moi ne sommes plus mariés. Carina est comme une fille pour moi.

Je serre les dents.

Ça ne sert à rien d'argumenter avec lui.

Alors que je continue de bouillonner en silence, il dit :

— Il y a plein d'autres filles. Trouves-en une. D'ailleurs – il se penche en avant et pose sur la table les manches de sa chemise parfaitement repassée –, si tu as envie de te poser, tu devrais inviter Jaclyn à sortir un de ces jours. Elle a demandé de tes nouvelles.

Jaclyn Bowman est une fille magnifique qui a de longs cheveux brun foncé et des yeux assortis. Délicate, elle est dotée de courbes généreuses. Pour couronner le tout, elle est sociable. Elle fait son apprentissage à Hamilton Bowman Construction depuis aussi longtemps que moi. Cela dit, puisque pendant l'été, elle travaille au bureau tandis que je passe mes journées sur les sites de construction, on ne se croise pas très souvent.

Elle a beau être sympa, Jaclyn n'est pas comparable à Carina.

— La fille de ton partenaire ne m'intéresse pas, dis-je avec un grognement.

Je n'arrive pas à croire qu'il joue aux entremetteurs.

— Tu devrais peut-être y repenser. Elle s'est transformée en une jeune femme belle et pleine d'assurance. Si tu décides de me suivre en politique, elle fera une épouse parfaite. Puis vos enfants hériteront de l'entreprise.

— Papa…

Ma voix meurt dans un grognement frustré. Ce n'est pas la première fois qu'on a cette conversation. Malheureusement, ce ne sera probablement pas la dernière. Il a l'air décidé à me pousser en direction de Jaclyn.

C'est presque un soulagement quand son téléphone portable sonne, m'évitant d'invoquer n'importe quelle excuse pour mettre un terme à cette situation malaisante. Il s'empare de l'appareil sophistiqué et jette un œil à l'écran.

Sa bouche se pince.

— Je dois répondre.

Je lui adresse un geste sec du menton alors qu'il se redresse et quitte d'un pas vif la salle à manger spacieuse. Une minute plus tard, la porte de son bureau personnel se referme doucement derrière lui.

Le soulagement me parcourt et mes muscles se détendent alors que je regarde par les immenses baies vitrées l'obscurité agitée qui vient de tomber. Durant toute ma vie, Papa et moi avons toujours été proches.

Les disputes et les désaccords sont rares.

Il n'y a qu'une exception à cette règle : Carina.

Il nous traite comme de véritables frère et sœur alors que ce n'est pas le cas. Il s'accroche peut-être encore à l'espoir que Pamela change d'avis et revienne dans sa vie.

Parfois, quand je repense à la terminale, je me demande ce qu'il serait arrivé si tout s'était déroulé sans histoires.

Mais nous ne saurons jamais.

Et c'est ça le problème.

7

Carina

Mon esprit s'élève au-dessus de la musique alors que je bondis d'un pied sur l'autre pour un jeté. Puis je répète le mouvement et je le refais une troisième fois en travers de l'espace. Il y a quelque chose dans la concentration mentale requise qui me permet de braquer mon attention vers l'intérieur et d'oublier tout ce qu'il se passe autour de moi.

La danse a toujours été mon échappatoire. Je suis capable de m'y perdre pendant des heures. L'épuisement physique qui m'envahit après est toujours le bienvenu. Je peux aller me coucher à la fin d'une longue journée et sombrer dans un profond sommeil sans rêves.

Une fois que mon corps est en totale extension, je lève une jambe et bondis sur l'autre, me mettant en grand écart dans l'air. Pendant une seconde ou deux, je demeure en suspens avant de ratterrir. Mon cœur bat un staccato régulier alors que la dernière note se répercute à travers les airs.

Je ferme les yeux et réintègre lentement mon corps, devenant de plus en plus consciente de mon environnement. Mes muscles sont délicieusement souples tandis que l'épuisement commence à se faire sentir. Toute la tension sexuelle qui vibre dans mes veines s'évapore et disparaît.

C'est le résultat que je recherchais.

Dernièrement, épuiser mon corps au studio de l'école est la seule chose qui me permet d'atteindre un semblant de paix intérieure. Même mon vibro préféré n'y parvient pas complètement. Après coup, il me reste toujours une vague sensation d'insatisfaction. Le désir sexuel, quoiqu'atténué, est toujours là, qui griffe sous la surface, luttant désespérément pour se libérer.

C'est terrifiant.

Des applaudissements lents m'arrachent à mes pensées. Quand mes paupières s'ouvrent brusquement, je découvre Ford assis contre le miroir mural. Ses longues jambes musclées sont étendues devant lui.

Au moment où nos regards entrent en connexion, les battements de mon corps se démultiplient. Il ne faut qu'un seul regard pour que toute la tension dont je m'étais délivrée revienne à pleine puissance.

Une seconde s'écoule.

Puis une autre.

Le studio de Crawford a toujours été mon domaine privé. Ford a une salle de muscu de l'autre côté. Il y a assez d'espace pour qu'on soit séparés.

Je ne me souviens pas de la dernière fois où je l'ai vu ici.

Au lycée, je prenais un grand plaisir à danser pour lui. J'appréciais la façon dont ses yeux suivaient le moindre de mes mouvements alors que je glissais à travers l'espace. À l'époque, je voulais que toute son attention soit braquée sur moi.

Je m'en délectais.

Je m'épanouissais sous ses sourires, sa gentillesse et ses compliments.

Alors que ces pensées envahissent sournoisement mon cerveau, je les repousse, ne voulant pas me laisser enferrer par le passé et la douleur inévitable qu'il a laissée dans son sillage.

Je m'éclaircis la gorge pour tenter de paraître indifférente à sa présence alors que mon cœur bat la chamade sous mes côtes. C'est comme si l'immense espace aérien s'était rétréci autour de lui, rendant ma respiration impossible.

— Depuis combien de temps es-tu ici ?

Incapable de demeurer immobile sous son examen attentif, je me redresse de toute ma hauteur et me dirige droit vers la chaise où se trouve une petite serviette avec laquelle j'essuie mon front en sueur.

— Environ dix minutes. Tu étais trop concentrée pour me remarquer.

Il y a un moment de silence alors que la tension s'accroît, imprégnant l'atmosphère.

— Une bombe aurait pu exploser que tu ne l'aurais pas remarqué.

Il n'exagère pas. Mon être physique a beau avoir été dans le studio, mon esprit vole librement dans les nuages.

Quand il n'ajoute rien de plus, je demande :

— Tu as une raison d'être descendu ?

Il hausse les épaules d'un geste détendu, mais il y a une émotion plus sombre enfouie dans les profondeurs dorées de ses prunelles.

Je le contemple pendant une seconde ou deux.

De la contrariété, peut-être ?

De la colère ?

Sa voix profonde rompt le silence.

— Papa a reçu un coup de téléphone et s'est enfermé dans son bureau, alors je suis descendu voir ce que tu faisais.

— Oh.

Alors que je m'apprête à lui suggérer qu'on parte, il dit :

— Il essaye de jouer aux entremetteurs et de me caser avec Jaclyn.

La jalousie qui monte en moi est rapide et furieuse. Dévorante. Je la ravale rapidement avant qu'elle puisse se libérer et me trahir.

Alors seulement, je balance ce que j'espère être une réponse indifférente.

— Oh ? Et que lui as-tu dit ?

Je peux quasiment sentir son regard qui scrute le mien pour tenter de percer mes pensées les plus intimes.

— Que je ne suis pas intéressé.

Ce n'est que lorsqu'une bouffée d'air sort de mes lèvres que je me rends compte que j'avais retenu mon souffle.

Avant que je puisse dire quoi que ce soit, il me lance une question.

— Action ou vérité ?

Mes muscles s'immobilisent.

Comme je reste silencieuse, sa voix se fait plus profonde alors qu'il me pousse à jouer à ce jeu avec lui pour la deuxième fois de la semaine.

— Allons, Carina. Qu'est-ce que tu choisis ?

Je me passe la serviette sur le visage et l'observe du coin de l'œil. La dernière chose dont j'ai besoin est qu'il écaille la façade que je me suis soigneusement construite. J'ai beau me rendre compte que c'est une mauvaise idée ainsi qu'un désastre inévitable, je n'arrive pas à me retenir.

— Action.

Il affiche un lent sourire comme s'il était content de ma décision.

Je jette la serviette sur la chaise avant de poser les paumes sur mes hanches. Je me reproche amèrement de m'être laissée tenter à jouer à ce jeu avec lui.

— Continue, lui lancé-je. Qu'on en finisse. Tu me lances quel défi ?

L'anticipation imprègne l'atmosphère comme des nuages de tempête qui assombriraient l'horizon.

— Je te mets au défi de m'embrasser.

Surprise, je plisse le front.

Je l'étudie en inclinant la tête, tentant de comprendre son objectif.

— Vraiment ?

— Oui.

Il a beau paraître détendu, ses muscles sont contractés comme un serpent qui attend de frapper. Alors seulement, je me rends compte qu'il s'est débarrassé de son sweat de tout à l'heure. Ses muscles ciselés sont mis en valeur par le débardeur. Ça suffit pour me faire saliver.

— Ce n'est pas comme si on ne s'était jamais embrassés.

C'est vrai. Souvent, même, par le passé.

Mais ça fait quatre ans qu'on ne s'est pas bécotés.

— Et on s'embrassera à nouveau.

La désinvolture de son ton contredit l'intensité qui couve dans ses yeux.

Je croise les bras comme si cette posture protectrice allait suffire à m'empêcher de tomber dans le piège que représente Ford Hamilton.

— Tu crois ?

Il s'humecte la lèvre inférieure du bout de la langue. Ce petit mouvement à peine perceptible fait s'amasser de la chaleur au creux de mon ventre.

Bon d'accord, juste un peu plus bas.

— Oui, je t'ai lancé le défi de m'embrasser et je sais que tu ne peux pas résister à ce genre de choses.

Force est d'admettre qu'il a raison.

Concernant les défis, mon palmarès est impeccable. Je ne le déçois jamais.

Son regard reste braqué sur le mien alors que je force mes pieds à avancer, réduisant lentement l'espace entre nous. Mon cœur accélère l'allure jusqu'à ce qu'il batte un rythme régulier dans mes oreilles. Alors que je me tiens à côté de lui, il tend le cou afin de soutenir mon regard. Mes mains tremblantes se posent prudemment sur ses épaules. La chaleur de sa peau me brûle les doigts alors qu'ils caressent à contrecœur son torse large.

J'ai fait tant d'efforts pour oublier notre passé et faire semblant qu'il n'a jamais existé ! Quand je le touche, cela devient impossible.

Mes mains se referment autour des muscles et des os alors que je me mets à califourchon sur ses cuisses et m'abaisse graduellement sur son entrejambe, nous plaçant face à face. Nos bouches à quelques centimètres l'une de l'autre, on se contemple toujours. La fraîcheur mentholée de son souffle caresse mes lèvres. Je dois me retenir de me rapprocher et de l'aspirer comme une dose de drogue. Quand ses paumes s'enroulent autour de ma taille comme pour me maintenir en place, mes bras se referment autour de son cou, l'attirant assez près pour que ma bouche frôle la sienne sans vraiment la toucher.

Alors que mes mouvements s'immobilisent, il gronde :

— J'attends.

J'affiche un léger sourire. Ford n'a jamais brillé par sa patience, particulièrement lorsqu'il veut quelque chose. L'anticipation monte en moi alors que la pièce se rétrécit autour de nous.

Comme je ne parviens pas à résister une seconde de plus, je baisse le visage, permettant à mes lèvres de frôler les siennes. C'est à peine une caresse. Plutôt un murmure dans l'air. Il incline la tête, levant le menton comme pour franchir la distance entre nous. Au lieu de lui donner ce qu'il veut, je bats en retraite de quelques centimètres.

— Tu es une vraie allumeuse, dit-il avec un grognement.

Les coins de ma bouche tressaillent.

Il change de position, me serrant juste assez contre lui pour me faire sentir le renflement épais de son érection. Il n'en faut pas plus pour que l'excitation inonde mon intimité.

Nos souffles se mélangent, ne faisant plus qu'un, alors que je mordille sa lèvre inférieure, tirant dessus avec des dents acérées avant de faire pareil avec la lèvre supérieure. Ses doigts se referment, s'enfonçant dans la chair de mes hanches. Au lieu d'être douloureux, son contact m'ancre à ce moment qui se déroule entre nous. Toutes les cellules de mon corps me donnent l'impression d'avoir été réveillées.

Il y a eu des garçons par le passé. Des tonnes. Mais aucun d'entre eux ne m'a jamais donné l'impression d'être aussi vivante. C'est à la fois addictif et effrayant.

Dans un recoin sombre de moi que je ne souhaite pas inspecter, j'ai terriblement peur que Ford ne fasse qu'arracher le couvercle qui dissimulait quelque chose que j'ai passé des années à essayer de contenir. Cette prise de conscience ne suffit pourtant pas à tout arrêter. Je ne sais pas s'il existe une chose capable de m'arracher à lui.

Et c'est probablement le fait le plus effrayant de tous.

Je chasse ces pensées de mon esprit et me concentre sur sa bouche. J'aimais la façon dont il m'embrassait. Même au lycée, il savait précisément ce qui me rendait folle et comment provoquer le plus de plaisir.

Ses pupilles se dilatent alors que je suce la chair pulpeuse avant de la relâcher avec un petit pop. Quand je l'ai assez allumé, mes lèvres se collent aux siennes. Un grognement vrombit dans les profondeurs de sa poitrine alors que sa prise se raffermit. Je me demande presque s'il va prendre le contrôle au lieu de me permettre d'imposer la cadence, mais non. Ses lèvres s'entrouvrent juste assez pour me laisser glisser à l'intérieur de la chaleur de sa bouche, me mélangeant à lui. Des souvenirs défilent à l'intérieur de ma tête, me transportant en arrière vers une époque quand me glisser au lit avec lui et me lover dans ses bras se répétait tous les soirs.

Il a exactement le même goût que dans mes souvenirs.

Ses doigts se desserrent alors que ses bras s'enroulent autour de ma cage thoracique, m'attirant assez près de lui pour que mes seins se retrouvent écrasés contre son torse puissant et ciselé. J'ondule des hanches afin de me frotter contre son érection.

Il s'écarte le temps de gronder :

— Merde, Carina. Continue comme ça et je vais jouir dans mon jogging.

Un éclat de rire remonte dans ma gorge.

— J'aimerais bien voir ça.

Aussi tentée que je sois de continuer, si je ne m'écarte pas tout de suite, je n'en serai plus capable. Je me perdrais dans son goût et sa sensation, et je ne peux pas laisser la chose arriver. Je ne peux pas me permettre de me laisser aspirer dans un vortex tel que celui-ci.

Avec un dernier baiser, je retire mes bras de son cou. Ses yeux dorés parcourent les miens pendant un long silence et il me libère. Dès que je desserre ma prise, je me redresse et m'écarte sur des jambes étonnamment instables. J'ai besoin de mettre autant de distance entre nous que possible.

— Reviens ici, grogne-t-il.

Le raclement guttural de sa voix fait immédiatement réagir mon intimité. Une autre bouffée d'excitation explose en moi, mais je la mouche instantanément.

— Tu m'as défiée de t'embrasser et c'est exactement ce que j'ai fait, dis-je, lui jetant les mots à la légère par-dessus mon épaule. Bon, je vais me changer. Je te retrouve en haut et on pourra partir.

Ce n'est que lorsque je referme la porte du vestiaire derrière moi que je m'y adosse en serrant fort les paupières. J'inspire profondément avant d'expirer lentement.

Certes, j'ai allumé Ford, mais ça a eu le même effet sur moi.

Je crois que ce soir, mon fidèle vibro va avoir du travail.

8

Ford

La porte vibre sur ses gonds alors que je me rue dans l'appartement que je partage avec Wolf et Madden. Une heure plus tard, j'ai toujours une demi-érection. Je m'ajuste rapidement en les apercevant. Madden est perché au bord du fauteuil trop rembourré. Son regard reste braqué sur le grand écran de télé haute définition monté sur le mur du fond alors que son avatar met à terre le défenseur de l'autre équipe et tire un but. Lorsqu'il marque, frappant l'arrière du filet, il bondit de son fauteuil et jette la manette dans les airs.

— Va chier !

Wolf affiche un air noir.

— Sérieusement, mec. Ce n'est pas si grave.

— Tu dis ça seulement parce que tu es un loser.

Madden se laisse retomber sur le fauteuil et ses yeux se dirigent vers moi. Il m'adresse un salut du menton.

— Ça va ?

Je grogne une réponse indéchiffrable avant de me poser à l'autre bout du canapé.

— Comment s'est passé le dîner ? demande Wolf.

— Bien.

Les sourires narquois qu'ils s'échangent sont immanquables. Normalement, leurs regards à la dérobée ne me font rien. Inexplicablement, ce soir, j'en prends ombrage.

— C'est quoi, le problème ? J'ai dit que ça va.

Alors que les mots volent hors de ma bouche, je comprends que je suis grossier. C'est le moment précis où je me rends compte que j'ai commis une erreur tactique. J'aurais dû être décontracté comme je le suis toujours. Ils vont se concentrer sur mon irritation comme des mouches sur une pile de merde fumante.

Wolf passe une main dans ses cheveux courts. Ils ne font que deux centimètres.

— Je ne sais pas, mon pote. Pourquoi tu ne nous dis pas ce qui te ronge autant ?

— Je crois qu'on sait tous parfaitement ce qui le bouffe, ricane Madden comme le connard qu'il est. Son nom est Carina.

— Cela dit, dit Wolf d'un ton décontracté comme si je n'étais pas assis en face de lui, capable d'entendre tout ce qu'il dit, je crois que son humeur s'améliorerait grandement si elle le faisait.

J'intègre enfin le commentaire de Wolf, en reste bouche bée et la referme brusquement.

— De quoi vous parlez, tous les deux ?

Madden arque un sourcil et secoue la tête comme si j'étais lent à la détente.

— Sérieusement, mec ? Vous dansez l'un autour de l'autre depuis que vous vous êtes rencontrés en première année.

— Pardon ?

— Tu m'as bien entendu, réplique-t-il.

Je croise les bras et le fusille du regard, souhaitant braquer la conversation dans une direction différente. Ce sont les deux dernières personnes sur terre avec lesquelles j'ai envie de parler de Carina.

— Non, je ne pense pas.

Madden lève les yeux au ciel.

— C'est évident que tu en pinces pour elle. Alors je propose que vous nous fassiez une faveur à tous et forniquiez un coup.

Je m'esclaffe.

— Tu es mal placé pour parler. Quand as-tu couché avec une fille pour la dernière fois ?

Toute trace d'humour disparaît du visage de Madden.

— Comme si on ne savait pas ce que tu fais quand tu t'enfermes dans la salle de bains ?

Mon coloc me fait un doigt d'honneur.

Ce n'est pas si drôle quand les rôles s'inversent, n'est-ce pas, connard ?

— Tu devrais trouver une vraie fille au lieu de faire autant bosser ta main, continué-je, incapable de m'arrêter.

Le coin des lèvres de Madden se plisse.

— Pas besoin de te comporter comme un connard juste parce que tu bandes pour Carina.

Je me passe une main sur le visage.

Il a raison.

Je me comporte comme un connard et c'est à cause d'elle.

Ou plus exactement, des sentiments que j'ai pour elle.

— Désolé.

Je laisse ma tête retomber en arrière et la cale contre le coussin alors que je regarde le plafond sans le voir.

— Cette fille me rend complètement fou, marmonné-je en me forçant à prononcer ces mots à haute voix.

Du coin de l'œil, je vois un sourire lent s'emparer du visage de Wolf.

— On arrive enfin quelque part.

— Non. Absolument pas.

Les commentaires de mon père résonnent dans ma tête.

— Je suis super crispé et j'ai juste besoin de baiser.

— Oui, avec ta demi-sœur.

— Ce n'est pas ma demi-sœur, grommelé-je. On n'est même pas parents.

Pas vraiment.

— Encore mieux, dit Madden avec un sourire narquois.

Mon comportement à la con de tout à l'heure est déjà oublié. C'est ce qu'il y a de génial chez lui. Il n'a jamais été du genre à garder rancune.

— Pour ce que ça vaut, je crois que tu pourrais enfin te la sortir de la tête si vous décidiez de baiser, ajoute Wolf.

— C'est une idée à la con et ça n'arrivera jamais.

La seule raison pour laquelle elle m'a embrassé ce soir est parce que je l'ai mise au défi de le faire. Alors que certaines choses changent, d'autres restent pareilles. Je ne peux pas dire que ce n'est pas complètement satisfaisant de voir la lueur de défi naître dans ses jolis yeux bleu-gris. Si elle a eu envie de m'éconduire, elle n'a pas réussi à s'y forcer.

Wolf hausse les épaules alors que Madden lance une autre partie, puis ils se laissent happer dans l'action qui se déroule à l'écran. Normalement, les écouter discuter de tout et de rien en essayant de l'emporter l'un sur l'autre suffirait à me dérider.

Ce soir, ce n'est pas le cas.

Je n'arrive pas à songer à autre chose qu'à Carina.

Pire encore, les commentaires de Wolf se sont infiltrés dans mon cerveau et prennent plaisir à le ronger.

Il a probablement raison.

Ce serait beaucoup plus facile de tourner la page si on baisait.

Malheureusement pour moi, ça n'arrivera jamais.

9

Carina

On frappe à la porte alors que je m'apprête à tourner la page du livre de poche que je dévore. Avec un froncement de sourcils, je tourne les yeux vers l'entrée minuscule, me demandant si je peux ignorer la personne de l'autre côté. Je viens de rentrer de bosser au studio On Pointe et j'ai eu terriblement envie de me plonger dans ce chapitre toute la journée. Les choses vont devenir épicées entre le héros et l'héroïne et j'ai hâte de découvrir ça.

Ma décision prise, je me reconcentre sur la page. Qui que ce soit pourra revenir quand je ne serai pas occupée. Vingt secondes plus tard, il y a un autre coup plus insistant que j'ignore promptement. Cela dit, je ne vais pas mentir, cette interruption m'arrache à l'histoire et me met de mauvaise humeur.

Comme je ne réponds pas pour la deuxième fois, un message fait biper mon téléphone. Je souffle et regarde l'écran à contrecœur.

Ouvre. Je sais que tu es là.

Ford.

Putain !

J'aurais dû savoir que c'était lui.

Ce mec peut être une véritable épine dans le pied.

Hmm… À moins de surveiller mes moindres faits et gestes, il ne sait pas que je suis ici.

Je reçois un autre message.

Je t'ai vue entrer dans le bâtiment il y a dix minutes.

Ouais. Une vraie épine dans le pied. Je serai heureuse quand cette année sera finie et qu'on quittera l'université. Il bossera pour Crawford et je m'en irai, libre d'aller où je veux.

Peut-être New York.

Ou L. A.

Si mon cœur se serre à la perspective de quitter la seule maison que j'aie jamais connue, je rejette la sensation, refusant de m'y attarder. C'est Crawford qui va me manquer.

Pas Ford.

Jamais Ford.

Bon débarras !

Avec un grommellement, je repose le livre de poche et saute du canapé avant de me rendre vers la porte et de l'ouvrir en grand, trouvant mon ancien demi-frère de l'autre côté. Un sourire diabolique illumine son visage comme s'il était ravi d'avoir dérangé ma solitude.

— Il était temps que tu répondes.

Je montre des dents et me plante au beau milieu du seuil afin qu'il ne puisse pas pénétrer à l'intérieur.

— Qu'est-ce que tu veux ?

— J'ai un peu de temps avant l'entraînement et j'ai pensé qu'on pourrait mettre le projet en train. Ce sera bientôt la fin du semestre et je préférerais en faire le plus possible avant de commencer à partir en déplacement.

Force est d'admettre qu'il a raison. Les entraînements pour mon gala d'hiver ne feront que s'intensifier avant le jour J.

— Très bien, marmonné-je.

Je veux lui faire comprendre clairement que je déteste l'avoir sur le dos comme partenaire.

Ce n'est que lorsque ses yeux descendent le long de mon corps que je me rappelle que je porte un soutien-gorge de sport ainsi qu'un short minuscule qui me colle comme une seconde peau.

Comment est-il possible que la chaleur de son regard me fasse plutôt l'effet d'une caresse physique ? Je suis tentée de croiser les bras afin de lui bloquer la vue, mais rien ne saurait me contraindre de lui donner la satisfaction de savoir qu'il m'a embarrassée.

Sa voix descend de plusieurs octaves.

— Tu vas me laisser entrer ou quoi ?

Le timbre profond de sa voix suffit à inonder mon sexe d'excitation.

Ma bouche se dessèche alors que je hausse brusquement les épaules, puis je fais un pas en arrière, à contrecœur, et lui intime l'ordre d'entrer. D'un pas léger, il passe devant moi et pénètre dans le petit salon-salle à manger. Je m'assure de lui fournir de l'espace alors que je me dirige vers ma chambre pour prendre mon ordinateur ainsi que le polycopié qui décrit le projet plus en détail.

— Je reviens tout de suite.

Ce n'est que lorsque je récupère mon ordinateur portable sur mon bureau et que je me retourne que je me rends compte que Ford m'a suivie. Il parcourt la pièce du regard, observant tous les posters et les photos qui recouvrent les murs. Il y a des oreillers rebondis sur le lit deux places ainsi qu'une peluche de grande taille. Des tonnes de tubes de maquillages, des bouteilles et de la poudre encombrent le bureau, ainsi qu'une pile de vêtements déposés là après le week-end et jetés pêle-mêle sur le dossier de la chaise.

— Allons travailler sur la table dans l'autre pièce. On sera plus à l'aise.

— Non. On est bien ici.

Avant d'avoir achevé sa phrase, il se jette sur le lit, s'étire et cale une main sous sa tête. Je déteste la façon dont ce geste fait ressortir ses biceps.

Je me force à détourner l'attention alors que les battements de mon cœur s'accélèrent.

— Ne te mets pas trop à l'aise.

Mon commentaire grommelé transforme son expression légèrement amusée en un sourire lent. Il est capable de faire fondre le plus glacé des cœurs.

Y compris le mien.

Je recentre mon attention sur l'exercice. Plus vite on en aura terminé, plus vite je pourrai le virer d'ici et retourner à mon roman.

— Il faut qu'on crée un produit puis qu'on développe un plan marketing qui inclut de la recherche, une analyse SWOT, des objectifs, une segmentation de notre marché cible, des stratégies, un plan d'implémentation, ainsi qu'une façon de mesurer et d'évaluer ce qu'on a fait.

— Ça a l'air relativement facile.

Je m'esclaffe.

Ça a plutôt l'air de représenter beaucoup de travail.

Même si je refuse de l'admettre devant Ford, son évaluation de Cameron est probablement juste. J'aurais probablement été contrainte de me taper tout le boulot. Et puisque j'ai quatre autres cours et que je suis toujours en train d'ajuster mon numéro pour le gala, je n'aurai pas le temps d'endosser seule un projet d'une telle envergure.

Mon ex-demi-frère a bien des défauts, mais il n'est certainement pas un flemmard.

— La première chose à faire est de créer un produit qu'on pourra commercialiser, dis-je.

Ford se mordille la lèvre inférieure tout en regardant le plafond en silence. Il plisse légèrement le front. L'envie de l'aplanir est si fort que je dois resserrer les doigts pour m'en empêcher.

Le baiser qu'on a partagé l'autre jour se réinfiltre dans mon cerveau. Je déteste m'avouer qu'il n'a cessé d'y tourbillonner.

Ignorant tout des pensées dangereuses qui me tournent dans la tête, il dit :

— Pourquoi pas un produit pour les enfants qui jouent au hockey ? Comme une bande rectangulaire glissante d'environ deux mètres de long ? Elle pourrait être utilisée de deux façons. Exemple un, tu portes une paire de chaussettes et tu t'entraînes à allonger tes foulées. Exemple deux, tu peux l'utiliser avec un palet pour t'entraîner avec ta crosse.

Il tourne juste assez la tête pour que son regard vienne se braquer sur le mien.

— Tu te souviens de celle qu'avait construite Papa ? Tous mes amis avaient adoré.

Mes souvenirs me précipitent vers la seconde. Alors que mon père m'avait fait construire un studio de danse privé, Ford avait un coin au sous-sol où il pouvait s'entraîner au hockey et soulever des poids. S'ils voulaient quelque chose qui n'était pas disponible sur le marché, Crawford le construisait lui-même. Comme d'accrocher une bâche épaisse au cercle de basketball afin que Ford puisse shooter des palets sans crainte qu'ils ne volent cinquante mètres plus loin dans le jardin. Une fenêtre brisée de la piscine a largement suffi à motiver l'élaboration d'une telle solution.

Ce n'est pas la pire idée qui soit.

— Bien sûr.

Il m'adresse un sourire.

— Tu as vu comme on bosse bien ensemble ?

— Euh… Ne nous laissons pas emporter.

Secrètement, je me dis qu'il n'a pas tort. Surtout quand il n'essaye pas de me provoquer continuellement.

Ayant besoin de recentrer mon attention, je regarde l'exercice avant de griffonner quelques notes.

— Alors, la prochaine étape serait d'effectuer une étude de marché et de voir s'il existe des produits similaires et dans quelles marges de prix.

— Oui. C'est parfait.

On passe les quelque trente minutes suivantes à effectuer des recherches approfondies sur Internet. Il y a quelques inventions similaires, mais qui présentent toutes de légères variations. On note toutes les différences et on réfléchit à des idées sur la façon dont on peut faire se distinguer notre produit par rapport à ses compétiteurs.

Quand mon dos commence à me faire mal, je me redresse et m'étire. Ford pose son ordinateur de l'autre côté du lit et roule vers moi avant de tapoter le matelas à côté de lui.

— Viens ici.

Mes bras retombent graduellement le long de mon corps. M'autoriser à me rapprocher trop de lui était une idée de merde. Particulièrement après ce qui est arrivé l'autre jour. Je n'ai pas besoin que notre relation devienne encore plus compliquée qu'elle ne l'est déjà. Mes sentiments pour lui ont toujours été embrouillés et troubles.

Quand il tapote le couvre-lit une seconde fois, je me surprends à graviter vers lui. Je me pose délicatement à l'autre bout du lit. Il sourit légèrement comme s'il comprenait mon besoin de garder de la distance.

Il redresse le dos et se rapproche.

— Comment va Pamela ?

Cette question me prend au dépourvu. J'étais certaine qu'il allait mentionner le baiser de l'autre jour. Ça ne fait que prouver tout l'espace qu'il a occupé dans un coin de mon cerveau et à quel point j'ai besoin de l'exorciser de ma tête.

Penser à ma mère suffit à éteindre les flammes qui couvaient.

Je hausse sèchement les épaules.

— Bien, je crois.

Depuis le divorce, ma mère passe d'un mec riche à un autre pour essayer de vivre sa meilleure vie à présent qu'elle n'a plus besoin ni de bosser pour vivre ni de s'occuper de moi. C'est embarrassant de la voir si joyeuse de vivre de ses pensions alimentaires. Elle a même demandé à Crawford de l'argent en plus quand elle a voulu partir à Berlin en jet avec ses nouveaux amis.

Bien entendu, il le lui a donné sans poser de questions.

— Quand l'as-tu vue pour la dernière fois ?

Je plisse le front et me tourne vers lui.

Pour être parfaitement honnête, c'est exactement ainsi que je préfère que soit ma relation à Maman.

Absente.

Alors, ce n'est pas comme si je comptais les heures en attendant qu'elle se pointe et se comporte de façon maternelle.

Je me creuse le cerveau, me demandant quand je l'ai vue pour la dernière fois.

— Je ne sais pas… Il y a deux mois.

Je crois.

Peut-être.

Il gratte sa joue mangée par la barbe.

— Hum.

Je baisse les yeux vers ce mouvement avant de me donner une claque mentale et de me reconcentrer.

— Quoi ?

Je scrute son regard pour essayer de deviner ce à quoi il pense.

— Qu'est-ce que ça signifie ? Parler de Pamela suffit à me rendre nerveuse.

— Je suis simplement surpris. Papa a mentionné qu'ils se sont revus il y a une quinzaine de jours.

Cette nouvelle inattendue me fait plisser les narines.

— Ah oui ?

Il m'observe de près.

— Oui.

— Elle ne m'en a pas parlé, marmonné-je.

— Tu connais Papa. Il est toujours heureux de passer du temps avec elle.

Cette dure vérité efface mon sourire. Pauvre Crawford. Même après toute la merde qu'elle lui a fait subir, il est toujours sous son emprise. Parfois, j'ai envie de le frapper en pleine tête en espérant que ça lui fera reprendre ses sens avec Pamela.

J'ai presque peur de lui poser la question, mais je dois savoir…

— A-t-il dit autre chose ?

— Non.

Il articule clairement.

— C'est bien.

Le soulagement m'envahit alors que le poing qui me serrait le cœur se desserre légèrement.

Ford affiche un sourire narquois.

— Tu n'as pas envie qu'on redevienne demi-frère et sœur ?

— Certainement pas.

Mais c'est bien plus que ça. Crawford a été dévasté quand Maman est partie. Pendant des mois, j'ai vécu dans la peur que mon beau-père redevenu célibataire récemment m'annonce que je n'étais plus la bienvenue dans sa vie.

Heureusement, ça n'est jamais arrivé.

Mais l'inquiétude ne m'a pas quittée.

Je n'ai jamais réussi à la bannir.

Particulièrement alors qu'elle ne cesse de rentrer et de sortir de sa vie.

— Ah, dit Ford. Tu as blessé mes tendres sentiments.

Je ne peux m'empêcher de m'esclaffer.

— Tendres sentiments, mon cul.

Il sourit et plaque une main au milieu de sa poitrine, y attirant mon attention.

— Quoi ? C'est vrai. Je suis incroyablement sensible.

Je lève les yeux au ciel.

Si je peux dire une chose sur Ford, c'est qu'il a toujours été capable de me faire rire. Peu importe ce qui arrivait dans ma vie. C'est une des qualités qui m'a attirée à lui. Il a une personnalité facile à vivre vers laquelle les gens gravitent automatiquement. Les mecs veulent être amis avec lui et les filles veulent lui appartenir.

Pendant une nuit, une semaine ou plus longtemps.

J'ai vu ce scénario précis se dérouler des centaines de fois.

Quand il m'adresse son attention exclusive, je me sens spéciale. Comme s'il voyait quelque chose en moi qui reste absolument invisible aux yeux des autres. On traînait ensemble, on parlait, on jouait à des jeux…

C'est une autre raison pour laquelle son rejet a été si douloureux. Je croyais qu'on était amis.

Plus que des amis.

J'avais cru que c'était un commencement…

Ces souvenirs suffisent à faire naître une épaisse couche de glace protectrice qui endurcit mon cœur contre *la* personne qui – je le crains secrètement – le briserait en mille morceaux.

Je refuse catégoriquement de permettre à Ford de me faire du mal une seconde fois.

Dupe-moi une fois, honte à toi.

Dupe-moi deux fois et je n'aurai que ce que je mérite.

10

Ford

On peut dire ce qu'on veut sur Carina, elle n'a jamais eu un visage impassible. Et elle ne cache pas ses émotions non plus. Avec elle, tu sais toujours où tu en es. Il n'y a pas de subterfuge ou bien de jeux. C'est une des choses qui me plaît le plus.

À cette seconde précise, de nombreuses émotions défilent sur son visage expressif, essayant toutes d'avoir la main haute.

C'est absolument fascinant.

Et moi qui pensais qu'elle serait ravie par la possibilité que nos parents se remettent ensemble ! Toutefois, à en juger par son expression pincée, ce n'est pas le cas.

Alors qu'elle garde le silence, perdue dans la tourmente de ses propres pensées, je permets à mon regard de parcourir son espace personnel. C'est un vrai bordel. Il y a du maquillage et des vêtements partout ! Des photos et des posters de danse couvrent les murs. Je m'empare du coussin moelleux orné d'un visage et le regarde.

Est-ce un chat ?

Un lapin ?

Qui sait ?

Je le laisse retomber sur le lit avant de repérer une pile de livres de poche sur la table de chevet. Je prends celui du dessus et regarde la couverture. De toute évidence, il a été adoré. La couverture et les pages sont très écornées.

Depuis que j'ai rencontré Carina à l'âge de quatorze ans, elle est une lectrice avide. À la maison, les étagères de sa chambre sont remplies de livres de poche. Il y en a des centaines. Elle refuse de se débarrasser ne serait-ce que d'un seul. Au lycée, quand je sortais avec des amis, je m'arrêtais à la librairie du coin et en choisissais un que je pensais qu'elle aimerait. Puis je le laissais sur son lit pour qu'elle le découvre. Ça fait longtemps que je ne l'ai pas fait.

Des années.

Après coup, elle passait toujours dans ma chambre pour me remercier. C'est l'expression sur son visage qui me tuait toujours. C'est comme si j'avais décroché la lune.

Ça me manque.

Ça me manque qu'elle me regarde comme ça.

Je cligne des paupières pour me reprendre et observe le type sur la couverture. Il est plutôt beau gosse… je dirais. C'est-à-dire, si vous aimez les hommes avec des torses taillés dans le marbre et des abdos qui sont limite ridicules.

C'est le genre de mec qui l'attire ?

Alors que je m'apprête à l'observer de plus près, le livre m'est retiré des doigts. Mon regard se dirige vers Carina qui s'est ruée vers moi.

Je désigne la couverture avec le menton.

—Je suis aussi musclé que ce type.

—Je ne crois pas, non.

Elle jette un œil à la couverture et l'étudie pendant une seconde ou deux.

—Je suis prêt à parier que *ce* type n'est même pas aussi musclé. L'image est probablement photoshoppée.

— Tu veux parier ?

Elle arque un sourcil.

— Hmm ?

Son regard soutient le mien alors que je roule sur le lit et me redresse. Mes doigts agrippent l'ourlet de mon haut. Elle écarquille les yeux alors que je le fais passer sur ma tête et jette le bout de tissu en coton sur le matelas. Les muscles se gonflent alors que je contracte mes biceps. Depuis que j'ai quinze ans, je vais à la salle de muscu et je soulève des poids afin d'obtenir le corps que je veux.

J'en suis fier.

Son regard passe sur mes bras et ma poitrine avant de tomber sur mes abdominaux.

— Très bien, marmonne-t-elle après une longue minute d'un examen attentif. Peut-être que tu l'es.

Un sourire s'empare de mon visage alors que je contracte le bras à plusieurs reprises, voulant garder son attention braquée sur moi.

Elle désigne le T-shirt froissé.

— Tu peux le remettre maintenant, Musclor.

Oui… Ça n'arrivera pas. Particulièrement avec la façon dont ses pupilles se sont dilatées. Cette fille aime ce qu'elle voit, même si elle refuse de l'admettre.

Au moment où je franchis l'espace entre nous d'un seul pas, elle lève le menton afin de soutenir mon regard. Je m'installe entre ses jambes, les écartant davantage. Ses paumes investissent ma poitrine nue alors que son dos s'enfonce sur le matelas et que je l'emprisonne dans mes bras.

Un mélange puissant de confusion et de désir tourbillonne dans ses yeux alors qu'elle scrute mon regard afin de chercher des réponses aux questions qui n'ont pas encore quitté ses lèvres. Ils sont absolument magnifiques dans leur intensité. Avec ses longs cheveux blonds, son corps athlétique musclé et son esprit de répartie, cette fille est un fantasme incarné.

J'ai fait savoir dès le premier jour, quand plusieurs de mes coéquipiers ont mentionné que Carina était torride, qu'ils ne devaient pas la toucher.

La regarder.

Ou l'aborder.

Je n'ai eu qu'à cibler quelques mecs durant l'entraînement pour qu'ils comprennent que je ne plaisantais absolument pas. J'ai eu plus de mal à repousser le reste des connards à Western, mais j'ai réussi.

Carina me botterait probablement le cul si elle découvrait

combien de ficelles j'ai dû tirer pour m'assurer qu'elle n'habite pas seulement au même étage, mais également la porte à côté. J'ai dû donner au gamin du gérant de l'immeuble des leçons privées de hockey ainsi que des accessoires à l'effigie des Western Wildcats.

Elle cesse de respirer comme si son souffle restait coincé au fond de sa gorge.

— Qu'est-ce que tu fais ?

Au lieu de réagir, je lui renvoie la question.

— Qu'est-ce que j'ai l'air de faire ?

Elle est intelligente. Elle doit bien se rendre compte de ce qui bouillonne sous la surface depuis le tout début.

— Quelque chose qu'on ne devrait pas faire.

Mes lèvres sont dangereusement proches des siennes. Je n'arrête pas de penser à la façon dont elle était assise sur mes genoux et s'était frottée contre moi comme une chatte en chaleur quand on s'est embrassés l'autre nuit. Sans conteste, c'était le baiser le plus torride que j'aie jamais connu.

Et c'est peu dire.

Ce n'est pas comme si j'avais vécu une vie chaste jusqu'ici. J'ai passé des années à essayer de chasser cette fille de ma tête, mais aucune autre fille n'a été capable de le faire. Je commence à soupçonner que personne ne le fera jamais.

Je suis obsédé par Carina.

Je l'ai toujours été.

— Et pourquoi ?

— Parce que…

Son murmure s'évanouit.

Incapable de résister à l'attirance de ses lèvres pulpeuses, ma bouche frôle la sienne comme je le lui avais fait dans le studio. Je suis tenté de la prendre comme je rêve de le faire depuis des années.

Des putains d'années.

— Parce qu'on ne mélange pas le sexe et la famille ? demandé-je.

Elle laisse échapper un éclat de rire surpris alors que ses yeux affichent une étincelle d'humour.

— Oui… Quelque chose comme ça.

Je donne un coup de reins afin que mon gourdin épais vienne frotter le V entre ses cuisses. C'est un mouvement alangui qui fait se dilater ses iris jusqu'à ce que le noir dévore presque ses prunelles claires.

— Tu m'as vraiment excité l'autre jour, grogné-je avant de mordiller sa lèvre inférieure pulpeuse avec des dents acérées. Je crois que tu l'as fait exprès.

Comme elle garde le silence, je me frotte à nouveau à elle une seconde fois.

— N'ai-je pas raison ?

Au lieu de répondre, elle écarte davantage les cuisses, la longueur de ses jambes s'enroulant autour de ma taille, m'ancrant à elle afin que ma verge se retrouve collée à son sexe. Seules quelques couches de vêtements nous séparent.

Ses jambes sont vraiment musclées.

Elle serait peut-être capable de briser des noix avec.

Je ne sais pas pourquoi cette image est si torride. Je devrais avoir peur, pas être tellement excité que je suis à deux doigts de me jouir dessus.

— Peut-être.

C'est l'unique feu vert dont j'ai besoin pour continuer.

— Ne crois-tu pas qu'on devrait faire quelque chose concernant toute cette énergie sexuelle contenue ?

Quand je cambre à nouveau les hanches, une autre vague d'excitation s'abat sur moi. La force manque de m'entraîner au fond de l'océan, là où respirer devient impossible. Ce qui est drôle est que quand je suis avec elle de la sorte, je n'ai pas envie de remonter à la surface. Tant que j'ai Carina dans les bras, qui a besoin d'oxygène pour survivre ?

— Peut-être que je le fais déjà.

Il n'en faut pas plus pour que mes mouvements s'immobilisent et que mes yeux se plissent. Même la perspective qu'un autre homme pose les mains sur elle, la touchant comme j'en rêve, me rend fou.

— Qui ? craché-je. Ce connard de Justin ? Si c'est le cas, je le démembrerai. Ce sera un véritable plaisir.

Le désir trouble ses yeux alors que je me frotte à nouveau contre elle.

— Non, j'ai rompu après la fête.

— Tu as couché avec lui ? Il t'a touchée ?

— Non.

— C'est bien.

Un soulagement immensément ridicule s'abat sur moi.

— Tu couches avec quelqu'un en ce moment ?

Elle m'étudie pendant un long moment et je commence à me demander si elle va me dire que ça ne me concerne absolument pas.

Ce qui, techniquement, est vrai.

— Non.

Il y a une seconde de silence.

— Et toi ?

Je n'arrive pas à m'empêcher de remuer à nouveau les hanches.

Putain !

Putain !

Putain !

J'ai envie de lui arracher ses vêtements et de m'enfoncer profondément dans la chaleur de son corps. Ma queue est douloureusement dure.

Mon gland est à deux doigts d'exploser.

— Non.

Son expression se fait sceptique.

— Pas de coups récents ?

Comment puis-je coucher avec une autre fille quand elle est la seule qui me consume ?

— Ça fait un moment, j'admets à contrecœur.

Avant qu'elle ne puisse creuser davantage et entrevoir l'étendue du pouvoir qu'elle a sur moi, je demande :

— Action ou vérité ?

Elle n'exprime pas la moindre hésitation.

— Vérité.

— Tu ne penses jamais à ce que ça ferait de me sentir profondément enfoncé dans ta chatte ?

À part un léger ralentissement de sa respiration, elle ne trahit rien. Plus elle me refuse une réponse, plus ma nervosité augmente.

Comme je n'arrive pas à le tolérer un moment supplémentaire, je gronde :

— Réponds à la question.

— Oui.

Alors que la surprise me traverse, la porte de la chambre à coucher s'ouvre brutalement. Il y a un hoquet choqué puis un silence maladroit alors que je demeure en place.

— Papa ? dit Ryder d'une voix qui a l'air ridiculement enfantine. Pourquoi tu fais du mal à Maman ?

Carina serre fort les paupières avant de jurer à mi-voix.

Il y a un bruit sourd. Le grognement de Ryder est suivi d'un petit ricanement.

— Pardon ! J'aurais dû frapper, dit rapidement Juliette avant de refermer à nouveau la porte.

Levant la voix afin d'être entendue depuis l'autre côté, elle dit :

— Ne vous interrompez pas, tous les deux !

— Putain !

Toute l'excitation qui assombrissait les jolis yeux de Carina a disparu depuis longtemps alors qu'elle repousse ma poitrine et lance :

— Tu vois ce que tu as fait !

Je me redresse à contrecœur et désigne l'épaisse érection qui émerge de mon jean.

— Tu devrais peut-être voir ce que *tu* as fait !

En levant les yeux au ciel, elle récupère mon T-shirt sur le lit et me le jette en pleine poitrine.

Une chose est certaine : la prochaine fois que je verrai Ryder, je devrais le remercier pour son interruption malvenue.

Avec mon poing.

11

Carina

Poussant un soupir contrarié, j'éjecte Ford de ma chambre et je claque la porte derrière lui. Il parviendra à trouver la sortie tout seul. Puis j'attends quarante-cinq minutes, espérant que Juliette et Ryder soient partis et qu'on puisse parler à nouveau de la situation embarrassante qu'elle a surprise.

Parce que je sais parfaitement qu'elle aura des questions.

Et des commentaires.

Beaucoup de commentaires.

Certains auxquels je n'aurais pas particulièrement envie de songer.

Ou de répondre.

Arg !

Alors que le silence de l'appartement retombe autour de moi, j'entrouvre la porte de la chambre et me glisse dans le couloir avant de jeter un œil dans le salon. J'y trouve Juliette installée sur le canapé, un épais volume ouvert sur ses genoux.

Putain ! Apparemment, je n'aurai aucun sursis après tout.

Alors que nos regards se croisent, elle retire ses lunettes à la monture en écailles de tortue et les pose sur la table basse.

Il n'en faut pas plus pour qu'un silence embarrassant s'installe.

S'il avait été possible de revenir dans ma chambre et de refermer doucement la porte, je l'aurais fait. En voyant la question qui emplit les yeux de Juliette, ce n'est pas une option.

Elle me pourchasserait si c'est nécessaire.

— Alors… Ford et toi… ?

Mes épaules s'affaissent alors que je file dans le petit salon et me jette sur le fauteuil placé en face du canapé.

— Il n'y a rien entre Ford et moi.

Vous vous imaginez un tel scénario ?

Cette pensée me provoque un grand frisson.

— Tu en es certaine ? Parce que ce n'est pas l'impression que ça donnait.

— Cent pour cent.

Je désigne la scène du crime, aussi connue sous le nom de *ma chambre*.

— On étudiait et une chose en a entraîné une autre.

— C'est l'excuse que tu as trouvée ? dit-elle avec un ricanement incrédule.

Incapable de rester immobile, je me redresse et fais les cent pas devant le canapé. Les yeux de Juliette suivent mes moindres mouvements.

— Oui. Ce que tu as vu n'était rien de plus qu'une erreur de jugement.

— Très bien, si tu le dis.

Je me tourne vers elle, soulagée qu'elle n'essaye pas de me contredire.

— Absolument.

— Alors… Que se serait-il passé si je n'étais pas entrée par surprise et vous avais interrompus ?

Je ne peux que la regarder alors que sa question posée nonchalamment tourne dans ma tête comme une toupie.

J'ai peur d'y répondre.

Particulièrement alors que je me remémore malgré moi la façon dont il a pu m'agacer autant.

Mais je ne peux pas le lui dire.

Vous plaisantez ?

Bien sûr que je ne peux pas.

Je suis à peine capable de me l'avouer.

— Rien.

Ce n'est pas ce que la voix au fond de mon esprit me murmure.

Tout ce que je peux dire est que cette voix stupide et excitée a besoin de se la fermer.

— J'ai besoin de baiser.

Je fronce les sourcils alors que je calcule mentalement combien de temps ça fait. La réponse ne me venant pas immédiatement à l'esprit, j'éclate de rire avant de me laisser tomber sur le fauteuil.

— De toute évidence, ça fait un moment, si j'ai permis à Ford de poser les mains sur moi.

Sauf que… C'était super bon.

Les deux fois.

Tu ne penses jamais à ce que ça ferait de me sentir profondément enfoncé dans ta chatte ?

Sa question pénètre dans mon cerveau avant d'y tourbillonner vicieusement.

Dans un moment de faiblesse, j'ai admis la vérité. Je pense à ce que ça ferait de sentir Ford profondément enfoncé dans mon corps. Mais je refuse catégoriquement de laisser cela arriver.

Ce serait le moyen le plus sûr de causer des problèmes avec Crawford. Il est l'une des personnes les plus importantes de ma vie et coucher avec son fils ne ferait que compliquer notre relation. Ça suffit déjà de devoir craindre que Maman ne cesse de me mettre des bâtons dans les roues.

Cette femme est imprévisible et je n'ai aucun contrôle sur elle.

À présent que toute pensée rationnelle triomphe à nouveau, mon chemin semble tout tracé. J'ai besoin de garder mes distances par rapport à Ford. Ce n'est pas comme si je ne le faisais pas depuis des années. J'en étais presque au point où j'aurais pu l'enfermer dans un coin de mon cerveau et l'oublier complètement.

Pour une raison inconnue, ce n'est plus possible.

— Carina ?

Je cligne des paupières avant de me reconcentrer sur Juliette.

— Oui ?

Son expression se radoucit comme si elle se rendait compte que je nous mens à toutes les deux.

— Tu sais que je suis toujours là si tu veux me parler, n'est-ce pas ?

Je me force à sourire.

— Bien sûr. Et j'apprécie.

Comme je ne rajoute rien, elle continue.

— Mais il n'y a rien à dire ?

Cette question flotte dans l'air entre nous.

Pendant un battement de cœur ou deux, je suis tentée de tout lui dire avant de pincer les lèvres et de secouer la tête.

— D'accord.

À contrecœur, elle jette un œil au manuel posé sur la table basse.

— Alors je devrais probablement me remettre à étudier.

Je me redresse, soulagée que cette conversation soit derrière nous.

—Je vais au studio pour bosser sur ma choré.

Et si j'ai de la chance, j'évacuerai un peu de la tension sexuelle que Ford a éveillée.

12

Ford

J'observe Ryder et Juliette à la dérobée. Ils sont assis en face de moi de l'autre côté de la table. Elle s'est perchée sur ses genoux et ils se sourient comme un couple d'amoureux. La musique est forte et le bar est bondé, mais ils ne s'en rendent pas compte.

Ce n'est que lorsqu'un corps plantureux se laisse tomber sur mes cuisses et que des bras minces viennent s'enrouler autour de mon cou que je réintègre le présent et découvre Darcy Erickson qui me sourit.

— Tu es bien trop sérieux pour un samedi soir à Slap Shotz.

J'affiche un sourire pincé alors que je me force à adopter une légèreté que je ne ressens pas vraiment.

— Non.

Je regarde le spectacle et laisse courir mes pensées.

Elle s'approche jusqu'à ce que son souffle chaud caresse ma peau.

— On peut toujours rentrer chez moi si tu cherches un peu de paix et de tranquillité.

Non. Ce n'est vraiment pas ce que je recherche.

Je secoue la tête et me détends sur ma chaise, tentant de créer un peu de distance.

Darcy est une fille super sympa. On a suivi quelques cours de business ensemble et on a appris à se connaître. Elle ne rate jamais une occasion de se coller à moi pendant les cours. Puis elle a commencé à se pointer à nos matches à domicile et enfin au bar pour nous aider à célébrer l'événement.

J'ai la sensation qu'elle attend que je l'invite. Au cours des derniers mois, elle m'a décoché des tonnes de sous-entendus. Comme des miettes de pain qu'elle espère que je vais remarquer et ramasser.

Sauf que… Darcy ne m'intéresse pas.

Personne ne m'intéresse en ce moment.

Bon, d'accord, ce n'est pas entièrement vrai. Il y a une personne qui m'intéresse. C'est juste qu'elle me déteste.

Et nous sommes parents.

En quelque sorte.

— Merci, mais ça va.

Je désigne du menton Wolf qui est avachi de l'autre côté de la table. Il irradie une énergie qui dit *foutez-moi la paix*.

— Si je pars trop tôt, ce connard revêche ne va pas me lâcher.

La déception inonde ses grands yeux bruns alors qu'elle se mordille la lèvre inférieure. Je suis certain que c'est censé être sexy.

Ça a l'effet opposé.

Je suis plutôt tenté d'enrouler mes mains autour de sa taille et de la retirer physiquement de mes genoux. Il n'y a qu'une seule fille que je souhaite sur mes genoux et son nom n'est pas Darcy.

Cette pensée suffit à me faire rire.

Vous vous imaginez Carina perchée sur mes genoux qui me tâterait le torse comme une groupie excessive ?

Merde… Cette fille arracherait probablement une bonne partie de ma personne.

Avec les dents.

Du genre Hannibal Lecter.

Mon regard parcourt la foule à la recherche de la jolie blonde. Elle est arrivée plus tôt avec Ryder et Juliette. Elle m'a jeté un seul regard avant de tourner brusquement les talons et de s'en aller.

Je n'aurais pas dû m'attendre à autre chose. Ça fait une heure qu'elle remue des fesses non-stop sur la piste.

J'ai toujours aimé voir Carina danser. J'aurais pu la regarder pendant des heures d'affilée… et je l'ai probablement fait. Quand on était au lycée, je me glissais dans le studio pendant qu'elle s'entraînait. Il y avait quelque chose dans ses mouvements gracieux qui ne manquait jamais de tout apaiser en moi.

Elle est comme mon Xanax personnel.

Comme je ne la repère pas immédiatement, mes sourcils se froncent et je tends le cou pour observer le bar.

— Ford ?

Darcy s'approche, tentant de reconquérir mon attention qui s'est laissé distraire.

Je me force à la regarder dans les yeux.

— Oui ?

— Tu es certain que tu ne veux pas qu'on aille ailleurs ?

— Oui, certain.

Je ne veux pas lui faire de la peine, mais je ne veux pas non plus lui laisser croire des choses.

— Tu comprends que je ne cherche pas quelque chose de sérieux, n'est-ce pas ?

Son visage se décompose alors qu'elle détourne les yeux.

— Oui, bien sûr.

J'ai toujours essayé d'être franc avec les filles quand on couche ensemble. À moins de leur faire signer un contrat qui dit qu'elles comprennent bien que ce n'est qu'un coup d'un soir, je ne sais pas quoi faire d'autre.

Et Darcy ?

On n'a jamais couché parce que je sais qu'elle ne cherche pas quelques heures entre les draps. Elle recherche un copain et pour une raison quelconque, elle a jeté son dévolu sur moi. Je crois que cette situation me gênerait moins si elle avait couché avec plusieurs autres membres de l'équipe.

De longs cheveux blonds attirent soudain mon attention et je tourne la tête si rapidement que je manque de me faire le coup du lapin. Apparemment, Carina s'est installée au bar. Elle affiche un sourire radieux.

Quand m'a-t-elle regardé ainsi pour la dernière fois ?

Ça fait des années.

Je la regarde avec tant d'attention qu'il ne me faut que quelques secondes pour me rendre compte qu'un mec est en train de tenter le coup. Non seulement il la colle de trop près, mais il joue aussi avec une mèche de ses cheveux, l'enroulant autour de son doigt comme s'il essayait de la prendre au piège.

Une pincée de jalousie me frappe en plein ventre et manque de dérober tout l'air de mes poumons.

Oh, tu peux toujours rêver…

Machinalement, mes mains se referment sur la taille de Darcy et je la soulève, la posant sur ses pieds avant de me redresser d'un mouvement preste.

— Ford ? Où vas-tu ?

Cette fois, je ne prends pas la peine de lui jeter un regard. Si je retire les yeux de Carina ne serait-ce qu'une seconde, j'ai peur qu'elle disparaisse avec ce connard avant que je puisse m'interposer.

Et si ça arrive…

Je ne veux même pas songer à ce que je serais capable de faire.

Je détruirais probablement toute la ville jusqu'à ce que je les retrouve et je lui casserais la figure.

Merde !

Je me passe une main à travers les cheveux.

—Je dois parler à quelqu'un. On se revoit plus tard.

Puis je m'éclipse, jouant des coudes à travers la foule. Quelques personnes appellent mon nom, essayant d'attirer mon attention, mais je les ignore.

Mon attention est entièrement braquée sur Carina.

À l'exception de ce connard qui touche à ce qui m'appartient.

Je grimace. Cette pensée suffit presque à me faire piler net.

Mais pas entièrement.

Dès que je parviens à ses côtés, je glisse un bras autour d'elle et la serre contre moi. Je fusille le mec du regard avant de prendre sa main et de libérer sa mèche de cheveux épais.

Comment ose-t-il la toucher ?

Il cligne des paupières surprises avant de braquer son attention sur moi.

Je le salue d'un geste du menton. J'invoque tout mon self-control afin de ne pas dévoiler mes dents comme un animal sauvage.

— Que se passe-t-il ?

Cette question est décontractée, plus que ce que je ne le suis.

— Euh… rien.

Il a parfaitement raison. Absolument rien ne va se passer ici.

Écarquillant les yeux, le type m'observe de plus près avant de s'écrier :

— Tu es Ford Hamilton !

Mes muscles se détendent alors que l'adulation illumine son visage.

— Oui.

— Ton match de la semaine dernière était vraiment super ! Tu n'as pas marqué un coup du chapeau ?

— En fait, c'étaient juste deux goals, le corrigé-je modestement.

— Le dernier était génial ! La façon dont tu as feinté le défenseur et lancé le palet dans les buts !

Il secoue la tête comme s'il revivait mentalement le jeu.

— Ce tir a sauvé la partie.

Il n'a pas tort. Ce point a sauvé la mise.

Je souris lentement. Particulièrement lorsque je vois le froncement de sourcils qui barre le visage de Carina. Le mec ne s'arrête pas là non plus. Il me fournit une analyse détaillée des trois derniers matches ainsi que mes statistiques et mes points forts. Je devrais l'engager pour mes relations publiques. Il brosse de moi un portrait fantastique.

Sauf que… plus il s'extasie sur ma personne, plus Carina s'irrite. Son corps est devenu aussi rigide qu'une planche, ce qui entre en contraste complet avec la façon dont elle était allongée sous moi l'autre nuit.

Incapable de me contenir, je tourne juste assez le visage pour inspirer une bouffée du parfum floral de ses cheveux avant de murmurer :

— Tu as entendu tout ça ? Je t'avais dit que j'étais impressionnant.

— Je t'en prie, répond-elle avec un grognement en tentant de se dégager de mon étreinte. Tu l'as probablement payé pour chanter tes louanges.

Je la serre plus fort. Si elle pense que je vais la lâcher maintenant que j'ai enfin reposé les mains sur elle, elle se fourre le doigt dans le nez.

La lueur dans ses yeux confirme exactement ce dont je me suis toujours douté.

Elle était en chasse.

Ouais… Elle peut toujours rêver. Je vais lui casser son plan-drague toute la soirée si besoin est.

Elle tourne suffisamment la tête pour me fusiller du regard.

— Tu veux bien me lâcher ?

Je lui coule un regard avant de déposer un baiser sur le sommet de son crâne.

— Absolument pas, ma jolie.

Le mec regarde Carina d'un air surpris comme s'il avait oublié qu'elle se tenait là avec nous, puis il lève les deux mains comme s'il capitulait.

— Désolé, Hamilton. Je n'avais pas compris qu'elle était à toi. Désolé.

Les yeux de Carina s'écarquillent au point de pouvoir lui dégringoler du crâne alors qu'elle ouvre la bouche pour envoyer bouler cet idiot. Comment un mec peut-il oublier que cette bombe atomique se tient à côté de lui ? Ça me dépasse. Je ne pourrais pas être plus en harmonie avec cette fille. Elle n'a qu'à respirer et je suis complètement concentré sur elle.

— Pas de problème, dis-je, m'interposant avant qu'elle ne pète totalement un plomb.

J'aimerais la voir rentrer dans le lard de ce mec, mais la dernière chose que je veux est que Carina se mette en rogne. Elle est déjà en colère que je me sois imposé dans son petit tête-à-tête.

Il lui décoche un froncement de sourcils.

— Pourquoi tu ne m'as pas dit que tu sortais avec Ford Hamilton ? Ce n'est pas cool.

Ma prise se referme pour la tenir en place alors que ses muscles se contractent. J'ai un peu peur qu'elle lui saute dessus.

— Ce n'est pas grave, mec.

Cela dit, il tourne les talons et s'en va, nous laissant seuls alors qu'un grognement émane du plus profond de la poitrine de Carina.

Je la fais tourner entre mes bras pour qu'on se retrouve face à face.

— Allons, bébé, tu sais que je n'aime pas quand tu flirtes avec d'autres hommes devant moi. C'est irrespectueux et ça me fait de la peine. Je t'ai déjà dit à quel point j'étais sensible.

Je lui taquine le bout du nez avec le doigt.

— Tu as compris ?

Lorsqu'elle découvre les dents, mes épaules tressautent d'un rire silencieux. Très vite, il s'échappe de mes lèvres.

— Putain, Ford ! Ce n'est pas drôle !

Quand son emportement ne fait que décupler mon hilarité, elle me lance :

— Tu es un vrai con.

— Je trouve ça plutôt amusant. Pendant une minute, j'ai cru que j'allais assister à un homicide.

— Ce n'est pas lui que je voulais tuer.

Ses yeux plissés pétillent d'irritation.

— Pourquoi tu m'as cassé mon plan ?

Cette question suffit à dissiper ma bonne humeur alors que je l'attire assez près de moi pour que ses courbes douces s'alignent avec toutes mes lignes dures.

— Parce que si tu cherches une queue, ce sera la mienne.

— Tu délires vraiment ? Pourquoi penses-tu posséder le moindre droit de regard sur mes partenaires sexuels ? La dernière fois que j'ai vérifié, c'est *moi* qui prends les décisions. Pas toi. *Jamais* toi.

— On sait tous les deux ce qu'il t'arrive. Tu es toujours excitée après l'autre jour.

— L'autre jour… répète-t-elle en arquant un sourcil. Je ne sais pas de quoi tu parles.

— Bien tenté. Je suis prêt à parier qu'on y a songé tous les deux.

Il y a une seconde de silence.

— Je sais que je l'ai fait.

Cet aveu m'échappe avant que je puisse le ravaler.

Elle affiche un soupçon de surprise qu'elle réprime aussitôt. Si je ne l'observais pas avec autant d'attention, je l'aurais complètement raté.

— Je vais être complètement honnête avec toi.

Elle se hisse sur la pointe des pieds jusqu'à ce que je sente son souffle chaud sur mes lèvres. C'est absolument enivrant.

— C'est plus *ton* problème que le *mien*.

— Vraiment ? Parce que j'ai plutôt l'impression que c'est *notre* problème qu'on doit résoudre au plus vite.

— Et comment comptes-tu t'y prendre exactement ?

Mon regard se pose sur ses lèvres. À n'importe quel moment, la tension sexuelle dans l'air entre nous est prête à exploser, faisant voler l'endroit en éclats.

— Essaye un peu de deviner.

On ne détourne pas le regard alors qu'elle baisse la voix.

— On ne peut pas coucher ensemble, Ford.

Le désir se déchaîne dans mes veines. Ce serait tentant de parcourir un peu de la distance qui nous sépare. J'ai envie de la soulever dans mes bras et de l'emporter loin d'ici.

— Pourquoi pas ?

— Parce qu'on est parents.

— Non.

On ne l'est pas. Puis j'ajoute :

— Plus maintenant.

— Crawford est comme un père pour moi.

Je hausse sèchement les épaules, voulant seulement abattre tous les obstacles qu'elle tente de dresser en travers de mon chemin.

— Il n'a pas besoin de le savoir.

Il y a un temps d'arrêt.

— Ce sera notre petit secret. Comme lorsque tu te glissais en douce dans ma chambre la nuit pour te glisser dans mon lit.

Même dans la pénombre qui envahit le bar, ce serait impossible de rater la rougeur qui colore ses joues alors que je ressuscite notre passé. Nous n'en avions jamais discuté ouvertement.

Particulièrement pas après.

C'est presque une surprise quand elle ne m'ordonne pas immédiatement de la fermer. Je m'attendais à devoir lutter davantage.

Comme elle garde le silence, j'insiste, souhaitant simplement m'assurer de son accord.

— Ça peut être strictement une situation d'amis avec bénéfices.

Elle détourne le regard pendant quelques secondes et je me demande si j'ai commis une erreur tactique. Mais…

Ce n'est pas comme si Carina voulait sortir avec moi. Cette simple pensée me donne envie de rire. Elle préférerait me poignarder dans l'œil plutôt que de me présenter comme son petit ami.

Son regard froid revient vers le mien alors qu'elle me juge en silence à travers ses cils noirs épais. Alors que je m'agite sous son examen implacable, elle dit :

— Tu ne veux pas plutôt dire meilleurs ennemis avec bénéfices ?

Son grand sourire décontracté me semble à présent forcé et incertain.

— Tu as compris, ma chérie. C'est *exactement* ce que c'est.

Je ne sais pas ce qui me pousse à monter d'un cran, mais je plaque les lèvres contre son oreille.

— Une petite coucherie entre meilleurs ennemis serait cathartique pour tous les deux, tu ne crois pas ?

Son corps se contracte alors qu'elle murmure :

— Eh bien, je te déteste.

Si sa réaction me fait un trou au cœur, je repousse le sentiment, ne voulant pas m'y attarder.

— Alors c'est d'accord ?

L'anticipation se concentre au plus profond de moi. J'ai juste envie de me l'approprier. Je veux savoir que dans quelques jours, semaines ou quoi que ce soit, Carina Hutchins m'appartiendra.

Et à moi seul.

— J'y réfléchirai et je te rappellerai.

Je m'écarte juste assez pour scruter son regard.

— Personne d'autre ne touchera cette chatte avant que j'obtienne une réponse.

— C'est toi qui en décides aussi, hein ?

— Oui. Alors, on est d'accord ?

Il y a un long silence qui amplifie la tension épaisse entre nous jusqu'à ce qu'elle devienne quasiment insupportable.

— Je crois, oui.

Il n'en faut pas plus pour que mes muscles se détendent et que tout l'air soit évacué de mes poumons.

Je suis à un pas supplémentaire d'obtenir ce que je veux.

Encore un autre et je poserai les mains sur Carina.

13

Carina

— Comment t'ai-je laissée me convaincre de venir ? marmonné-je alors qu'on s'éloigne de la billetterie.

Juliette passe un bras autour de mes épaules et me serre fort.

— Parce que je t'ai promis de t'acheter un carton de popcorn. Et tu adores le popcorn des stades.

— Tu me connais bien, j'admets à contrecœur.

Elle m'adresse un grand sourire tandis que ses yeux pétillent d'hilarité. Ma meilleure amie rayonne et c'est entièrement dû à Ryder McAdams. Ses pieds ne touchent plus terre et sa tête est toujours perdue dans les nuages. Cette fille est super heureuse.

Et qui pourrait le lui reprocher ?

Ryder McAdams a toujours été très recherché sur le campus et elle est parvenue à se l'attacher.

Cela dit, je suis quasiment certaine que c'est le contraire. Ryder a enfin décidé qu'il avait perdu assez de temps et il a conquis ce qu'il désirait vraiment.

Juliette.

Sa voisine depuis l'enfance.

Je devine que le défenseur blond avait secrètement le béguin pour elle depuis un moment. Être équipier et meilleur ami avec le frère de Juliette n'avait fait que compliquer les choses. Mais quelque part, ils ont franchi les obstacles qui leur barraient la route et ont trouvé leur bonheur.

Suis-je jalouse de ce qu'ils ont ?

Non. Pas du tout.

Bon, d'accord. C'est un mensonge. Je suis totalement jalouse. Je suis sortie avec bon nombre de mecs à l'université et aucun d'eux n'a duré plus que quelques semaines. Un mois tout au plus.

J'ai aussi eu des super coups.

Cela dit, des super coups et des orgasmes délicieux ne vous mènent pas très loin. J'ai essayé de faire fonctionner des relations qui n'étaient basées que sur le sexe. J'ai également appris à mes dépens que si tu n'as pas grand-chose à dire hors de la chambre à coucher, c'est comme d'essayer de traîner un cheval mort au sommet d'une colline.

En plus, j'ai la fâcheuse habitude de comparer les mecs avec lesquels je sors ou je couche avec Ford.

Inévitablement, ils ne lui arrivent pas à la cheville.

J'ai beau avoir essayé de ne pas m'attarder sur lui, il n'est jamais loin de mes pensées.

Si tu cherches une queue, ce sera la mienne.

Un minuscule frisson danse le long de mon épine dorsale alors que ces mots jouent en boucle dans mon cerveau.

C'est probablement la chose la plus torride qu'on m'ait jamais dite.

Et ça vient de Ford.

Mon ancien demi-frère.

Si je suis tentée d'accepter sa proposition ?

Oui, bien sûr.

Chaque fois qu'on est ensemble, l'air autour de nous entre en fusion et j'ai du mal à respirer. Mon intimité palpite à un rythme douloureux et ma culotte s'inonde. L'impulsion de faire courir mes mains sur lui vibre à travers moi.

Son corps est une œuvre d'art.

Sculptée et dure comme l'acier.

Je n'ai peut-être pas le moindre problème à lui mentir, mais je refuse catégoriquement de *me* mentir. J'ai désiré Ford depuis le tout début et j'ai passé des années à réprimer ces sentiments importuns.

Ce n'est que lorsque ma meilleure amie me redonne un coup de coude une fois qu'on atteint la patinoire que je relègue ces pensées au fond de ma tête. Elle fait signe à sa famille et sa mère sourit, se mettant immédiatement debout pour lui rendre son geste.

Juliette a les meilleurs parents du monde. Il est évident qu'après toutes ces années, ils sont toujours fous amoureux l'un de l'autre. Il est tout aussi évident que leurs vies tournent autour de leurs enfants.

Ça n'a jamais été comme ça pour moi.

Après le stress de mon enfance, je ne peux pas vraiment reprocher à Maman de vouloir se concentrer sur elle-même, pour une fois. J'aurais simplement préféré que ce ne soit pas à mes dépens. Ces pensées ne servent qu'à souligner la chance que j'ai d'avoir Crawford. Il est entré dans ma vie quand j'en ai eu le plus besoin et a représenté une présence stable dans ma vie. C'est mon unique figure parentale.

Comment pourrais-je songer à faire un choix qui risquerait de porter préjudice à notre amitié ?

Cette réalisation m'alourdit l'estomac comme une pierre.

— Salut, Carina ! C'est si bon de te revoir.

Mrs McKinnon me prend dans ses bras pour me donner une étreinte chaleureuse. Elle est sérieusement la dame la plus gentille que je connaisse.

Son mari me donne également une brève étreinte. Je dirais que Brody McKinnon doit avoir dans les quarante-cinq ans. Cet homme est sérieusement torride. Il a juste quelques mèches argentées sur les tempes.

Il faut qu'on m'explique pourquoi c'est aussi sexy.

Parce que c'est totalement vrai.

Une fois qu'on s'est installées dans nos sièges, je me rapproche de Juliette et lui murmure :

— T'ai-je déjà dit dernièrement que ton père est sexy ?

Son visage se contorsionne comme si je venais de suggérer qu'on noie un sac rempli de chatons. C'est exactement la réaction à laquelle je m'attendais.

— Je t'en prie, ne me dis plus jamais une chose pareille.

J'affiche un grand sourire.

— Pourquoi ? Je dis simplement que ta mère est une femme *extrêmement* chanceuse.

— Beurk. Je viens de vomir un peu dans ma bouche. Alors, merci.

Avant que je puisse continuer à la taquiner, elle me menace.

— Si tu rajoutes un mot de plus, je change de siège.

Alors que j'ouvre la bouche, elle poursuit :

— Je suis sérieuse, Carina.

Je hausse les épaules.

— Pfff. J'essayais simplement de faire un compliment.

— Eh bien, abstiens-toi.

On fait toutes les deux des gestes du bras quand Stella débarque avec son père, John McKinnon. C'est également le père de Brody, mais il y a une grande différence d'âge entre les demi-frères et sœurs. Ce qui, chose peu commune, fait de Stella la tante de Juliette.

Puisqu'elles ont le même âge et ont grandi ensemble, elles sont plutôt comme des cousines. Stella est meilleure amie avec Riggs, un des mecs de l'équipe, et assiste à la plupart des matches ainsi qu'aux fêtes pour hockeyeurs.

Juliette me donne un coup de coude alors que le match s'apprête à commencer.

— Hé, ce n'est pas ton beau-père ?

Mon regard parcourt les gradins bondés et finit par se poser sur Crawford. Je me redresse et fais un geste du bras. Je sais ce que ça comptera beaucoup pour Ford que son père soit venu le soutenir. Dès qu'il me voit, il affiche un large sourire.

— Qui sont le quadra et la fille qui l'accompagnent ?

C'est à ce moment-là que je me rends compte que Crawford n'est pas seul. Je ne mets pas plus d'une seconde pour les reconnaître. Peter Bowman, son partenaire en affaires, et la jeune femme aux cheveux zibeline à son côté est Jaclyn, sa fille. On a travaillé ensemble au bureau pendant les étés. On s'entendait bien et on déjeunait ensemble quasiment tous les jours. Ce n'est pas le premier match auquel ils assistent, mais ça fait un moment. Probablement des années. La raison de leur apparition soudaine au stade me frappe comme une tonne de briques.

Je plisse les paupières.

Ford n'a-t-il pas mentionné l'autre soir que son père essayait de le caser avec la fille de Peter ?

Il n'en faut pas plus pour qu'un poing serré se referme autour de mon cœur jusqu'à ce que respirer profondément devienne impossible.

Quand ils se rapprochent, je garde un sourire plaqué sur le visage. J'étreins Crawford et serre la main de Peter. Jaclyn continue d'observer l'endroit immense avec intérêt. Elle porte une veste rouge vif et un petit bonnet en laine bleu foncé. Ses cheveux et son maquillage sont parfaits. On dirait qu'elle a été photoshoppée.

Elle pousse un cri aigu avant de me prendre dans ses bras et de me serrer contre elle comme si on était des sœurs séparées à la naissance. Les deux équipes prennent place sur la glace et on lance le palet. Tout se met en mouvement alors que le centre lutte pour la possession. Crawford désigne son fils avec une étincelle dans les yeux.

Je ne peux pas m'empêcher de grincer des dents avant de me réinstaller dans ma chaise.

Il devient vite apparent que Jaclyn n'y connaît absolument rien au hockey alors qu'elle le bombarde d'une tonne de questions pendant le premier et le deuxième quart-temps. Il est également évident à ses réactions exagérées qu'elle n'est pas contre l'idée de se retrouver en couple avec Ford.

Cela dit, quelle fille qui a la tête sur les épaules ne le serait pas ?

Du coin de l'œil, je réexamine Jaclyn.

Elle est totalement son type.

Jolie, avec des gros seins. Et si je m'en souviens bien, elle aime faire la fête.

Dans le monde des sociétés de construction, ils forment le couple parfait. Ils pourront faire des bébés pour faire croître leur société Hamilton-Bowman Construction.

Euh.

Cette pensée me ronge le ventre et suffit à me rendre malade de jalousie.

Et je déteste ça ! Je déteste qu'il soit capable de m'affecter de la sorte. Je ne devrais pas me préoccuper de savoir avec qui il sort ou couche. Je n'ai pas envie de ressentir quoi que ce soit pour lui.

Et pourtant… Je le fais.

Cette réalisation suffit à me couper le souffle.

Pourquoi maintenant ?

Pourquoi cela arrive-t-il maintenant ?

On a passé les trois dernières années dans la même université et je n'ai jamais été très douée pour le tenir à distance. Même lorsque j'ai découvert que nous étions voisins de palier.

Je me suis donné pour priorité de rester à l'écart et la plupart du temps, mes efforts ont payé.

Au cours des dernières années, les dîners de famille avec Crawford s'étaient faits plus sporadiques. Cet automne, il a essayé de se dégager du temps toutes les semaines afin qu'on se retrouve tous les trois.

Au lieu de me perdre dans l'action qui se déroule sur la glace, je continue de bouillonner, faisant à peine attention quand les buts sont marqués. C'est presque un choc quand le signal sonore résonne dans la salle, signalant la fin du jeu.

— Putain ! C'était vraiment tendu, dit Juliette. Tu n'as pas trouvé ?

Je coule un regard au tableau d'affichage et vois que les Wildcats l'ont emporté d'un seul but.

— Absolument, dis-je d'un ton neutre, ne voulant pas admettre que je suis restée coincée dans ma tête pendant les trois heures qui viennent de s'écouler.

Comme c'est embarrassant !

Pour ne pas dire, pathétique.

L'espace d'un moment, je regarde ma meilleure pote et entretiens l'idée de lui parler de la proposition de Ford. Mon plan avant le match était de l'éconduire puis de l'éviter à l'avenir.

Mais maintenant…

Mon regard se dirige à contrecœur vers Jaclyn qui remet du rouge à lèvres avant de pouffer quand Crawford dit une plaisanterie.

Seigneur… Elle est sérieusement en train de flirter avec un mec de l'âge de son père ?

Cette fille n'a aucun scrupule.

C'est à ce moment-là que je me rends compte que mes plans ont fait un tour complet. Un mélange de nervosité et d'excitation explose au creux de mon ventre.

Ce sera pile comme il l'a dit : du sexe sans lendemain.

On le fera plusieurs fois, pour nous le sortir de la tête, puis ce sera terminé.

J'imagine comment Ford serait au lit. C'est un joli garçon qui a toujours été populaire. Il n'a jamais dû faire des efforts pour attirer l'attention d'une fille. Il s'attend probablement à ce que son partenaire – ou *ses partenaires* – fasse tout le boulot.

J'ai connu des garçons comme ça.

On se lasse vite.

La dernière chose que je veux faire est de franchir toute seule la ligne d'arrivée *après* avoir fait jouir un mec. Plus j'y pense, plus ça fait sens. Profondément, dans un endroit dont je n'aime pas admettre l'existence, je me suis secrètement demandé ce que ça ferait de coucher avec Ford. À présent, je peux le faire et apporter enfin une réponse à toutes ces questions.

Je suis certaine qu'une ou deux fois suffiront largement.

Notre groupe met du temps à sortir du centre sportif bondé. Les matches de hockey des Wildcats sont toujours populaires et attirent beaucoup de monde. Non seulement parmi le corps étudiant de l'université, mais également au sein du reste de la population. Les gens viennent de tout l'État pour voir l'action. Les fans sortent des doubles portes en verre et émergent à l'air frais de la nuit, mais certains s'attardent dans le vestibule, attendant que les joueurs sortent du vestiaire.

On est vaguement groupés avec les parents de Juliette, Crawford, Peter Bowman et la fille de ce dernier. J'aurais dû m'attendre à ce qu'ils restent pour saluer Ford, mais ça m'irrite quand même.

J'ai juste envie qu'ils s'en aillent.

Je me tords les doigts alors que des questions envahissent mon cerveau.

Et si j'arrivais trop tard et qu'il avait changé d'avis ?

J'ai conscience d'avoir tardé à lui fournir une réponse.

J'ai vu Ford en cours hier et à ma grande surprise, il n'a pas insisté pour que je prenne une décision. Sur le moment, j'ai pensé que c'était étrange, mais peut-être que…

Il a tourné la page.

Sur moi.

Je me mordille la lèvre inférieure tout en essayant de trouver un plan alors que les joueurs sortent du vestiaire. L'air reste coincé dans mes poumons tandis que je parcours les nouveaux visages du regard à la recherche de Ford.

Ce n'est que lorsque tous les joueurs sont sortis que je décide de prendre les choses en main.

14

Ford

J'incline le visage vers le jet d'eau chaude et lui permets de cascader sur moi. J'ai beau avoir essayé de garder mon attention exclusivement braquée sur le match, ça a été difficile avec Carina dans les gradins. Au moment où je suis sorti sur la glace, j'ai repéré sa tête blonde.

J'étais si accaparé par elle que j'ai mis un moment à me rendre compte que Papa était également là.

Avec Peter Bowman et sa fille.

Un soupir exaspéré m'échappe. Je n'ai pas hâte de sortir du vestiaire. Je vais probablement me faire embarquer dans un dîner tardif. J'ai beau avoir exprimé clairement que je n'ai aucune intention de m'impliquer avec Jaclyn, j'aurais dû me rendre compte que Papa allait prendre les choses en main. Ça fait des années qu'il me pousse vers elle.

— Bouge-toi, Hamilton, me crie Bridger. Tu accapares toute l'eau chaude.

—Je sortirai quand j'aurai fini, lui crié-je en retour.

Mon espoir est que si je lambine pendant assez longtemps, ils partiront sans moi.

Ça n'arrivera probablement pas.

Papa a l'idée de cimenter son partenariat d'affaires par un mariage entre leurs enfants afin de tout garder dans la famille. C'est absolument médiéval, si vous voulez mon avis.

Les voix tapageuses mettent encore cinq minutes à s'atténuer jusqu'à ce qu'il ne reste que le son du jet d'eau qui crépite sur le carrelage. Alors seulement, je tourne la poignée et le jet s'interrompt. Je passe mes mains à travers les mèches mouillées, les écartant de mes yeux avant de prendre une serviette sur la pile propre afin de me sécher le visage. Une fois que tout le reste a été essuyé, j'enroule le tissu humide autour de ma taille.

Je tourne à l'angle du mur et pile net quand je vois Carina qui patiente près d'une rangée de casiers noirs. Je cligne des paupières, me demandant si je l'ai fait apparaître ou si ce n'est rien de plus qu'une vision enfiévrée. Dieu sait que j'ai suffisamment pensé à elle au cours des derniers jours pour que mon esprit me joue des tours.

Nos regards ne se décrochent pas l'un de l'autre alors que, dans l'expectative, l'atmosphère s'électrise. Je n'ai jamais connu un tel niveau d'alchimie explosive avec qui que ce soit d'autre avant et c'est addictif.

— Oui.

Ce simple mot me fait l'effet d'un coup de poing dans le ventre.

Pas besoin de plus amples explications.

— Quand ?

Cette question m'échappe, évoquant davantage un aboiement impatient.

En haussant sèchement les épaules, elle s'appuie contre les casiers. Incapable de tenir mes distances, je m'approche comme un prédateur. C'est comme si un fil invisible m'attirait à elle. Impossible de résister à cette attirance.

Une énergie combustible émane d'elle en vagues suffocantes.

C'est profondément enivrant.

C'est suffisant pour me faire tourner de l'œil.

Et ça m'atteint en plein dans la verge.

Elle n'a pas bougé, mais ses yeux suivent le moindre de mes mouvements alors que je franchis l'espace entre nous. Quand je ne suis qu'à environ trois mètres de distance, elle se redresse de toute sa taille. Sa posture n'est plus décontractée. C'est comme si elle se rendait soudain compte qu'elle n'a nulle part où aller.

Nulle part où se réfugier.

Elle est prisonnière, à ma merci.

Exactement là où j'ai envie qu'elle soit.

Quand je m'avance, envahissant son espace personnel, elle pointe le menton afin de soutenir mon regard alors que ses paumes s'installent sur ma poitrine nue comme pour me tenir à l'écart.

Ne se rend-elle pas compte que rien ni personne ne pourra me tenir loin d'elle ?

Sa voix baisse d'intensité.

— Si on doit vraiment le faire…

— Oui, comptes-y.

Pas le moindre doute.

Elle déglutit, faisant monter et descendre la colonne délicate de sa gorge.

— Alors on doit instaurer des règles.

— Des règles ?

Ce mot m'a l'air inconnu et je hausse un sourcil.

— Quel genre de règles ?

Quand ma langue vient humecter ses lèvres, le mouvement attire mon regard. Sans pouvoir me retenir, je mordille sa chair pulpeuse.

— Ce n'est pas une relation. C'est juste du sexe.

J'ai beau avoir pensé la même chose et l'avoir tourné de la même façon, je n'aime pas l'entendre de sa bouche.

— D'accord, dis-je à contrecœur, véritablement tenté de protester.

— Règle suivante.

— On ne couche pas avec d'autres personnes tant qu'on est ensemble.

Ça fait des mois que je n'ai pas couché avec qui que ce soit. Je n'ai pas eu envie. Enfin, si, mais avec une fille en particulier. Si je ne pouvais pas l'avoir, je ne voyais pas l'intérêt de coucher avec d'autres personnes. J'ai passé la majeure partie de mes études à faire exactement ça. Je viens à peine de me rendre compte que ça n'a pas marché. Carina est comme un virus qui court dans mes veines. J'espère que goûter à sa douceur sera l'antidote dont j'ai besoin.

— Pas même un flirt, ajoute-t-elle en me cherchant du regard.

Elle ne sait pas que j'aurais exigé la même chose d'elle. Sans quoi, j'aurais dû vraiment jouer des poings.

Cameron aurait été le premier sur la liste. Ce connard essaye toujours de la draguer pendant tous les cours.

— Oui, très bien.

— Et on garde ça secret. Personne d'autre n'a besoin de savoir ce qu'il se passe.

Je fais rouler les épaules pour tenter de me libérer de la tension croissante.

— Pourquoi ?

— Parce que c'est bizarre.

Elle lève les yeux au ciel comme si j'étais trop bête pour comprendre.

— Tout le monde pense qu'on est vraiment parents.

— On se fiche de ce que pensent les autres !

Son expression se renferme alors qu'elle marmonne :

— On sait tous les deux que ça ne plaira pas à ton père. Moins les gens sont au courant, mieux c'est.

C'est vrai. Je me doute que c'est la raison pour laquelle il a décidé de pousser Jaclyn dans ma direction.

— D'accord. Alors basiquement, c'est notre petit secret coquin. C'est ce que tu essayes de me dire ?

Coupable, elle devient toute rouge et détourne le regard.

— Ce n'est pas ça.

— Ah non ?

Je me rapproche d'elle jusqu'à ce que ma bouche frôle la sienne.

— Non.

La façon dont son souffle chaud frôle mes lèvres suffit à me rendre fou. Je n'ai pas été capable de m'empêcher de penser à l'avant-goût que j'ai eu d'elle. Comme je ne peux pas supporter un moment supplémentaire, j'incline la bouche vers elle et ma langue passe sur ses lèvres.

Une fois.

Deux fois.

Trois fois avant qu'elle me permette d'entrer.

Puis on se retrouve collés l'un à l'autre et je plaque son corps contre le métal froid.

Ses règles ne me plaisent absolument pas, mais si c'est ma seule façon de posséder Carina, qu'il en soit ainsi !

Ce n'est que lorsque j'ai l'impression que mes poumons sont sur le point d'exploser que je m'écarte pour la regarder dans les yeux. Elle a les pupilles dilatées et les paupières à demi fermées.

Putain, elle est sexy !

Je parie que c'est exactement ce à quoi elle ressemble quand elle s'abandonne au plaisir.

Plus spécifiquement, ce sera l'expression sur son visage quand *je* la ferai jouir.

Avec ma langue.

Et ma verge.

Et de toute autre façon dont je déciderai de lui donner du plaisir.

C'est alors que je me rends compte que je suis impatient de poser les mains sur elle.

Malheureusement, ça ne va pas se passer dans le vestiaire.

Aussi tentant que ce soit.

— Tu sais ce que je fais faire ?

Alors qu'elle secoue la tête, je murmure :

— Te dégoûter des autres mecs.

Le voile qui recouvre son regard se dissipe alors qu'elle fait un pas réticent en arrière. Sans quoi, je suis capable d'entamer quelque chose que je ne serai pas capable de clôturer. Ma première fois avec Carina ne se déroulera pas dans un vestiaire qui schlingue. Et on ne va pas se précipiter par peur d'être surpris. Je vais prendre mon temps et savourer la moindre partie d'elle.

Elle lève le menton.

— Ce n'est pas possible.

Avec un sourire narquois, je retire ma serviette.

— Défi accepté.

Carina

Mon regard se pose sur sa verge.

Putain de merde !

Elle est immense.

Et plus je la regarde, plus son érection devient longue et épaisse.

— Tu vois quelque chose qui te plaît, ma jolie ?

Je n'ai pas besoin de voir l'expression de son visage pour savoir qu'il sourit. Je l'entends vibrer dans sa voix profonde. J'ouvre la bouche pour lui lancer une remarque incisive. Je ne sais pas quoi dire.

Comme c'est embarrassant !

Généralement, j'ai l'esprit vif et je réponds du tac au tac. Mon cerveau me crie de détourner le regard, mais ça ne va pas arriver. C'est comme si j'avais découvert une nouvelle espèce.

Sur Mars.

Avant que mon cerveau n'ait l'opportunité de se remettre en marche, il referme la main sur sa hampe épaisse et se caresse lentement.

Mes yeux s'écarquillent.

Ma bouche se dessèche.

Et mes genoux faiblissent.

Je suis à deux doigts de me laisser tomber sur le carrelage.

Je crois que j'ai laissé échapper un hoquet.

Je n'ai jamais rien vu d'aussi chaud que Ford en train de se toucher. Je ne peux m'empêcher de me demander ce que ça ferait de refermer les lèvres autour de son gland volumineux, l'aspirant dans ma bouche avant de l'accueillir profondément. Je ne m'attendais pas à ce que cette idée soit aussi tentante.

Que ferait-il si je me laissais tomber à genoux et ouvrais grand la bouche ?

La façon dont son poing serré remonte avant de redescendre le long de son érection est absolument fascinante.

Se branle-t-il souvent ?

Pense-t-il à moi ?

Le désir qui s'accumule au plus profond de mon intimité se fait presque douloureux.

Quand ai-je été aussi excitée pour la dernière fois ?

Je ne m'en souviens pas, mais ça tournait probablement autour de Ford.

Alors que je ne peux pas supporter un instant de plus de cette douce torture, son poing se desserre et il libère son membre rigide. Il a l'air douloureusement dur.

Enflé.

Le gland est moucheté de pourpre.

Comme s'il frisait l'explosion.

Je n'arrive pas à croire que j'avais autant désiré le voir prendre du plaisir par sa propre main.

Qu'est-ce qui pourrait être plus sexy que ça ?

Je lui adresse un regard interrogateur alors qu'un gémissement de désir remonte dans ma gorge. Je suis tentée de l'implorer de continuer.

Il pointe le menton vers la porte métallique qui donne sur le couloir.

— Tu devrais y aller.

Quoi ?

Pas question.

Comment pourrais-je partir maintenant ?

Meilleure question : comment peut-il s'arrêter ?

— Ford, dis-je d'une voix rauque sans pouvoir m'en empêcher.

— Va-t'en.

Sa voix se fait rude.

— On ne voudrait pas que quelqu'un te voie sortir du vestiaire, n'est-ce pas ?

Le mordant de sa voix écorne mon excitation.

Il a l'air en colère.

Ce que je ne comprends pas est pourquoi.

La confusion me ronge les entrailles. Je croyais qu'il était ravi de ma décision. J'ai même toujours pensé qu'on ferait des trucs dans le vestiaire. Ça a toujours été un fantasme. Torride, rapide et enflammé, contre les casiers, avec la peur d'être surpris pour pimenter l'expérience.

Je fronce les sourcils alors que j'essaye de comprendre. Il me déroute constamment. Ça ne me plaît pas.

— Tu veux que je parte ?

La déception qui envahit ma voix me fait grimacer.

— Oui. Il faut que je m'habille.

Oh.

Euh, très bien…

À contrecœur, mon regard se pose sur sa verge. Elle est toujours ridiculement dure. D'ailleurs, elle pointe vers moi.

Je ravale ma déception et contrains mes pieds à entrer en mouvement. Je suis tentée de me rapprocher pour le prendre dans mes bras, mais je refuse de le faire.

Je refuse d'implorer qui que ce soit.

Particulièrement pas Ford.

Quand j'atteins la porte en métal, sa voix profonde me fait piler net.

— Rappelle-toi, ma jolie : tu m'appartiens à présent. Cette chatte est à moi.

Une autre vague d'excitation s'abat sur moi.

Je lui jette un regard rapide par-dessus mon épaule. Il n'a toujours pas bougé. Il est toujours nu, tous ses muscles contractés comme s'il était prêt à bondir. C'est pathétique que je sois ici, à retenir mon souffle, attendant qu'il pose les mains sur moi ?

J'affiche un sourire narquois, souhaitant provoquer une réaction chez lui.

— Tu devras le prouver. Beaucoup de gens ont essayé, mais personne n'a réussi.

Il plisse les paupières.

Au lieu d'attendre qu'il fasse un mouvement, je me glisse hors du vestiaire, mettant abruptement un terme à la conversation. L'air froid du couloir frappe mes joues surchauffées. Ce n'est alors que je réalise que l'air est devenu très humide à l'intérieur de l'espace réduit. Toutefois, ça n'a rien à voir avec l'incendie que je ressens.

Ford en est entièrement responsable.

Qui aurait cru qu'il avait autant de bagout ?

Je ne peux pas dire que je n'aime pas les héros qui parlent cochon.

Je dois me rappeler que Ford n'est pas le héros de mon histoire. C'est juste un mec avec lequel je vais coucher.

Les jambes toujours tremblantes, je m'appuie contre le mur en ciment près de la porte et serre les paupières, tentant de m'éclaircir l'esprit pour être à nouveau capable de penser.

Sauf que lorsque je le fais, l'image de Ford danse derrière mes paupières.

Un Ford entièrement nu.

Turgescent et érigé.

Un grognement remonte dans ma gorge.

— Carina ? Tout va bien ?

Brusquement arrachée à cette image déroutante, j'ouvre les paupières et vois que Juliette me regarde avec un froncement de sourcils inquiet. Mon cerveau ne tournant pas au mieux de ses capacités, je mets une seconde ou deux pour me rendre compte qu'elle attend patiemment une réponse.

Je m'éclaircis la gorge, espérant que ma voix n'ait pas l'air affectée.

— Oui, tout va bien.

Elle désigne la porte un peu plus loin dans le couloir.

— Je passais juste aux toilettes.

Le désir entre mes jambes continue de marteler un rythme inconfortable. Le rejet inattendu de Ford n'a rien fait pour atténuer ce feu en particulier.

Malheureusement, c'est ma seule solution pour trouver le soulagement.

— Moi aussi. Je dois me donner un peu de plaisir.

Elle cligne des paupières et écarquille les yeux.

— Je ne sais pas si tu es sérieuse ou pas.

— Cent pour cent.

Je tapote mon petit sac cross-body.

— Heureusement, j'ai amené mon cher vibro. Tu vois ? Qu'est-ce que je t'avais dit à propos des toilettes publiques quand tu es excitée ?

Ses lèvres forment un petit O choqué alors qu'elle fait un pas en arrière comme si j'étais contagieuse et qu'elle essayait d'éviter que l'infection se propage.

— Tu sais quoi ? Je vais me retenir.

Je hausse les épaules et m'écarte du mur.

— Comme tu veux.

Sur ce, je file vers les toilettes.

Ford a beau se mentir en se disant que je vais passer le reste de la soirée sur des charbons ardents à cause de lui, il n'aurait pas pu se tromper davantage.

16

Ford

Je me glisse dans l'auditorium et remarque immédiatement Carina sur son siège habituel. Je vais la rejoindre et me laisse tomber à côté d'elle. Quelques secondes plus tard, Cameron entre et me fusille du regard quand il voit que j'ai déjà investi la place. Je lui adresse un sourire suffisant.

S'il a la tête sur les épaules, il comprendra enfin et restera loin d'elle. Elle me coule un petit regard en coin, mais ne dit pas un mot. Après la façon dont je l'ai laissée en plan dans le vestiaire, je m'étais attendu à cette réaction. Elle a semblé surprise quand je lui ai dit qu'elle devrait partir.

Sa liste de règles m'a contrariée.

Si ça aurait dû le faire ?

Probablement pas.

Je ne cherche pas à annoncer au monde que j'ai l'intention de coucher avec mon ex-demi-sœur. Cela dit, ce n'est pas comme si on avait honte de quoi que ce soit, l'un comme l'autre. Nous sommes des adultes consentants qui pouvons faire tout ce que nous voulons.

Je veux dire, coucher ensemble.

Quand je jette un regard vers l'avant de la pièce, Dr Betsworth sourit avant de commencer le cours. Elle s'est transformée en une séductrice éhontée et sacrément insistante. Elle n'arrête pas d'essayer de me voir en tête à tête après les cours et jusqu'ici, j'ai été capable de l'éviter. J'ai la sensation que ce n'est qu'une question de temps avant que ma chance ne tourne et que je ne sache plus quoi prétexter.

Carina grommelle quelque chose que je ne parviens pas à discerner avant de se redresser sur sa chaise.

Est-il possible qu'elle soit jalouse ?

Hum… C'est une pensée intéressante.

Je suis presque tenté de flirter avec la prof pour voir si je peux vraiment la faire mariner. Sauf que je n'ai jamais été du genre à jouer à des jeux et je ne vais certainement pas commencer avec Carina.

Au lieu de ça, j'étire mes jambes et les écarte juste assez pour que nos genoux se touchent. Ce contact anodin me provoque un choc électrique. Elle me décoche un regard. Au bout d'une seconde ou deux, elle se décale et s'écarte pour rompre le contact. Cette perte est instantanée.

Elle est crispée.

Les épaules affaissées.

Je suis tenté de tendre la main pour les lui masser jusqu'à ce qu'elle se détende.

En plein milieu du cours, son corps se relaxe enfin alors qu'elle prend des notes en continuant de m'ignorer.

Je déteste quand elle fait ça.

Carina est gauchère. Son autre main repose sur le bureau, les doigts légèrement repliés. Ses ongles sont propres et sans vernis. J'aime le fait qu'elle ne porte pas de faux ongles ou ce genre de choses. Elle est elle-même, sans réserve.

Je me rends seulement compte que j'ai tendu la main et refermé tendrement les doigts autour des siens quand elle m'adresse un regard. Elle me scrute pendant une seconde ou deux alors que l'air reste coincé dans mes poumons à attendre qu'elle s'éloigne et me laisse en suspens.

Je suis surpris qu'elle ne le fasse pas.

Avec cette fille, j'y vais doucement et garde mes mains pour moi.

C'est comme une scie. Tu ne veux pas perdre un membre parce que tu n'as pas fait attention.

Dès que Betsworth nous libère, Carina prend ses affaires et les fourre dans son sac. Je l'imite. Je ne vais certainement pas lui permettre de filer. Lorsqu'elle s'échappe du petit auditorium, je suis sur ses talons, collé à ses basques. Je suis surpris quand elle me saisit le poignet et fend la foule qui envahit le couloir. Alors qu'on tombe sur une salle de classe vide, elle m'entraîne à l'intérieur.

Une fois qu'on est seuls, elle desserre la prise qu'elle maintient sur moi. Ses paumes s'enfoncent dans ma poitrine alors qu'elle me propulse en arrière jusqu'à ce que mon dos frappe le mur. Son regard se fait féroce.

Ça m'excite.

Si c'est pervers ?

Probablement.

Il n'y a absolument rien de normal dans mes sentiments pour elle.

Ils ne l'ont jamais été.

Avec la plupart des filles, je dois baisser les yeux vers elles.

Ce n'est pas le cas avec Carina.

Bon d'accord, juste un peu. Mais notre différence de taille n'est pas aussi importante que pour la plupart des filles que j'ai connues. Seule une dizaine de centimètres nous sépare au lieu de trente ou plus.

J'aime qu'elle soit grande.

J'aime les longues lignes élancées de son corps. Particulièrement la manière gracieuse dont elle est capable de bouger quand elle danse.

J'écarte ces pensées quand elle appuie un doigt contre mon torse.

— Quand est-ce qu'on va coucher ensemble ?

Cette question inattendue me fait hausser un sourcil.

Est-elle vraiment *impatiente* de coucher avec moi ?

L'enfer aurait-il gelé et je suis le dernier à savoir ?

Je n'aurais jamais pensé que ce jour viendrait.

Si j'en ai rêvé ?

Absolument.

La plupart du temps, j'ai l'impression qu'elle ne me supporte pas.

En vérité, c'est probablement bien plus que cela.

La différence est qu'elle me *désire*.

Moi.

Cette pensée me provoque un léger vertige. Elle plisse les paupières quand un ricanement s'échappe de mes lèvres.

— Ne t'inquiète pas, ma jolie. Ta chatte va avoir exactement ce dont elle a besoin, mais ça ne signifie pas que je ne vais pas te rendre un peu folle avant de te prendre.

Ma voix devient plus profonde alors qu'elle se rapproche.

— Quand tu seras pleine de désir et que tu m'imploreras de te soulager, ce n'est qu'alors que je te remplirai jusqu'à ce que tu ne puisses pas tolérer un centimètre de plus.

Mes paroles coquines font s'évaser ses narines.

— Alors je vais juste me servir de mon vibro, marmonne-t-elle d'une voix haletante.

Mes mains viennent se refermer sur ses coudes avant de la tirer en avant jusqu'à ce que les pointes de ses seins se retrouvent écrasées contre ma poitrine. Les toucher me file une décharge. J'incline la tête jusqu'à ce que ma bouche puisse frôler la sienne sans vraiment la toucher. Son souffle s'interrompt alors qu'elle incline le visage vers le haut comme si elle essayait d'avaler la distance entre nous.

On reste en position jusqu'à ce que la tension dense fasse crépiter l'atmosphère.

Au lieu de m'abandonner à ce contact, je bats en retraite.

Il n'en faut guère plus pour qu'un gémissement de désir lui échappe.

— Tu pensais vraiment que tu pouvais me balancer toutes ces règles et que je n'en instaurerais pas certaines ?

Le voile épais qui assombrit ses yeux se dissipe.

— Tu es prête ?

Il y a un temps d'arrêt.

— Pas de masturbation tant qu'on est ensemble.

— Quoi ?

Choquée, elle reste bouche bée.

— Certainement pas ! Tu ne peux pas faire ça.

— Bien sûr que si.

Je la rapproche assez pour sentir son cœur qui bat.

— Si tu veux te masturber, ce sera devant moi.

Comme si ça ne suffisait pas, j'ajoute l'argument décisif qui décuplera sa colère :

— Mais seulement quand je t'en donne la permission.

— Tu es complètement fou…

Je secoue la tête.

— Désolé, mais c'est comme ça que notre petit accord va se passer, ma jolie.

Sa voix descend de plusieurs octaves.

— Je parie que l'autre soir, c'est exactement ce que tu as fait en rentrant.

— En réalité, je m'en suis occupé dans les toilettes du centre sportif.

Cette image suffit à me faire bander.

— J'aurais aimé voir ça.

Elle pointe le menton.

— C'est dommage. Tu ne vas pas pouvoir me voir me masturber.

Je souris lentement.

— Oh, on verra.

Comme elle grommelle, je lui lâche un coude et faufile une main entre nous que je pose sur son intimité. Quand ses pupilles se dilatent, je fais courir mes doigts sur la commissure de ses lèvres.

— J'ai accepté tes règles. Tu acceptes les miennes ?

Un autre gémissement lui échappe.

— Ne t'inquiète pas. Ça vaudra la peine d'attendre. *Je* vaudrai la peine d'attendre.

Comme elle pince les lèvres, refusant de répondre, je mordille sa lèvre inférieure entre mes dents, tirant sur la chair pulpeuse avant de l'aspirer dans ma bouche alors que je continue à frotter son intimité. C'est un déversement constant de plaisir qui ne fera qu'attiser les flammes de son désir.

— J'ai besoin d'une réponse, Carina. Sans quoi, tu peux oublier ma queue.

Alors qu'elle se cambre sous mes doigts, mes mains se retirent, la laissant au dépourvu.

Son corps s'affaisse contre moi comme si elle n'avait plus la force de tenir debout.

— Je crois que tu essayes de me torturer.

C'est exactement ça. Le temps que j'en finisse avec elle, elle ne sera plus qu'à moi.

— Tu n'as qu'à me dire ce que j'ai envie d'entendre.

— Très bien.

— C'est bien.

Elle inspire profondément et ses pupilles se dilatent.

Cette fille ne pourrait pas être plus parfaite.

Ça ne me surprendrait pas qu'elle aime être complimentée. Aussi emportée et teigneuse qu'elle soit, en fin de compte, elle a besoin de quelqu'un qui lui caressera tendrement les cheveux et lui dira qu'elle est une gentille fille.

Et je suis l'homme de la situation.

Alors que je suis certain qu'elle ne va pas s'écrouler à terre, je lui lâche le bras avant de la contourner et de battre en retraite d'un pas rapide.

Elle se tourne pour me regarder.

— Euh… c'est tout ? se hérisse-t-elle, indignée. Tu vas *encore* me laisser en plan ?

Nos regards ne se quittent pas alors que je continue de reculer. Une fois que j'atteins le seuil, je marque un temps d'arrêt. Ses joues sont chaudes et malgré son agitation, l'excitation pétille dans ses yeux. Ça me demande toute ma volonté pour ne pas la pousser contre le mur et la prendre ici, dans la salle de classe vide. Peu importe qui pourrait entrer pour nous voir. Le désir que je ressens pour cette fille frise l'obsession.

Si je ne récupère pas un brin de contrôle, elle va me bouffer.

— Oui, c'était le plan.

— Tu es un vrai connard, réplique-t-elle alors que ses yeux crachent le feu.

— Probablement.

Je lui adresse un grand sourire.

— Mais je suis un connard que tu désires avoir entre tes jolies petites cuisses.

Un petit cri lui échappe tandis que je me faufile hors de la pièce.

Il vaut mieux s'échapper avant que Carina ne trouve un objet à me jeter à la tête. On peut dire ce qu'on veut d'elle, elle a un sacré lancer. Si elle n'était pas aussi passionnée par la danse, elle aurait probablement pu jouer au softball. Heureusement pour moi, le couloir est désert, alors il n'y a personne pour me voir me rajuster le paquet.

Je n'avais pas réalisé à quel point j'aime la foutre en rogne.

La conséquence imprévue est que je me fais la même chose.

Et je ne serai pas capable d'en supporter beaucoup plus avant de conquérir enfin ce qui est à moi.

17

Carina

Merde !

Ça vient vraiment de se passer ?

Incrédule, je ne peux que regarder l'encadrement vide de la porte par laquelle Ford vient de sortir.

Et comment l'a-t-il remporté haut la main dans cette relation ?

Je grimace.

Ce n'est absolument pas une relation.

C'est du sexe.

Purement et simplement.

Enfin… à un moment donné dans un futur pas si distant, c'est ce que ce sera.

Je l'espère.

Pour l'instant, c'est une bonne dose d'agitation réprimée.

Quand ai-je ressenti une chose pareille pour la dernière fois ?

Je me creuse les méninges, mais rien ne me vient à l'esprit. Par le passé, quand j'ai voulu coucher avec quelqu'un, je l'ai fait.

À quoi cela sert-il d'attendre ou de jouer à des jeux ?

Et quand la relation prenait fin, je tournais la page. Cela dit, je dois admettre qu'il a quelque chose d'intéressant dans l'anticipation qui m'envahit, m'excite, me retourne le ventre et le fait frémir. Cela dit, il vaudrait probablement mieux coucher avec lui et passer à autre chose.

Très bien… Peut-être pas exactement *passer à autre chose*.

Mais ce serait dans notre intérêt de moucher les flammes qui continuent de croître et revenir à ce qu'on aurait dû être depuis le tout début : des demi-frère et sœur.

Ou des ex-demi-frère et sœur, dans notre cas.

Même lorsque nous n'avions que quatorze ans, quelque chose bouillonnait entre nous. Alors qu'on est devenus amis et qu'on a passé plus de temps ensemble, la tension sexuelle a grandi jusqu'à se faire oppressante. J'avais cru qu'il l'avait mouchée en terminale. Je ne m'étais pas rendu compte qu'elle avait couvé sous la surface durant tout ce temps, attendant de se libérer.

Et moi qui pensais que Ford aurait bondi sur l'occasion de me prendre. Particulièrement après lui avoir donné le feu vert pour continuer dans les vestiaires.

Mais non.

Je plisse le front.

Ça ne me plaît pas.

Pas du tout.

Je mets encore quelques minutes pour me libérer du brouillard sexuel qui est tombé sur moi et je regarde ma montre.

Euh.

Maintenant, je suis en retard pour mes cours.

C'est la faute de Ford.

J'accélère le pas vers Wilson Hall, où sont donnés les cours de musique, de danse et de théâtre. C'est juste à côté de l'auditorium. Déboulant en retard, toute haletante, mon instructeur me lance un regard empli de mécontentement. Je lui adresse un geste d'excuse et me mets en collants avant de commencer à travailler. Deux heures plus tard, mes muscles sont malléables et mon esprit est parfaitement clair. C'est exactement l'effet que la danse a sur moi. Je suis capable d'entraîner mon corps jusqu'à ce qu'il soit épuisé, et dans le processus, cela me libère l'esprit, lui permettant de s'envoler.

C'est ce qui m'a aidée durant mon enfance quand je stressais à propos de l'endroit où l'on vivait, du travail de Maman au restaurant ou de l'état de nos finances. La danse m'a sauvée. Elle n'a jamais manqué de me transporter dans un endroit magique.

Alors que j'enfile une veste et regarde mon téléphone, je reçois un message de Juliette qui me rappelle qu'on est censées se retrouver pour le déjeuner au centre étudiant dans cinq minutes. Je jure à mi-voix avant de lui demander de me prendre un sandwich. Puis je m'empare de mon sac et cours vers la porte, descends le couloir et émerge à la lumière du soleil. L'air a beau être distinctement frais, la brise fraîche est agréable contre mes joues brûlantes.

Je mets dix minutes supplémentaires pour bouger mon cul à travers le campus avant d'entrer dans le centre étudiant. Puisqu'il est midi, l'endroit est vivant et vibre d'activité. Tout le monde s'affaire, à la recherche d'une table où se poser.

Mon regard parcourt la foule d'étudiants et se pose sur quelques membres tapageurs de l'équipe de foot. Enfin… ce n'est peut-être plus vrai. Autrefois, ils n'étaient que des séducteurs invétérés. Depuis le début de la terminale, ils sont tombés l'un après l'autre et sont devenus lentement domestiqués.

Qui aurait cru qu'en dernière année, ils se seraient tous retrouvés la corde au cou ?

Faites-moi confiance, les filles sur ce campus ont pleuré toutes les larmes de leur corps quand Rowan Michaels, Brayden Kendricks, Easton Clarke, Carson Roberts et Crosby Rhodes n'ont plus été libres.

Mon attention se braque sur Brayden. Personne ne peut dénier qu'il est un véritable briseur de cœurs. Il est assez torride pour l'emporter sur Ford. Cette pensée suffit à me faire sourire.

Sydney Daniels, sa copine footballeuse, sourit et fait un geste du bras quand elle m'aperçoit. On a suivi un cours de commerce ensemble en première année et on a habité au même étage dans les dortoirs. Je me dis qu'il faudrait que je l'appelle pour qu'on puisse se voir. Passer du temps avec elle me manque.

Je lui rends son geste et cherche Juliette parmi la foule. Quand j'aperçois sa chevelure sombre, nos regards s'entrecroisent et elle m'adresse un sourire ravi. Alors que je file vers elle, plusieurs autres filles gravitent vers la table vide. Stella, Viola et Fallyn. Je n'ai rencontré Viola et Fallyn que récemment. Ce sont des cousines qui habitent ensemble dans un appartement hors campus. Viola a été transférée à Western en début d'année.

À ce que j'en ai vu, elle aime faire profil bas et ne fait pas la fête. Contrairement à Juliette, qui reste chez elle et passe la plupart de ses week-ends à étudier, j'ai la sensation qu'il y a quelque chose qui la retient. Mais je ne la connais pas assez pour creuser davantage. Je devine qu'elle se confiera d'elle-même quand elle se sentira en sécurité.

Je salue les filles avant de me laisser tomber sur une chaise en soufflant. Ce n'est qu'à présent que je suis assise que je me rends compte à quel point je suis épuisée.

— J'espère que tu as envie d'une ciabatta toastée à la dinde et au fromage suisse, dit Juliette qui fait glisser vers moi le sandwich ainsi qu'une cannette d'eau pétillante.

— Ai-je mentionné à quel point je t'aime ? dis-je avec un soupir de contentement.

Ma bouche salive déjà. Après deux heures de danse, je suis affamée.

— Non, pas aujourd'hui, dit-elle avec un sourire.

— Eh bien, n'en doute jamais !

Je m'attaque à mon sandwich, imitée par les autres filles. On parle de nos cours et du semestre qui est à moitié terminé, ce qui paraît fou. La dernière année passe en coup de vent. Très vite, ce sera la cérémonie des diplômes et on pourra poursuivre le cours de nos vies.

Du moins, Juliette, Stella et moi le ferons. Viola et Fallyn sont en première année.

En plein milieu du déjeuner, Stella fait signe à une fille aux magnifiques cheveux caramel qui cascadent sur son dos en douces vagues. Elle a des yeux verts lumineux qui dominent son visage. Dès que Stella attire son attention, cette fille affiche un sourire conta-gieux et se dirige droit vers la table.

Elle désigne la nouvelle arrivante.

— Voici Britt. Elle vient d'arriver à Western.

On se présente toutes puis Stella l'encourage à prendre une

chaise pour nous rejoindre. On se pousse pour faire de la place. Il y a beaucoup de filles à cette université qui font partie de cliques. Juliette, Stella et moi n'avons jamais été ainsi.

— Ravie de te rencontrer, Britt. Tu es en première année ? demande Juliette.

Je dirais qu'elle a été transférée. Elle un peu trop vieille pour sortir directement du lycée. Alors que je l'étudie de plus près, je me rends compte qu'il y a quelque chose de familier dans son visage, mais je n'arrive pas à mettre le doigt dessus. Je suis quasiment certaine qu'on ne s'est jamais rencontrées. Je l'ai probablement croisée sur le campus.

— Techniquement, oui. J'ai travaillé pendant plusieurs années après le lycée pour découvrir ce que je voulais faire de ma vie.

— C'est cool, ajoute Fallyn. Tu étudies quoi ?

— La psychologie. J'aimerais devenir thérapeute.

— Tu sais ce qu'on dit sur les gens qui étudient la psychologie… dit Fallyn qui étudie la même chose.

— Qu'ils font de leur mieux pour essayer de comprendre leurs propres problèmes, achève Britt à sa place.

Elles affichent un sourire compréhensif.

Je vois déjà que ces deux-là vont rapidement être amies.

— Oui, dit Fallyn.

— Malheureusement, ce n'est pas un mensonge.

Le sourire éclatant de Britt s'atténue.

— Ma famille est un peu spéciale. Il va me falloir des années pour digérer toutes leurs histoires.

L'autre fille devient sérieuse. Pendant une seconde ou deux, une noirceur se lit dans ses yeux, avant d'être immédiatement bannie.

— Pareil pour moi. *Pareil.*

Avant que l'atmosphère ne prenne un tournant inattendu, Stella regarde de l'autre côté de la table.

— Pourquoi ne ferions-nous pas une soirée entre filles ? Je crois qu'on en aurait toutes besoin.

— Je suis super partante, dit Fallyn avant de couler un regard à sa cousine. Et toi ? Tu crois que tu es prête à sortir de ton hibernation ?

Les yeux de Viola s'écarquillent puis elle donne une tape sur le bras de Fallyn.

— Je n'hiberne pas.

— Bien sûr que non, répond sèchement Fallyn.

Une couleur morne envahit les joues de Viola.

— Les cours d'ingénierie sont plus difficiles que je l'avais cru. J'essaye encore de trouver mes marques.

— Ma belle, dis-je, tu dois être un cerveau.

Je donne un coup de coude à Juliette.

— Comme ce cerveau là-bas. Heureusement, j'ai validé mon tronc commun. Les classes de bio sont presque suffisantes pour faire exploser mon cerveau.

Ma meilleure amie me donne un coup de coude en retour.

— Je suis partante si tu l'es.

— On aurait bien besoin d'une soirée.

Particulièrement après la façon dont Ford m'a allumée.

Stella rayonne.

— Super. On pourrait se retrouver vendredi au Blue Vibe.

18

Ford

Mon regard parcourt le rez-de-chaussée de la maison, même si je suis quasiment certain que je ne vais pas trouver celle que je recherche. Impossible qu'elle se présente toute seule.

Même si elle était super excitée.

Force est d'avouer que j'ai aimé la faire démarrer au quart de tour l'autre jour. Ça ne fait que décupler mon impatience de poser à nouveau les mains sur elle.

Me déplaçant sur la chaise, je pianote sur mon genou du bout des doigts alors que la tension continue de se concentrer au creux de mon ventre. Aussi tentante que soit l'idée de sortir mon téléphone pour lui demander par texto où elle se trouve, je me contiens.

Faites-moi confiance, ce n'est pas facile.

Pour la première fois avec cette fille, la balle est dans mon camp. J'ai envie de le savourer aussi longtemps que possible. Je ne sais pas comment j'ai réussi à lui retirer la maîtrise de la situation, mais je remercie le ciel de l'avoir fait.

Vous vous imaginez Carina Hutchins pratiquement à genoux, qui réclame ma queue ?

Moi non plus.

Alors oui… Je vais me détendre et profiter de cette rare occasion. Je n'ai jamais vu Carina prier un mec pour quoi que ce soit.

Le rythme régulier sur mon genou se poursuit alors que je parcours du regard un nouveau groupe de visages, déçu de ne pas trouver celui que j'espère.

Putain !

Où est-elle passée ?

Non, sérieusement. Où est-elle ?

J'aurais probablement dû poser cette règle. À partir de maintenant, elle va toujours me dire où elle se trouve.

J'incline la tête sur le côté et fais craquer mes jointures, espérant apaiser un peu de la pression qui croit en moi comme une tempête. Comme ça ne fonctionne pas, je cherche une distraction. Quelque chose qui me sortira Carina de la tête.

Il n'y a pas beaucoup de monde ce soir. Au lieu de donner une fête gigantesque, ce sont juste quelques mecs de l'équipe qui passent du temps ensemble, jouent à des jeux vidéo et sifflent quelques bières.

L'entraîneur Philips a planifié une réunion de l'équipe après qu'un joueur de première année s'est fait arrêter par la police du campus après s'être bourré la gueule. Il nous a fait patiner jusqu'à ce que cinq des jeunes joueurs vomissent et que le reste de l'équipe frôle l'évanouissement. Le temps que je revienne à la ligne bleue, des points me dansent devant les yeux. J'ai catégoriquement refusé de m'écrouler comme un jouvenceau sans expérience.

Malheureusement pour Clint Peters, il se retrouve placé en probation et il restera sur la touche dans un avenir proche. S'il n'arrive pas à se reprendre et retourner la situation, il n'y aura pas de place pour lui dans la sélection l'année prochaine.

Je zieute Ryder qui est étendu sur une petite banquette et regarde deux mecs qui jouent dans la Ligue.

— Où est ta moitié ?

La question m'échappe avant que je puisse la ravaler.

Je n'ai vraiment pas envie que Ryder comprenne pourquoi je lui demande ça.

Je n'ai pas besoin qu'il me rebatte les oreilles.

Non, certainement pas.

— Beurk, dit Maverick McKinnon, le petit frère de Juliette, depuis le fauteuil calé dans le coin.

J'étouffe un rire. Il n'arrive toujours pas à digérer que son meilleur ami et coéquipier soit en couple avec sa sœur. Si je n'étais pas aussi préoccupé par la danseuse blonde, je saisirais cette opportunité pour le tarauder un peu.

Ryder lève les yeux au ciel.

— Il va falloir que tu l'acceptes un jour, vieux.

— J'essaye, mais vous voir vous rouler des pelles ne m'aide pas vraiment.

Ignorant son commentaire, Ryder me coule un regard.

— Elle est de sortie avec les filles. Les garçons sont interdits.

— Oh ?

Cette nouvelle information me fait hausser les sourcils. Je n'étais pas au courant.

J'attends impatiemment qu'il me donne d'autres détails, mais il garde le silence, les yeux braqués sur l'écran de télévision. C'est là que la situation se complique. Je meurs d'envie de l'interroger, mais je ne veux pas éveiller les soupçons.

Alors, je pianote sur mon genou du bout des doigts, m'accordant quelques instants avant de poser une autre question d'un air détaché.

— Je suppose que Carina est avec elle ?

Ryder affiche un sourire lent alors qu'une lueur entendue pétille dans ses yeux bleus lumineux.

Pris la main dans le sac…

— Ouais, dit-il en inclinant la tête. Jul m'a envoyé quelques photos. Apparemment, elles s'amusent bien à Blue Vibe.

Blue Vibe ?

Elle ferait mieux de ne pas trop s'amuser.

— Quoi ? demande-t-il en haussant un sourcil.

Sa voix s'est faite absolument ravie.

Merde. J'ai marmonné ce commentaire à voix haute sans le vouloir. Il faut vraiment que je me reprenne.

Tentant de gagner un peu de temps, je porte la bouteille de bière à mes lèvres et avale une longue gorgée avant de réagir.

— Je n'ai rien dit.

Ryder se frotte le menton.

— Hmm. Je dois entendre des voix.

— Tu devrais vraiment aller te faire soigner, marmonné-je.

Il sourit comme le connard qu'il est.

— Bien entendu.

— Ce club est une boîte à baise. Tu ne t'inquiètes pas pour elle ?

Putain !

Je ne sais vraiment pas m'arrêter…

— Non, articule-t-il clairement. Parce que je sais exactement avec qui elle va rentrer à la maison à la fin de la soirée.

Il se tapote la poitrine.

— Moi !

— Putain, grommelle le frère de Carina de l'autre côté de la pièce. Tu ne peux pas arrêter ? Je préférais quand vous vous ignoriez, tous les deux. C'est brutal, ces conneries.

Colby se décolle de la fille qu'il embrassait le temps de dire :

— Si je savais que ça t'ennuierait autant, McKinnon, j'aurais essayé de la draguer il y a des années.

Maverick lui adresse un doigt d'honneur.

— Comme si elle allait s'intéresser à toi, gros moche… Cette fille a des standards et tu n'y corresponds pas.

— Tu veux parier ?

Il coule un regard à Ryder avant de sourire.

— Tu sais que je ne le pense pas, McAdams. Je ne fais que charrier McKinnon.

L'humour de Ryder se dissipe.

— Dis un autre mot sur Juliette et on réglera les choses sur la glace.

Pas dérangé par ces menaces physiques, Colby recommence à embrasser la jeune femme aux cheveux de jais installée à califourchon sur ses genoux. Cinq minutes plus tard, une brune s'installe à côté de lui et tente de s'immiscer dans l'action. Je me demande à moitié si une bagarre va éclater quand une des filles rapproche l'autre d'elle pour l'embrasser longuement.

Colby sourit en faisant courir ses mains sur les deux femmes.

Je ne peux que secouer la tête avant d'observer le salon. Il n'est certainement pas le seul à être occupé. Et il y a plus d'un couple qui a déjà retiré ses vêtements. Certains de ces gens n'ont aucun problème à se donner en spectacle. Enfin, si c'est ce que vous voulez faire et que c'est consensuel, allez-y.

Je ne vais pas mentir. C'est une des raisons pour lesquelles j'évite le canapé. Sous une lumière noire, il doit probablement luire comme un arbre de Noël.

Rien que d'y penser me dégoûte.

Quand je croise le regard de Bridger, il me salue d'un geste du menton. Au lieu de se détendre avec une boisson fraîche, il a une bouteille d'eau à la main.

Pas besoin de lui demander ce qu'il trafique.

Je le sais déjà.

Tout le monde le sait, à la fac.

Le week-end dernier, Bridger s'est fait discret et pourtant, un autre message a été posté lundi matin. Une fois que son père lui a mis les points sur les i, l'entraîneur l'a pris à part afin de discuter de la situation. Je me sens mal pour lui. Bridger s'est toujours tenu à l'écart de toutes les magouilles. L'expéditeur de ces textos doit vraiment avoir une dent contre lui, parce que ça lui cause une tonne de problèmes.

Ces pensées sont interrompues par les gémissements d'une des filles que Colby est en train de peloter.

Je comprends que le moment est venu de m'en aller.

Seul.

19

Carina

— Buvons au fait d'être une troupe de *badass bitches*, crié-je pour tenter de me faire entendre au-dessus des battements de la techno alors qu'on fait trinquer nos shots de vodka avant de les avaler cul sec.

La liqueur me brûle en glissant dans ma gorge.

— Putain, c'est terrible !

Juliette crachote et tousse, les yeux pleins de larmes.

— Ne me force plus jamais à le refaire.

Avec un rire, je commande immédiatement une autre tournée. Ma meilleure amie porte le deuxième à ses lèvres avant de jeter discrètement le liquide ambré par-dessus son épaule quand elle pense que personne ne la voie. Elle a de la chance qu'il n'atterrisse sur personne.

Cette soirée va être épique. Toutes les filles sont venues. Même Viola qui, selon Fallyn, est tout aussi studieuse que Juliette. Elles ont passé beaucoup de temps à discuter des cours de science qu'elles ont suivis au fil des ans. Une fois qu'elles sont impliquées dans la situation, je les arrête avant qu'elles tuent officiellement l'effervescence que j'ai essayé de construire.

J'ai fait du forcing à Juliette et lui ai fait enfiler une petite robe noire qui moule toutes ses courbes. Elle a un brushing et son maquillage est parfait. Son nouveau copain va perdre la tête quand il la verra à la fin de la soirée.

Tu peux me remercier, Ryder McAdams.

Puisque je n'ai personne avec qui rentrer, j'espère soulager un peu de la tension refoulée qui grandit en moi en me perdant dans la danse. Avec le recul, c'était une erreur de céder au petit jeu de chiche ou vérité de Ford. Bien malgré moi, je me suis laissé entraîner dans une situation de meilleurs ennemis avec bénéfices dans laquelle je ne baise pas.

N'est-ce pas ironique ?

C'est la raison pour laquelle je porte une robe à paillettes courtes qui moule la moindre de mes courbes. Je ne suis pas aussi voluptueuse que Juliette, mais cela ne signifie pas que je ne vais pas secouer ce que le ciel m'a donné. Mes cheveux longs sont lâchés et ils flottent autour de mes épaules en douces vagues.

Mon regard passe sur Fallyn, Viola, Stella et Britt. Elles sont toutes super torrides. Et je ne suis certainement pas la seule à le penser. Il y a beaucoup de mecs qui reniflent autour de nous, nous proposant à boire et essayant de nous entraîner vers la piste de danse.

Après la façon dont Ford m'a laissée en plan dans la salle de cours, c'est exactement le genre de baume dont j'ai besoin.

On a refusé tous les shots, ne voulant pas que ces mecs le prennent comme une invitation silencieuse à nous rejoindre, et on a juste dansé avec un petit nombre d'entre eux.

Quand une chanson populaire avec un beat super commence, j'attrape Juliette et Stella par la main et les entraîne sur la piste de danse.

— Allez ! On y va !

On traverse toutes les six la foule avant de créer un espace pour notre groupe. Je ne mets guère de temps avant de lever les mains au-dessus de ma tête et me perdre dans la musique. Je ferme lentement les paupières alors que je lève le visage, appréciant la sensation de lâcher prise et permettant à mon esprit de s'égarer.

Je ne devrais pas être surprise que Ford s'impose à mes pensées.

Dès que je me rends compte qu'il s'est sournoisement infiltré dans mon espace mental, je le repousse et me reconcentre sur mes amies et sur le bon temps qu'on passe. Ce n'est pas quelque chose que je fais suffisamment.

Les chansons s'enchaînent alors qu'on continue à remuer des fesses. À un moment donné, je prends la main de Juliette et la fais tourner sur elle-même. Un sourire éclaire son visage alors qu'elle éclate de rire. Je sais à quel point ses cours sont difficiles et qu'elle travaille très dur pour décrocher les meilleures notes tous les semestres. C'est super de la voir lâcher du lest et s'amuser, pour une fois. À présent que Ryder et elle sont ensemble, ça arrive plus fréquemment. Il l'a fait sortir de sa coquille et elle a l'air plus heureuse. Sa vie est plus équilibrée.

Au bout d'environ trente minutes, Britt, Viola, Stella et Fallyn se dirigent vers le bar pour acheter quelque chose à boire. Deux chansons plus tard, Juliette disparaît pour aller aux toilettes. Très vite, elle se laisse engloutir par la masse grouillante des corps. Je me retrouve seule.

Le club est un grand endroit sombre avec des stroboscopes qui clignotent très haut. Il est difficile de dire à qui appartiennent tous ces membres. La musique résonne contre les murs caverneux avant de s'immiscer lentement dans mes os. C'est trop facile de me perdre dans le rythme alors que le DJ mixe des tubes. L'alcool court en moi, me donnant l'impression d'être vivante et libre.

J'aimerais simplement que cette sensation dure toujours.

Ou du moins, jusqu'au bout de la nuit.

Mes paupières s'ouvrent brusquement quand de grandes mains se posent sur mes hanches et me plaquent contre un corps dur. Quand je me tourne, je découvre un gars immense que je ne reconnais pas. Il envahit mon espace personnel jusqu'à ce que l'odeur puissante de l'alcool suffise presque à me faire tourner de l'œil.

— Hé, je peux t'emprunter une pièce ?

À peine cohérente, la question est débitée à toute vitesse.

S'il y a une chose que je ne supporte pas, ce sont les ivrognes.

Avant que je puisse lui dire non, il marmonne :

— J'ai envie d'appeler ma mère pour lui dire que j'ai rencontré la fille de mes rêves.

Je lève les yeux au ciel et le repousse.

— Pas intéressée, m'écrié-je par-dessus mon épaule avant de lui tourner le dos.

Si j'ai de la chance, ce sera suffis…

Sa main se referme sur mon bras, ses doigts s'enfoncent dans ma chair nue alors qu'il me fait tourner sur moi-même.

Son sourire disparaît.

— Ce n'est pas une raison pour être une connasse. Tu ne vois pas que j'essaye d'être sympa ?

C'est comme ça qu'il *essaye* d'être sympa ?

Beurk. Parfois, je ne comprends pas le sexe masculin.

Pas du tout.

— Apparemment, si, m'écrié-je pour me faire entendre au-dessus des battements insistants de la musique. Tu ne m'intéresses pas, toi et tes phrases de drague à la con. Alors… On a fini.

Je le chasse d'un geste de la main.

— Casse-toi, maintenant.

Il découvre les crocs. Alors qu'il tente de m'attirer vers lui, je tire brusquement sur son bras pour essayer de briser sa prise de fer. C'est comme si j'étais prisonnière d'un piège d'acier. Si j'avais été intelligente, j'aurais fermé ma grande gueule et me serais fondue discrètement dans la foule, mais ce genre de comportement est lassant.

Je ne suis pas quelqu'un qui aime faire des scènes, mais je le ferai si j'y suis contrainte. Et c'est le cas ! Alors que je recule le bras pour frapper ce mec au visage, j'entends une voix profonde derrière moi.

— Si tu tiens à ta vie, je la lâcherais tout de suite.

Je tourne la tête vers cette voix familière et mon regard accroche celui de Ford. Ce n'est pas comme si je ne pouvais pas gérer ce connard toute seule, mais je suis soulagée de ne pas avoir à le faire.

Cet ivrogne le regarde avant de plisser le front.

— Ça ne te concerne pas, mec. Alors, casse-toi.

Une lueur glaciale entre dans le regard de Ford alors qu'il se redresse de toute sa taille, c'est-à-dire quelques centimètres de plus que l'autre. Je reconnais l'expression meurtrière sur son visage. Il y a eu une demi-douzaine de fois, particulièrement au collège, où il a décoché ce même regard à d'autres mecs qui n'acceptaient pas qu'on leur dise non. Certaines de ces confrontations se sont terminées en raclées. Il a toujours gagné, mais ça ne veut pas dire qu'il n'a pas été blessé dans le processus. À la fin de la soirée, on rentrera à la maison et je panserai soigneusement ses blessures.

Ne voulant pas que la situation dégénère en confrontation physique, je pose la main sur son torse afin de le tenir à l'écart.

Le bras de Ford s'enroule autour de ma taille avant qu'il ne me colle contre la force solide de son corps.

— C'est là où tu te trompes. Elle t'a déjà dit qu'elle n'est pas intéressée et apparemment, tu refuses de l'accepter.

Lorsque Ford s'approche de lui, le mec ivre doit lever le menton pour maintenir le contact visuel. Alors qu'il m'étreint, ses doigts brûlent le fin tissu de ma robe. Je ne serais pas surprise de trouver l'empreinte de sa main scarifiée dans la chair en dessous.

Un rappel permanent de son existence.

Comme si c'était nécessaire…

J'ai fait de mon mieux pour le chasser de mon cerveau et rien n'a fonctionné.

— Maintenant, si tu veux, je vais m'éloigner et la laisser mettre un terme à tout ça. Mais je peux te dire ce qu'il va se passer au cas où ça t'intéresse : tu vas te prendre une gifle ou bien elle va s'en prendre à tes couilles.

Ford pointe le menton vers moi.

— Ce n'est pas le genre de fille qui tolère des conneries de la part d'un connard d'ivrogne.

Le mec pince les lèvres alors qu'il fusille Ford du regard avant de se tourner vers moi.

— Tu me traites de connard ?

Je ne pensais pas qu'il soit possible pour lui d'avoir une voix encore plus traînante.

Visiblement, je me trompais.

— Si tu ne peux pas le comprendre tout seul, il est temps que tu rentres chez toi.

Le mec soul titube pendant quelques pas avant de secouer la tête.

— C'est de la merde. Aucune chatte ne vaut tous ces embêtements.

Je pousse un soupir de soulagement alors qu'il s'en va en titubant à travers la foule qui danse toujours.

— Quel connard !

Ford renifle alors que la tension qui l'avait saisi se dissipe enfin.

— Ouais.

À présent que nous sommes seuls tous les deux, Ford me déplace jusqu'à ce que je me retrouve écrasée contre son torse. Je ne peux m'empêcher d'inhaler l'odeur de son eau de Cologne boisée.

— Tu es super chaude, Carina. J'espère vraiment que tu n'es pas venue avec l'espoir de coucher, gronde-t-il dans mon oreille avant d'en mordiller la chair délicate avec ses dents. On avait un accord. Ai-je vraiment besoin de te rappeler quelles règles on a mises en place ?

Je m'écarte juste assez pour soutenir son regard.

— Je suis venue pour danser.

Il se plaque contre moi pour que je sente son érection épaisse contre mon bas-ventre.

— N'importe qui pourrait nous voir, murmuré-je en regardant autour de moi. Il y a des tonnes d'étudiants de Western qui fréquentent ce club.

— Je m'en fiche. J'ai juste envie de te serrer contre moi. Ça me rend fou quand d'autres mecs posent les mains sur toi.

Sa possessivité fait tourbillonner en moi un frisson acéré et, cédant à l'impulsion, je glisse les bras autour de son cou.

— Cette robe devrait être illégale, gronde-t-il dans mon oreille.

La pression de son corps contre le mien me fait me sentir tellement bien ! Ce serait trop facile de me perdre en lui. Aucun des hommes avec lesquels j'ai dansé n'a jamais fait valser mon cœur comme Ford le fait.

Comme il l'a toujours fait.

Ses doigts plaqués sur mon derrière s'enfoncent dans le tissu.

— Nous devrions sortir d'ici.

Au fond, je sais que quitter le club avec Ford est une très mauvaise idée.

Une idée que je regretterai demain matin.

Au lieu de lui dire non, je m'entends lui répondre :

— D'accord.

Quand il s'écarte, la chaleur de son corps disparaît et une étrange sensation de perte m'envahit. Ses grands doigts s'enroulent autour des miens alors qu'il m'entraîne à travers la mer de gens qui tournent sur eux-mêmes. Quand on abandonne la piste de danse, j'aperçois mes amies au bar. C'est un soulagement quand aucune d'entre elles ne remarque qu'on s'en va.

J'envoie un texto à Juliette pour lui dire que je suis partie, afin qu'elle ne s'inquiète pas.

Je ne suis pas prête à répondre à la moindre question sur Ford.

Principalement parce que je ne saurais pas quoi dire.

20

Ford

La main de Carina fermement calée dans la mienne, je traverse la foule et me dirige vers la sortie au fond du bâtiment. Je suis toujours en colère contre le type qui la harcelait.

J'étais vraiment tenté de lui foutre une raclée qu'il n'oublierait pas de sitôt, mais je savais que ça aurait dérangé Carina et je n'avais pas envie de le faire. Même si, par le passé, je suis parfois intervenu pour la défendre contre des clowns qui se montraient ouvertement agressifs, je sais qu'elle est plus que capable de se défendre. Je l'ai vue à l'œuvre. Au lycée, elle a donné un coup de genou à un mec avant que je puisse lui foutre mon poing dans la figure.

Je n'ai jamais été aussi fier de qui que ce soit de toute ma vie.

L'air glacé de la nuit souffle sur nous alors que l'obscurité nous engloutit. Quand je vois la Corvette, je la déverrouille avant d'ouvrir la portière passager et de la pousser à l'intérieur. Ce n'est qu'alors que mes muscles se détendent.

Après avoir fait le tour du véhicule, je me glisse à côté d'elle et j'appuie sur le bouton d'allumage. Il n'en faut pas plus pour que la voiture de sport sophistiquée prenne vie. Puis on traverse le parking bondé et on sort dans la rue avant de se diriger vers le campus. Carina se détend contre le cuir luxueux alors que du rock alternatif remplit l'habitacle. Même si mon regard reste braqué sur le ruban de la route au-delà du pare-brise, je ne pourrais pas être plus conscient de sa présence.

C'est parfait.

Comme si elle était à sa place ici, avec moi.

Mon regard se pose sur sa petite robe brillante et la façon dont elle remonte sur sa cuisse. Quelques centimètres de plus et je serais capable de voir sa culotte.

Merde.

Cette pensée suffit à me faire bander.

Ses longues jambes sont fuselées et musclées. Je ne m'imagine pas ce que ça ferait de les avoir enroulées autour de ma taille alors que je pénètre profondément la chaleur accueillante de son corps.

Ou peut-être que je me l'imagine et c'est ce qui a toujours été un problème.

Parce que je ne devrais pas.

Elle a toujours été hors limites.

Sans pouvoir me retenir, ma main se pose sur sa jambe nue. Je referme les doigts sur sa chair chaude d'un geste possessif. Quand elle me regarde, je me demande si j'ai commis une erreur tactique et si elle va la chasser d'une gifle.

Un moment s'écoule.

Puis un autre.

Comme il ne se produit rien, la tension quitte graduellement mon corps. Au lieu de cela, ses cuisses s'écartent légèrement. Je suis tenté de glisser les doigts vers le haut, d'écarter sa culotte et d'enfoncer les doigts dans sa chaleur moite.

Peu de temps après, je m'engage dans le parking de notre immeuble et je coupe le moteur. Lorsque je change de position, je vois que son regard assuré est déjà braqué sur le mien. Même dans l'obscurité, j'ai l'impression de pouvoir me noyer dans ses profondeurs liquides bleu-gris. La façon dont elle me regarde, dont elle m'étudie comme si elle en voyait bien plus que ce que j'aimerais lui laisser voir… Plus que ce que je projette au monde extérieur. Même mes coéquipiers, que je considère comme mes frères, ne me connaissent pas comme le fait cette fille.

Quelque chose dans cette vérité indéniable me calme et me terrifie tout à la fois.

— Sois honnête. Tu es venue au Blue Vibe pour chercher un coup d'un soir ?

Il y a une seconde de silence.

— Non. Je voulais juste danser et m'amuser.

Tout en moi se détend.

— C'est bien.

Je déteste l'idée que quelqu'un d'autre puisse la toucher.

Toucher ce qui m'appartient.

Elle baisse les yeux vers mes lèvres alors qu'elle incline son corps vers moi avant de se rapprocher. Au moment où nos bouches se frôlent, l'électricité vibre à travers chaque cellule de mon être, me faisant me sentir bien plus vivant que jamais.

Même le hockey ne m'a jamais fait cet effet-là.

Il n'en faudrait guère pour que ce feu échappe à mon contrôle.

Je m'écarte juste assez pour dire :

— On devrait probablement rentrer.

Surprise, elle cligne des paupières avant de plisser les yeux.

— Tu sais ce que je pense ?

Elle ne me donne pas l'occasion de réagir avant de répondre à sa propre question.

— Que tu essayes délibérément de me torturer.

J'éclate de rire. L'idée que je l'excite ou puisse la rendre aussi folle est hilarante.

Elle fronce les sourcils quand elle se rend compte que je suis sérieux.

— Pourquoi ne pourrait-on pas simplement s'occuper de nos affaires ?

— Nos affaires, hein ? C'est ce que c'est ?

— Ce n'est pas toi qui as dit que ce serait une situation d'amis avec bénéfices ?

C'est exactement ce que j'ai dit.

Au lieu d'admettre la vérité, je lui renvoie la question au visage.

— Et je crois que c'est toi qui as dit que ce seraient plutôt des meilleurs ennemis avec bénéfices.

Elle arque un sourcil.

— Ça l'est, non ?

Elle me considère peut-être comme un ami-ennemi, mais ça n'a jamais été le cas pour moi. L'écarter et la tenir à distance ont été mes seules ressources pour supporter l'horreur de l'avoir perdue.

— Je ne pense pas.

Avant qu'elle ne puisse poser d'autres questions, je sors du véhicule. Elle fait la même chose et on se croise sur le trottoir avant de nous diriger vers l'entrée du bâtiment. Quand elle vacille sur ses talons vertigineux, je glisse un bras autour d'elle. Je me raccrocherais à la plus petite excuse pour la garder près de moi. Il y a quelque chose dans la sensation de sa silhouette élancée plaquée contre moi que je trouve parfaite.

Le silence retombe alors qu'on prend l'ascenseur jusqu'au troisième étage. Au fil des secondes, la tension sexuelle s'intensifie jusqu'à me donner l'impression qu'elle va nous faire exploser tous les deux. Quand les portes s'ouvrent enfin, je la dirige dans le couloir.

L'endroit est étonnamment tranquille pour un vendredi soir.

Quand elle arrive à sa porte, elle retire la clé de son sac avant de la glisser dans la serrure et de tourner la poignée. Au lieu d'entrer dans mon propre appartement, je la suis. C'est comme s'il y avait un filin invisible qui nous connectait l'un à l'autre. Après toutes ces années, je n'ai jamais trouvé un moyen de le trancher. Je ne sais même pas si c'est possible ou bien si je serai liée à elle pour toujours.

Elle jette son sac sur la table du salon-salle à manger avant de retirer ses souliers. Ma bouche se remplit de coton quand ses doigts glissent à travers la longue masse de ses cheveux soyeux et qu'elle cambre le dos avant de croiser mon regard. Elle m'adresse un sourire narquois.

— Qui est en train d'essayer de rendre l'autre fou ? demandé-je, surpris par ma voix soudain devenue rauque.

Son sourire se change en un rictus espiègle.

— J'essaye seulement de te faire une faveur et d'accélérer le mouvement.

La chaleur étouffante de sa réaction fait danser ma queue dans mon jean.

Elle passe les bras dans son dos et défait le fermoir de son collier en argent avant de le reposer sur la table près du petit sac brillant assorti à la robe. Les boucles d'oreilles à breloques suivent rapidement.

Elle me montre la longue ligne de son dos avant de regarder par-dessus son épaule jusqu'à ce que nos regards se croisent.

— Tu m'aides à descendre ma fermeture Éclair ?

Un grognement vibre au plus profond de ma poitrine alors que je dévore la distance entre nous.

— D'accord.

D'une main tremblante, j'écarte la masse épaisse de ses cheveux avant de saisir la minuscule fermeture Éclair argentée et de la faire descendre lentement. Le crissement des dents de métal fend le silence ténébreux de l'appartement. L'air reste coincé dans mes poumons et j'ai du mal à respirer. Mon regard avide court sur sa peau à la seconde où elle m'est révélée.

C'est comme de déballer un cadeau très attendu le matin de Noël.

Quand j'atteins le milieu de son dos, je me rends compte qu'elle ne porte pas de soutien-gorge. Je ne vois que de la chair lisse et parfaite. Le temps que j'atteigne le bas de son dos, je bande si fort que je pourrais faire un trou dans le mur.

Les poings serrés, je me force à battre en retraite. L'envie de lui arracher cette robe minuscule bat en moi comme un tambour rapide jusqu'à ce que je n'aie plus conscience d'autre chose. Elle ressent forcément la tension épaisse qui émane de moi en vagues suffocantes alors qu'elle s'écarte juste hors de ma portée avant de jeter un autre regard sournois par-dessus son épaule.

— Merci.

Sa voix est légère et aérienne comme si elle était complètement détachée.

Avant que je ne puisse me jeter sur elle, elle se dirige en silence vers la chambre à coucher. Je ne peux m'empêcher de suivre le moindre de ses mouvements. Je la suivrais absolument partout où elle irait.

Ce n'est plus un choix conscient de ma part.

Ça ne l'a peut-être jamais été.

Dès que je franchis le seuil, elle lâche le tissu à paillettes et le laisse tomber à terre. Il glisse le long de son corps, finissant autour de ses pieds nus, la laissant sans autre vêtement que son string noir sexy.

— Action ou vérité ? dis-je d'une voix rauque qui frôle la folie.

Quand elle se tourne vers moi, j'ai droit à une vue d'ensemble de son corps.

Elle est magnifique !

J'ai beau avoir envie de garder le regard collé au sien, c'est impossible. Mon attention se porte sur ses seins. Ils sont fiers et fermes, avec des petits mamelons roses. J'ai hâte d'y goûter. J'ai envie de les lécher et de les sucer.

— Action, dit-elle comme je sais qu'elle l'aurait fait.

— Tu veux un peu de soulagement ?

Ses pupilles se dilatent alors qu'elle lève le menton.

— Tu sais bien que oui.

— D'accord.

Je désigne du menton le lit deux places.

— J'ai envie que tu te serves de ton vibrateur devant moi.

Elle s'immobilise alors que son visage se glace.

— Quoi ?

Un lent sourire s'empare de mes lèvres alors que je lutte pour récupérer une certaine mesure de contrôle. Désarçonner Carina a toujours été un plaisir.

— Tu m'as bien entendu la première fois. J'ai envie de te regarder jouir.

— Tu… tu ne veux pas qu'on couche ensemble ? demande-t-elle d'un ton confus.

— Bien sûr, mais pas encore.

J'ai envie de faire durer la chose aussi longtemps que possible. Ce que je crains le plus est qu'elle cesse tout entre nous dès que je me serai écarté.

Je refuse de laisser cela arriver.

Elle expire profondément. Un mélange d'émotions danse sur son visage. Elle est si expressive !

Ça me plaît.

J'aime quand je la force à réfléchir et à ressentir.

— Je n'ai encore jamais fait ça devant qui que ce soit, dit-elle prudemment.

C'est bien.

— Il y a une première fois pour tout, n'est-ce pas ?

Carina se mordille la lèvre inférieure avant que son regard ne se repose sur moi.

— Très bien.

Carrant les épaules, elle va droit à la table de chevet avant d'ouvrir le petit tiroir pour en sortir un petit étui noir. Une fois le tiroir ouvert, elle en retire un appareil fin en forme de tube à bout rond qui fait une dizaine de centimètres. Puis elle s'installe sur le matelas avant de s'allonger contre la pile d'oreillers.

Pendant ce temps-là, son regard reste braqué sur le mien. Pendant une seconde ou deux, le suspense s'étire en silence.

Je respire à peine.

Mon regard parcourt son corps vers l'endroit d'elle qui est toujours couvert par un fin bout de satin noir.

— Retire ton string, grondé-je.

Ma voix n'est plus qu'un croassement.

Elle pose le vibro sur la table de chevet alors que ses deux mains viennent rejoindre le petit élastique qui entoure ses hanches. Elle glisse les deux index sous la bande élastique avant de cambrer le dos.

Un mélange puissant d'impatience et d'anticipation tourbillonne en moi, exacerbant le besoin qui me ronge les entrailles.

Mes doigts se resserrent, mes ongles courts et limés s'enfonçant dans la chair de mes paumes. Le lit n'est qu'à trois pas de moi. Je suis tenté de lui arracher cette chose de son corps de mes propres mains. Avant que je puisse m'exécuter, elle fait glisser le bout de tissu le long de ses hanches avant de s'en débarrasser. La voilà glorieusement dénudée.

Mon regard file comme une flèche vers son intimité alors qu'elle écarte grand les jambes.

Cette vision suffit presque à me mettre à genoux. Elle est plus belle que dans mon imagination. Son sexe est complètement glabre. Elle ne s'est même pas encore touchée qu'un grognement torturé vibre au plus profond de ma poitrine.

— Putain, Carina…

Elle me répond par un sourire moqueur.

— J'aimerais bien, mais tu n'arrêtes pas de me repousser.

J'étrangle un rire. Elle ne sait pas toute la retenue que ça exige de moi.

Ses cuisses s'écartent encore plus jusqu'à ce que sa partie inférieure adopte la forme d'un papillon quand ses genoux touchent le couvre-lit.

— Attention, je pourrais croire que tu n'as pas envie de moi.

— Rien ne saurait être plus éloigné de la vérité, dis-je d'une voix rauque. Je te désire plus que tout.

La lueur de doute dans ses yeux disparaît et je me demande si elle a vraiment été là. J'ai toujours connu Carina forte et assurée. Une force de la nature. C'est une des qualités qui m'a attiré vers elle. Il y a du sex-appeal chez quelqu'un qui comprend sa propre valeur et n'accepte rien de moins que ce qu'il mérite.

C'est Carina Hutchins tout craché.

Ses mains caressent l'intérieur de mes cuisses.

— Tu veux toujours que j'utilise le vibro ?

— Bien sûr.

Certainement pas. J'ai envie de me glisser en elle et d'y rester pour toujours.

Sans rien rajouter, elle roule sur le flanc et s'empare du petit objet avant de cliquer sur le bouton. Une légère vibration remplit l'air alors que ses mains descendent en dessous de son ventre plat vers le V entre ses cuisses. Elle fait courir la fine baguette sur un côté de ses lèvres avant de caresser l'autre jusqu'au sommet de son pubis. Avec un léger contact, elle se touche le clitoris avant de réitérer la manœuvre.

Au troisième passage, elle enfonce l'engin noir en elle. Elle cambre le dos alors que ses paupières se referment et que de l'humidité fait luire ses délicates lèvres roses.

J'ai l'eau à la bouche en songeant à goûter à sa douceur.

Juste une fois.

Alors, je pourrai mourir heureux.

Je ne réalise pas que j'ai franchi la distance qui nous sépare avant de m'enfoncer dans le matelas près de ses jambes étendues. Incapable de résister plus longtemps à cette impulsion, mes doigts remontent le long d'un de ses mollets musclés que je repositionne pour me donner une vue dégagée sur mon intimité. Ses paupières s'ouvrent brusquement et son regard se braque sur le mien.

— Tu aimes me regarder ?

Sa voix est légèrement essoufflée. Je sais déjà qu'il n'en faudra guère plus pour la faire basculer dans le vide et dans l'oubli.

La vérité m'échappe avant que je puisse la ravaler.

— Parfois, au lycée, je t'entendais, dans ta chambre, quand tu te faisais jouir. T'écouter jouir m'a toujours vraiment excité. J'allais dans la salle de bains pour me branler. Je m'imaginais à quoi tu ressemblais avec les jambes écartées alors que tu te touchais.

J'ai porté ça en moi durant tout ce temps comme un petit secret honteux. C'est bon de pouvoir enfin dire la vérité.

Ses pupilles se dilatent alors qu'elle s'ouvre davantage. Des années de danse l'ont rendue souple.

Flexible.

La façon dont elle est capable de contorsionner son corps suffit à faire exploser mon cerveau.

Celui du haut… et celui du bas.

— Montre-moi comment tu te touchais, murmure-t-elle.

Je grogne, ne sachant pas si je serais capable de me retenir de m'enfoncer dans son corps si je commence. Ce serait comme de danser sur la lame d'un rasoir. Et pourtant…

Je bande si fort que ma queue palpite dans mon jean à un rythme douloureux.

Et j'en ai envie.

J'ai envie de partager ce moment avec elle.

Ma décision prise, j'ouvre le bouton avant de descendre la

fermeture Éclair. Mes doigts s'enfoncent dans mon boxer en coton, abaissant le tissu jusqu'à ce que mon érection se libère. Un souffle m'échappe au moindre contact.

Quand ai-je autant bandé pour la dernière fois ?

Je ne m'en souviens pas.

Toutefois, je suis certain que c'est dû à la fille qui est écartelée devant moi comme un festin.

Elle baisse les yeux vers ma verge alors qu'elle se sert du petit vibro noir pour se donner du plaisir. J'abaisse le jean davantage, ayant besoin d'espace pour manœuvrer. Un grognement m'échappe alors que ma prise se resserre et je glisse la paume le long de mon érection épaisse.

Alors que je me touche, mon regard reste braqué sur ses lèvres moites.

Elle laisse échapper un gémissement en se cambrant sur le matelas. Le mouvement projette ses seins en l'air. Ce son me fait l'effet d'une balle dans la queue et mes bourses se contractent contre mon corps.

Je viens à peine de me toucher et je sais déjà qu'il ne m'en faudra guère plus pour que je…

Quand un autre cri lui échappe et que son intimité se contracte, s'inondant d'eau, je me redresse sur les genoux, donnant des coups de hanches alors que des jets épais de sperme font irruption du sommet de mon sexe, venant décorer son bas-ventre. Un grognement guttural m'échappe alors que ma tête bascule en arrière et qu'une avalanche de plaisir s'abat sur moi, manquant de m'enterrer vivant.

C'est super intense !

Je suis à deux doigts de perdre connaissance.

C'est comme si mon orgasme durait toujours alors que ses bruits haletants remplissent la pièce.

Quand le dernier petit frisson secoue mon corps, mes muscles se relâchent, toute mon énergie ayant disparu. Cela requiert un effort herculéen pour lever la tête et croiser son regard.

La profonde satisfaction qui remplit ses yeux à demi-fermés ne fait que renforcer la mienne. Mon attention se porte sur le sperme blanc épais qui peint son ventre musclé. En voyant que j'ai enfin marqué cette fille avec mon odeur, quelque chose de primaire envahit mon être. J'ai envie de le faire depuis des années. C'est un cliché mental qui vivra dans ma mémoire jusqu'au jour de ma mort.

Rien ne pourra l'effacer.

La possessivité court dans mes veines, infiltrant chaque cellule de mon être.

La voir couverte de mon sperme suffit presque à me redonner le gourdin.

Je me rends alors compte que j'ai tendu la main pour faire courir mes doigts à travers le liquide jusqu'à ce qu'elle inspire en frissonnant. J'interromps mon mouvement en la regardant dans les yeux. Pendant une seconde ou deux, ni l'un ni l'autre n'osons respirer alors qu'elle contorsionne son corps nu comme si elle s'offrait en sacrifice.

Je pousse un grognement alors que je répands le sperme sur sa peau avant d'en prendre une petite goutte et de me pencher en avant jusqu'à ses seins. Je masse la crème épaisse autour d'un de ses mamelons avant de faire la même chose de l'autre côté. J'ai envie d'en couvrir son corps tout entier.

Je veux que chaque homme avec lequel elle entre en contact me sente sur elle et sache qu'elle est prise. C'est une pensée perverse, mais peu m'importe.

Mon doigt revient sur son ventre afin de récupérer la dernière goutte précieuse que je porte alors à ses lèvres. Elle les ouvre volontiers sans détourner les yeux. Je glisse le doigt dans sa bouche. Celle-ci se referme alors sur mon index, sa langue venant tourbillonner autour pour en sucer toutes les gouttes blanches.

C'est exactement la sensation que j'aurais si ces lèvres pulpeuses étaient enroulées autour de mon gland. Il ne lui en faudrait guère plus pour aspirer le sperme directement à la source. Des flammes de désir prennent vie en moi. Peu importe si j'ai joui il y a une minute à peine, je me réveille déjà et je me durcis. Ma queue a envie de se retrouver à l'intérieur de sa moiteur. J'ai envie de la baiser jusqu'à ce que je sois capable d'éteindre ce désir aveuglant qui bouillonne sous la surface.

Mais je refuse de céder au besoin qui me consume depuis des années.

Du moins pas pour le moment.

J'ai envie de faire durer les choses jusqu'à ce que je devienne si sauvage que lorsque je la prendrai enfin, ça nous emmènera sur une autre planète. Alors seulement, je serai capable de reléguer Carina à sa place, dans un coin de mon cerveau, et reprendre le cours de ma vie.

21

Carina

En silence, Ford se redresse et remet son sexe dans son pantalon avant de battre rapidement en retraite. Je suis toujours en train de redescendre après ce plaisir génial. Je flotte quelque part dans la stratosphère. Même s'il n'était pas profondément enfoncé dans mon corps, c'est quand même un des orgasmes les plus intenses que j'aie jamais connus. Mon cerveau est toujours embrumé, rendant toute pensée intelligente impossible.

C'est la seule explication rationnelle au mot qui sort de ma bouche alors qu'il fait un autre pas rapide vers la chambre.

— Reste.

Ses pieds s'immobilisent et ses sourcils se rapprochent. Il scrute mon regard et je lis un éclair de surprise sur son visage. Je suis certaine que j'affiche la même expression.

C'est prudemment qu'il demande :

— Tu veux que je reste passer la nuit ?

L'air s'échappe de mes poumons alors que je retourne la question dans mon cerveau. Une seconde d'introspection me révèle mes désirs. Au fond, je regrette ce que nous étions autrefois, toutes les soirées où je me faufilais dans sa chambre une fois que nos parents étaient couchés. La façon dont il me prenait dans ses bras. Je collais la tête contre son torse tout en écoutant les battements réconfortants de son cœur. Alors que l'obscurité veloutée nous enveloppait, on parlait de nos espoirs et de nos rêves d'avenir. Je ne me suis jamais sentie aussi en sécurité que lorsque j'étais en sécurité dans ses bras.

Avec le recul, c'est étrange d'avoir ressenti ça alors que Ford n'avait que dix-huit ans. Mais je ne peux pas nier la vérité. Je savais qu'il ne laisserait jamais rien de mal m'arriver.

Et il a tenu parole.

Un silence pesant s'abat sur nous.

Quand il n'accepte pas immédiatement, je me dis que j'ai commis une erreur.

Y a-t-il quelque chose de pire que de passer pour une personne collante.

Oh…

Pourquoi est-ce que j'ai ouvert ma grande bouche ?

J'aurais dû le laisser quitter discrètement la pièce.

Alors que je m'apprête à lui dire d'oublier, il saisit l'ourlet de son T-shirt et le fait remonter sur son torse avant de le retirer. Il le laisse tomber sur la moquette avant d'ouvrir le bouton de son jean pour la deuxième fois de la soirée et de baisser la fermeture. Il fait descendre son jean épais sur ses jambes musclées jusqu'à ce qu'il ne soit plus vêtu que d'un caleçon noir.

Je le dévore avidement du regard.

Comment m'en empêcher ?

Ford a le corps d'un dieu grec. Il est bronzé et sculpté après avoir passé des heures sur la glace et à la salle de sport.

Je n'enfile pas de pyjama alors que je me glisse sous les draps et la couverture. Il s'installe à côté de moi avant de s'étirer et de m'attirer contre lui. Mes muscles mettent un moment à se détendre alors que ma tête se pose contre son torse. L'odeur de son après-rasage boisé m'enveloppe, m'ancrant dans le passé.

Si je fermais les yeux, j'y reviendrais.

À un moment où nous étions amis.

Notre relation a toujours frisé quelque chose de plus, pleine de tous les possibles.

Du moins, c'était l'impression que j'avais.

Voir Ford faisait souvent s'emballer mon cœur et partir mes hormones en vrille. On a passé des heures à nous embrasser et à nous toucher, ne repoussant jamais les limites, mais j'ai toujours pensé que Ford serait mon premier.

Je voulais qu'il soit mon premier.

Mais cela n'est jamais arrivé.

C'était plutôt comme d'appuyer sur un interrupteur. Un jour, on était proches et le lendemain, il était froid et distant. Il a refusé de parler de ce qui a motivé ce changement, me laissant tenter de comprendre toute seule.

Fin de l'histoire.

Après ceci, je n'ai jamais permis à un autre mec de me connaître comme il l'avait fait.

Comme il le fait probablement toujours.

— Dis-moi à quoi tu penses, murmure-t-il, son souffle chaud dansant à travers ses cheveux.

Mon regard reste braqué sur le mur du fond couvert de centaines de photos du lycée et du collège, alors que les souvenirs de notre passé s'abattent sur moi comme une vague. Je suis tentée de mentir, mais quelque chose dans le fait de me retrouver dans l'étreinte rassurante de ses bras me force à être honnête.

— Que ça fait longtemps qu'on n'a pas fait ça.

— Depuis février, l'année de terminale.

Sa voix se fait sombre comme si c'était moi qui l'avais repoussé et lui avais brisé le cœur.

— Bien entendu.

— Ça m'a manqué de t'étreindre, admet-il à voix basse.

Je ferme fort les paupières et j'essaye de conserver une voix égale.

— Tu m'as manqué aussi.

Des questions envahissent mon cerveau. Elles se pressent sur le bout de ma langue. Au lieu de les autoriser à se libérer, je les ravale et les réprime.

Il n'y a aucune raison de les poser.

Ce n'est que du sexe.

Si j'ai de la chance, ça se terminera dès qu'on aura couché. On pourra placer tout ça à sa place, c'est-à-dire dernière nous.

— Carina…

— Danser autant m'a vraiment fatiguée. Ça ne te fait rien si on s'endort ?

Il y a un moment d'hésitation avant qu'il ne me serre davantage contre lui.

— D'accord. Si tu veux.

C'est exactement dans cette position que je m'endors.

Serrée dans ses bras tout en écoutant les battements réguliers de son cœur.

22

Ford

Le soleil brillant qui filtre à travers mes paupières me tire graduellement du meilleur sommeil que j'aie connu depuis un moment. Ce n'est que lorsque je change de position que je prends conscience du corps chaud lové contre le mien. Je me creuse la tête, me demandant ce qu'il s'est passé hier soir et qui j'ai ramené à la maison.

Enfin… Pas à la maison.

Parce que je ne ramène pas de filles à la maison. Si je baise, c'est chez elles. Ou bien dans une chambre sur le lieu de la fête.

Une autre chose ?

Je ne passe jamais la nuit. Ça crée un précédent regrettable.

Je reste peut-être pour des câlins pendant un petit quart d'heure, mais dès qu'elles s'endorment, je m'éclipse comme un voleur dans la nuit en espérant que lorsque je les recroiserai sur le campus, il n'y aura pas de ressentiment.

Je ne vais pas mentir, c'est parfois le cas. On m'a fait une scène devant une foule à plusieurs reprises.

J'ai du mal à me forcer à ouvrir les paupières. C'est comme si elles étaient collées. Un seul regard et je comprends exactement où je suis, ce qui est un choc émotionnel. Il n'en faut pas plus pour que la nuit dernière me revienne en un éclair. Des images défilent dans mon cerveau avant que je sois entièrement capable de les intégrer.

J'étais à la maison.

Je suis allé au club pour chercher Carina.

Ce coup de poing au ventre quand je l'ai découverte dans ce bout de tissu argenté inexistant qui lui servait de robe, qui couvrait à peine ses fesses et réussissait à faire paraître ses jambes encore plus longues et minces que d'ordinaire !

Cette image réveille ma queue.

Puis je l'ai ramenée chez elle.

Et je l'ai mise au défi de se masturber devant moi.

Le truc avec Carina, c'est qu'elle n'a jamais été capable de résister à un défi. Ça a toujours été facile de la guider dans la direction où je voulais l'entraîner juste en la défiant de le faire.

Comme de m'embrasser.

Je l'ai fait des dizaines de fois quand on était au lycée. J'ai passé des années à danser sur la ligne sans la franchir. Particulièrement alors que mon père m'observait comme un aigle, s'assurant que mon comportement reste celui d'un frère.

Je regarde la blonde blottie contre moi, une jambe étendue sur la mienne dans son sommeil. Ça fait longtemps qu'on ne s'est pas réveillés dans le même lit. Fut un temps, Carina traversait en douce le couloir jusqu'à ma chambre et se glissait entre mes draps tous les soirs. C'était devenu une habitude que j'attendais avec impatience. Au bout d'un moment, j'étais incapable de dormir à moins qu'elle ne soit blottie contre moi.

Me réveiller à nouveau à côté d'elle après toutes ces années me fait plutôt l'effet d'un rêve. Je n'arrive pas à m'empêcher de la regarder. Elle est si belle avec sa masse épaisse de cheveux dorés étalés sur l'oreiller ! Elle n'a pas enfilé de vêtements après le spectacle qu'elle m'a offert après le club.

C'était la chose la plus chaude du monde.

Et puis j'ai joui sur son ventre…

Et elle l'a sucé sur mon doigt.

Y penser suffit à faire palpiter ma queue.

Mon regard tombe vers la couverture que mon érection fait remonter à la hauteur de ma taille.

Exactement.

Cette fille a toujours été un rêve érotique.

Mon rêve érotique.

Je ne m'imagine pas qu'il en aille autrement, malgré le temps qui passe.

Putain !

Les pensées qui tourbillonnent dans ma tête comme des requins affamés sont dangereuses.

Si j'étais plus intelligent, je sortirais du lit et quitterais discrètement son appartement avant que la situation ne se complique davantage.

Cela dit, c'est bien trop tard pour ça.

— On dirait que tu planifies une évasion.

Sa voix sensuelle, plus rauque dans le matin, me débarrasse de ces pensées. Quand mes yeux se dirigent vers elle, je la découvre en train de m'observer fixement comme si elle s'attendait à ce que je quitte la pièce en coup de vent.

Je fais rouler mes épaules.

— Tu m'as surpris. J'envisageais la possibilité de ronger mon propre bras afin de m'échapper.

Au lieu de s'offenser, elle sourit d'un air moqueur.

— Ça rendrait le hockey encore plus difficile.

— Ça rendrait beaucoup de choses beaucoup plus difficiles.

Le hockey serait la dernière d'entre elles. À la fin de la saison, je raccroche mes patins. La pensée de ne plus m'adonner au sport que j'ai aimé toute ma vie est douce-amère. Normalement, dès que l'idée s'impose à mon cerveau, je la repousse, refusant de m'attarder sur cette éventualité.

Carina se rapproche et colle les mains sur mon torse avant de poser le menton dessus. Ses yeux restent braqués sur les miens. Elle seule est capable d'infiltrer mes pensées les plus intimes. Je ne pourrais pas la tenir à l'écart même si j'en avais envie.

— Tu es prêt à tourner la page sur ce chapitre de ta vie ?

— C'est vraiment important ? lui répliqué-je.

C'est bien trop tôt dans la matinée pour avoir une discussion aussi sérieuse. Elle finira probablement par me gâcher la journée entière.

Elle réfléchit à cette question pendant quelques secondes.

— Bien entendu. Je ne m'imagine pas ne pas danser. Ça fait partie de mon identité, de mon expression personnelle et de ma gestion du stress.

Je ne m'imagine pas non plus qu'elle puisse cesser de danser. Aussi cliché que ça puisse paraître, cette fille est de la poésie vivante. Son corps et son âme sont faits pour ça. Elle est capable d'exprimer tant d'émotions sans prononcer le moindre mot !

Combien de gens possèdent cette capacité ?

La danse est comme l'oxygène dont elle a besoin pour respirer.

Je ne suis pas certain que le hockey soit la même chose pour moi.

Ne vous méprenez pas, j'adore ce sport.

Je l'ai toujours aimé.

J'ai enfilé ma première paire de Bauer quand j'avais cinq ans. Et depuis tout ce temps, je n'ai jamais *arrêté* de patiner. Mais la différence, c'est que je savais que je n'étais pas assez bon pour passer pro. Peu importe le temps et l'énergie que j'y aurais consacrés. Certaines personnes possèdent un talent à l'état pur et des compétences innées qui ressortent et les poussent en avant.

Je n'ai pas cette étincelle.

J'ai toujours su que dans le futur, je travaillerais aux côtés de mon père.

Je l'ai accepté depuis longtemps.

Mais ça ne signifie pas que je ne suis pas triste que cette partie de ma vie touche à terme.

Je passe les doigts à travers ses cheveux longs. C'est fantastique de la sentir lovée en travers de mon torse nu.

C'est bon.

Comme lorsque les cadrans d'un coffre-fort s'enclenchent.

Je pourrais la regarder pendant des heures, perdu dans les profondeurs infinies de ses yeux bleu-gris. Ils ont toujours eu la capacité déroutante de voir trop de choses.

Je m'éclaircis la gorge et force mes pensées à revenir à la conversation qui nous concerne.

— On sait tous les deux que je n'ai jamais été assez bon pour passer pro.

Son expression se fait pensive.

— Tu veux savoir ce que je pense ?

Désirant seulement égayer l'atmosphère, je dis :

— C'est une question rhétorique, non ? Je suis quasiment certain que tu vas me le dire, quoi que je réponde.

Elle plisse les paupières en poussant un soupir.

Elle est vraiment adorable.

Particulièrement avec la façon dont ses cheveux décoiffés retombent autour de son visage et de ses épaules nues. Sa chevelure est épaisse. Autrefois, je fantasmais à l'idée de l'enrouler autour de mes mains alors que je m'enfonçais au plus profond de son corps.

— Je crois que c'était plus facile de te dire que le futur était déjà écrit plutôt que de courir le risque de ne pas obtenir la chose que tu désires vraiment.

Mon cœur s'arrête pendant une seconde douloureuse avant de se remettre à marteler dans ma poitrine.

Comme je garde le silence, elle murmure :

— J'ai tort ?

Je vide lentement mes poumons.

— Non.

Elle incline la tête et m'étudie d'une façon qui me désarme.

— Il n'est jamais trop tard pour briguer ce qu'on désire.

Nos regards s'accrochent et une partie de moi se demande si on parle toujours de hockey.

Ou de quelque chose de complètement différent.

Je glisse les mains sous ses bras avant de l'attirer sur moi afin que ses lèvres effleurent les miennes. C'est si bon de la sentir étirée sur moi ! Ondulant doucement, ses cheveux encadrent son visage, nous protégeant du monde au-delà des quatre murs de sa chambre à coucher. Je ne pense plus aux raisons pour lesquelles nous ne sommes pas censés être ensemble.

Pour le moment, elles ne comptent pas.

Rien ne compte à part Carina.

Une main redescend le long de son derrière avant de se refermer sur une fesse ferme, pressant la chair musclée jusqu'à ce que mes doigts s'y enfoncent. L'autre s'emmêle dans ses cheveux, rapprochant sa tête jusqu'à ce que mes lèvres puissent toucher les siennes. Je donne un coup de reins afin que mon épais gourdin se glisse contre le V entre ses cuisses.

Je m'abreuve au gémissement de désir qui lui échappe.

Ses jambes s'écartent davantage pour m'accueillir. La seule chose qui m'empêche de me glisser à l'intérieur de la chaleur accueillante de son corps est un fin bout de coton. Je suis tenté de libérer mon érection pour faire précisément ça.

Je la désire tellement !

Je suis assoiffé d'elle.

— J'ai envie que tu me baises. On n'a pas attendu assez longtemps ?

Un grognement torturé m'échappe. Je suis conscient qu'il n'en faudra guère plus pour que je perde mon self-control, parce qu'elle a raison. On a attendu si longtemps ! J'ai beau avoir envie de faire durer la chose, impossible de le faire plus longtemps.

— Tu veux ma queue, ma belle ?

— Tu sais bien que oui. Je l'ai clairement exprimé.

— Alors, montre-moi. Montre-moi exactement à quel point tu *me* désires. Frotte cette jolie petite chatte contre moi. J'ai envie que tu trempes mon caleçon avec ton nectar.

Avant que le dernier mot s'échappe de ma bouche, elle donne un coup de reins. Le plaisir qui se répercute à travers mon corps suffit à me faire tourner de l'œil.

La façon dont elle se frotte contre moi est si agréable !

Enfin… c'est bien plus qu'un simple frottement.

Une main se resserre à l'arrière de sa tête, la maintenant fermement en place alors que l'autre s'enfonce dans l'arrondi de ses fesses.

— C'est ça, bébé. Chevauche-moi jusqu'à ce que tu m'implores de te donner ma queue.

Sa respiration se fait laborieuse et devient frénétique.

—J'ai tellement besoin de toi ! Ma chatte a besoin de toi.

Le son torturé de sa voix est la goutte d'eau qui fait déborder le vase et annihile les derniers vestiges de la volonté à laquelle je me suis raccroché.

Elle hoquette quand je roule sur moi-même et me retrouve sur elle. Je descends mon short juste assez pour libérer mon érection. Il ne me faut guère plus qu'un coup de reins énergique pour me glisser au plus profond de sa chaleur étroite. Ce n'est que lorsque je me retrouve enfoncé en elle jusqu'à la garde que je suis capable d'inspirer une bouffée d'oxygène. C'est comme si je retenais ma respiration depuis des années.

La façon dont ses parois internes se contractent autour de mon gourdin me fait comprendre que je ne vais pas durer très longtemps.

Comment pourrais-je le faire alors que je rêve de ce moment depuis que j'ai posé les yeux sur elle pour la première fois ?

J'ai passé des années à fantasmer dessus.

La réalité de ce moment dépasse de loin tous ces fantasmes.

Quand elle s'agite sous moi, je donne un coup de reins, retirant mon érection épaisse de son corps avant de replonger à l'intérieur, à la recherche de sa chaleur. Un gémissement lui échappe alors que ses yeux se révulsent et qu'elle cambre le dos.

— Je t'en prie, dis-moi que tu prends la pilule, marmonné-je.

Je n'avais pas pensé à la contraception avant.

— Oui.

Dieu merci.

Cela dit…

Cette situation n'est pas idéale. Je n'ai jamais couché sans capote. C'est une autre de mes règles. Comme celle de baiser les filles hors de chez moi et de ne jamais passer la nuit avec elles. J'aurais dû me rendre compte il y a longtemps que ce serait Carina qui me ferait les jeter toutes par la fenêtre.

Il y a un degré d'intimité surprenant quand tu te retrouves à l'intérieur d'une autre personne sans une couche de latex ultra fine pour vous séparer.

Et une partie de moi adore ça.

Elle se délecte de la douceur qui m'entoure.

Que la première fois que je couche sans capote soit avec elle sonne juste.

Quand les muscles intérieurs de Carina se contractent et qu'un gémissement rauque s'échappe de ses lèvres, les derniers vestiges de mon self-control se dissipent et je jouis encore plus fort qu'hier soir. Les sons excitants qui emplissent l'air ne font que précipiter mon propre plaisir.

On ne pourrait pas être plus synchrones.

Comme coucher sans capote, c'est quelque chose dont je n'avais encore jamais fait l'expérience.

On surfe sur cette vague jusqu'à ce que ce dernier frémissement ait été arraché à nos corps. Mes muscles se détendent et j'ai l'impression d'avoir terminé un entraînement de deux heures. Mon cœur est à deux doigts d'exploser hors de ma poitrine.

Au lieu de me retourner et de rouler sur le côté, cherchant une excuse pour m'extraire de cette situation, je cale mon front contre le sien et regarde profondément dans ses yeux, y cherchant des signes de regret.

Je suis soulagé quand je ne trouve rien d'autre que les derniers vestiges du plaisir. J'ai la sensation que ce même sentiment se lit aussi dans mes prunelles.

C'est là que je réalise que baiser avec elle une fois ou deux ne suffira jamais à rassasier le puits profond de désir qui réside à l'intérieur de moi.

23

Carina

Je baisse les yeux vers mon téléphone et parcours plusieurs messages alors que les portes de l'ascenseur s'ouvrent. Je viens de rentrer après avoir donné deux cours de danse consécutifs au studio. Les petites de cinq ou six ans étaient sincèrement adorables. Particulièrement avec leurs souliers de claquettes.

Dès que je sors dans le couloir, j'entends des voix masculines et mon regard se perd dans les profondeurs dorées des yeux de Ford. Il n'en faut pas plus pour que tout l'air quitte mes poumons alors qu'une avalanche de frissons descend en cascade le long de mon épine dorsale.

J'ai beau essayer de réprimer impitoyablement l'attirance que je ressens pour lui, des braises continuent à fumer au creux de mon ventre.

Oh…

C'est mauvais.

La dernière chose dont j'ai envie est d'avoir des sentiments pour ce mec. D'ailleurs, c'était précisément ce que cette situation d'amis avec bénéfices était censée atténuer.

Ses coéquipiers – Wolf, Madden et Ryder – me saluent avant de monter dans l'ascenseur.

Il y a un moment de silence alors que tout autour de nous s'estompe, puis Madden s'éclaircit la gorge.

— Hamilton, tu viens ou quoi ?

— L'entraîneur va nous arracher la tête si on est en retard, ajoute Wolf.

Le regard pénétrant de Wolf ne dévie pas du mien.

— Je vous retrouve sur le parking. J'ai besoin de parler à Carina.

— Comme tu veux, dit Ryder. Si tu n'es pas là dans cinq minutes, on part sans toi.

— Je serai là. Ne vous inquiétez pas.

Wolf s'esclaffe et avant que les portes métalliques ne se referment, il marmonne quelque chose que je ne parviens pas à déchiffrer. C'est la première fois qu'on se retrouve seuls depuis qu'on a couché ensemble. Lundi, je suis arrivée en cours en retard et je me suis assise à l'arrière du petit amphithéâtre. Nos regards se sont croisés à plusieurs reprises quand il s'est tourné et qu'il m'a regardée comme s'il savait exactement ce que je faisais et pourquoi. Le sourire carnassier qui s'est emparé de son expression a mis le feu à ma culotte et son regard entendu me donne à penser qu'il se souvient de ce que c'était que d'être enfoncé au plus profond de mon corps.

Ce gros connard !

Avant que je puisse utiliser une excuse pour m'enfuir, ses mains se referment sur mes biceps alors qu'il me pousse en arrière contre le mur près de l'ascenseur.

— Ford…

Ma voix semble absurdement haletante. Je ne suis pas ce genre de fille et ça m'irrite terriblement qu'il soit capable de provoquer une réaction aussi indésirable.

— Quoi ?

Il regarde des deux côtés du couloir.

— L'endroit est vide.

On est tout seuls. Il y a une seconde de silence.

— Ou bien tu préfères qu'on soit entourés de gens ? Pour que tu puisses continuer à m'éviter.

La chaleur envahit mes joues.

— Ne sois pas ridicule. J'ai été occupée.

Cependant, je l'admets : je l'ai complètement évité.

J'avais besoin que toutes les sensations étranges qu'il fait naître en moi s'apaisent avant de le revoir. Une petite partie de moi s'était demandé si ce n'était peut-être pas un coup d'un soir. Ford a toujours été un tombeur. Je ne veux pas lui proposer de réitérer l'expérience et me prendre un *non* merci, j'ai eu *ma dose* en retour. Je passerais pour une groupie.

Pas question.

Pas une deuxième fois.

Je suis arrachée au chaos de ces pensées quand il mordille ma lèvre inférieure. Je n'ai pas d'autre choix que de braquer à nouveau mon attention sur l'homme qui me plaque contre le mur.

Parce que c'est exactement ce qu'il est devenu.

Un homme.

Quand j'ai rencontré Ford à l'âge de quatorze ans, il était grand et efflanqué. Musclé par le hockey, il ressemblait toujours à un jeune ado. Un ado dont le corps avait besoin de se développer. Sept ans plus tard, il est tout en muscles. Ses épaules sont larges, son torse immense et ses hanches minces. Le voir nu suffit à faire fondre mes organes féminins.

J'ai beau avoir essayé de lutter contre cette attirance bec et ongles, je suis coupable aussi.

— Ah oui ?

— Oui. J'ai passé beaucoup de temps au studio.

Il scrute mes yeux pendant un long moment de silence avant que son ton ne s'égaye.

— C'est bon à savoir.

Je me détends, soulagée de voir qu'il abandonne le sujet si facilement.

Je détourne le regard, ne souhaitant pas être aspirée dans ce vortex.

— Tu devrais probablement y aller si tu ne veux pas te faire engueuler.

— Je m'en contrefiche. C'était plus important de mettre les choses au clair avec toi.

Il baisse les yeux vers mes lèvres.

— Et j'avais envie d'un baiser pour me porter chance.

Avant que je puisse digérer pleinement ces propos, sa bouche s'abat sur la mienne. Sa langue lèche la commissure de mes lèvres, affaiblissant mes défenses récemment fortifiées jusqu'à ce que je n'aie plus d'autre choix que de capituler et de les ouvrir. Il n'en faut pas plus pour qu'il s'y plonge et me fasse oublier qu'on se tient au milieu du couloir, là où n'importe qui pourrait nous voir. Ses mains demeurent enroulées autour de mes biceps. L'épaisseur de son érection s'enfonce avec insistance dans mon bas-ventre et je ne peux m'empêcher de me tortiller contre elle alors que des souvenirs de samedi matin envahissent mon cerveau.

Je n'ai jamais joui aussi fort de toute ma vie.

Quasiment sans les moindres préliminaires.

Il n'a pas fallu plus d'une demi-douzaine de caresses pour me précipiter au-dessus du vide et dans l'oubli. Ça doit avoir été la culmination d'années de cette tension sexuelle réprimée qui couve entre nous. Comment l'expliquer autrement ?

La façon dont sa bouche affamée dévore la mienne suffit à me faire oublier mon prénom. S'il ne me plaquait pas contre le mur, mes genoux céderaient et je me changerais en flaque.

Alors que le manque d'oxygène me donne le vertige, il se retire juste assez pour demander :

— Tu viens au match, n'est-ce pas ?

— Désolée. Je n'en avais pas l'intention.

Un mensonge.

Juliette me l'avait fait promettre l'autre jour et, secrètement, je m'étais ravie de lui laisser croire qu'elle m'avait forcé la main.

Il mordille ma lèvre inférieure, tirant dessus avec des dents acérées avant de l'aspirer dans ma bouche. Je manque de tourner de l'œil alors qu'une autre bouffée d'excitation me frappe en plein dans le ventre.

Ou peut-être un peu plus bas.

Le regard braqué sur le mien, il libère la chair pulpeuse avec un léger pop.

— Je veux que tu sois là, assise dans les gradins, pour m'encourager.

— J'ai peut-être d'autres projets qui n'impliquent pas le hockey.

Un autre mensonge.

— Tu y as déjà songé ?

Un grondement vibre dans sa poitrine.

— Il vaudrait mieux que ce ne soit pas le cas.

Il m'embrasse à nouveau avant que sa bouche descende avec possessivité le long de la colonne de mon cou.

— Je… songerai à venir.

— Pas besoin de songer. Viens, c'est tout.

Alors qu'il fait un pas en arrière, je me plaque contre le mur et campe les jambes.

— Sinon quoi ?

Je suis surprise que ma voix soit aussi ferme.

— Sans quoi ton joli petit cul va se faire fesser.

Avec un sourire narquois, il se rapproche et me dévisage de la tête aux pieds avant de revenir vers mon visage.

— Cela dit, j'ai la sensation que ça va probablement te plaire.

Sur un dernier baiser, il se détourne et descend rapidement le couloir vers l'escalier qui mène au vestibule. Ce n'est que lorsque la porte en métal claque derrière lui que je libère l'air que je gardais contenu dans mes poumons.

Putain…

— C'était aussi *caliente* que ça en avait l'air ?

Je tourne la tête vers le côté si vite que je manque de me faire le coup du lapin. Une fille que je me souviens avoir croisée dans le couloir est adossée à la porte, les bras croisés.

— Plus encore, j'admets à contrecœur, parce que c'est la vérité.

Elle s'évente avec les mains.

— Oui, c'est exactement ce que je pensais.

Je fais un effort pour m'écarter du mur et me rendre à l'appartement. Ma culotte est si détrempée que je vais probablement devoir l'essorer.

Je suis vraiment tentée de sortir mon vibro et de m'en servir afin d'évacuer la tension sexuelle que Ford a créée par un baiser et quelques paroles coquines, mais…

J'ai promis que je m'en abstiendrais.

Qu'il aille au diable !

Je me sentirais bien plus détendue si je pouvais jouir toute seule. Particulièrement si je dois passer plus de temps avec lui. Sur cette lancée, je vais me glisser en douce dans le vestiaire juste pour le baiser jusqu'à plus soif. Et peu m'importe qui me verra.

Cette pensée suffit presque à me faire piler net.

C'est mauvais.

Très, très mauvais.

Je dois trouver le moyen de reprendre l'avantage dans cette situation.

Une partie de moi se demande même si c'est possible.

Deux heures plus tard, Juliette et moi sommes installées sur nos sièges à la patinoire. Ses parents sont là, ainsi que d'autres familles du hockey. Je ne crois pas que Mr et Mrs McKinnon ont raté un seul des matches de Maverick.

Même ceux à l'extérieur.

Alors que je tends la main vers le carton de popcorn, je reçois un texto. Je sors l'appareil argenté de la poche de ma veste et y jette un œil.

Tu ferais mieux d'être dans les gradins.

Un sourire joue au coin de mes lèvres.

Peut-être. Peut-être pas.

Apparemment, quelqu'un a envie de se prendre la fessée.

Essaye toujours, mon pote. Tu verras où ça va t'emmener.

Dis-moi que tu es là pour me regarder et on n'en parlera plus.

Mes doigts demeurent sans bouger sur les touches. C'est si tentant de lui dire ce qu'il a envie d'entendre !

J'ai décidé plutôt de bosser sur une chorégraphie. Désolée. Non… Pas vraiment.

Trois petits points apparaissent sur l'écran et mon ventre se contracte d'anticipation alors que j'attends une réponse.

Pourquoi est-ce que j'aime autant mettre Ford en rogne ?

Cela dit, on pourrait dire la même chose de lui.

Nous sommes deux poudrières décidées à se faire exploser mutuellement.

— Qu'est-ce qui te fait sourire ? demande Juliette qui s'immisce dans mes pensées.

J'ai été tellement concentrée sur le téléphone que j'ai oublié qu'elle était près de moi.

Cet aveu intime me tire presque un gémissement.

Elle s'approche, tentant d'apercevoir l'écran avant de le presser contre ma poitrine.

Ses sourcils disparaissent vers la racine de ses cheveux alors qu'elle scrute mon regard.

— Alors c'est comme ça ?

Une chaleur sourde s'empare de mes joues.

Pourquoi en fais-je toute une histoire ?

Je devrais juste admettre que Ford et moi avons couché ensemble et que ça ne signifie absolument rien. C'était un coup d'un soir. Une situation de meilleurs ennemis avec bénéfices.

Mais pas un seul son ne sort de ma bouche.

— Ce n'est rien, marmonné-je enfin.

Elle écarquille les yeux.

— Oh, mon Dieu, si tu essayes de me convaincre que ce n'était *rien*, alors ça a dû être *quelque chose*.

Elle désigne le téléphone.

— Tu te battras jusqu'à la mort pour m'empêcher d'y jeter un œil ?

Malheureusement, elle n'a pas tort.

— C'est, euh, quelqu'un que je connais par la danse.

— Ouah.

Elle secoue la tête comme si elle n'y croyait pas.

— Tu es en train de me mentir ?

Je pousse un soupir embarrassé et détourne les yeux. Mon regard glisse sur l'étendue de glace intouchée avant de se poser sur Ford qui traîne près des bancs des joueurs. Il n'en faut pas plus pour que mon cœur s'emballe avant de venir marteler contre ma cage thoracique. Ses yeux tiennent les miens en place alors qu'il hausse brusquement un sourcil. Un sourire entendu joue au coin de mes lèvres. Une seconde plus tard, il se détourne et disparaît dans le vestiaire.

— Oh, mon Dieu. Tu as couché avec lui, n'est-ce pas ?

Je grimace et me force à dire la vérité.

— Ouais. Avec le recul, je suis quasiment certaine que c'était une erreur.

Cet aveu est suivi d'un long moment de silence. Mes nerfs sont à deux doigts de lâcher.

— Je n'en serais pas si certaine.

Déboussolée par sa réponse, je cligne des paupières.

— Fais-moi confiance, ça l'est, répété-je. C'est mon demi-frère.

— Vos parents ne sont pas divorcés depuis un moment ?

— Euh, si, mais Crawford est comme un père pour moi.

— Je ne veux rien faire qui puisse porter préjudice à notre relation, laissé-je échapper. Ça n'en vaut pas la peine. Tu sais comment est Pamela. C'est une présence non existante dans ma vie.

Son visage se fait sympathique.

— Ce n'est pas vrai. Tu comptes pour elle. À sa façon.

— Elle est trop occupée à faire le tour du monde pour s'inquiéter pour moi.

L'amertume s'infiltre dans ma voix. J'ai passé des années à essayer de la balayer du revers de la main et de faire semblant qu'elle n'existait pas. C'est comme de révéler une faiblesse et je déteste ça. Même devant ma meilleure amie.

Elle enroule un bras autour de mes épaules et me serre contre elle.

— Je t'aime et Crawford aussi.

Je suis envahie par une bouffée d'émotion.

— Je sais.

— Ford aussi.

J'étouffe un rire.

— C'est vrai. Je vois bien la façon dont il te regarde.

— Je n'ai aucune idée de ce qu'il se passe entre nous. C'était probablement une histoire sans lendemain.

— Ou c'est peut-être un truc génial.

Un grognement remonte dans ma gorge. Je n'ai jamais été aussi déconcertée de toute ma vie. On n'a couché ensemble qu'une seule fois et déjà, les lignes sont devenues floues.

Avant que je puisse faire part d'autres détails, mon téléphone reçoit un autre message. Pas besoin de regarder l'écran.

Je sais de qui il provient.

— Je devine que c'est Ford ?

Je hoche sèchement la tête.

Quand une seconde, puis une autre s'écoulent, elle s'éclaircit la gorge.

— Alors… Tu vas lire le message ?

— Non.

Pourtant, j'en ai envie.

Vraiment envie.

— Tu n'es pas curieuse de savoir ce qu'il dit ?

— Non.

En réalité, j'en meurs d'envie.

Quand la mère de Juliette attire son attention et qu'elle se détourne, je jette un œil à l'écran.

Manifestement, quelqu'un ne va pas se prendre la fessée ce soir. Quel dommage !

L'air reste coincé dans mes poumons alors que ma déception pèse comme une pierre dans le creux de mon ventre.

Oh, Seigneur ! Suis-je sérieusement déçue à la pensée de ne pas me prendre la fessée ?

Je vous en prie, dites-moi que ce n'est pas vrai.

Je crois que tu m'es redevable.

Ce mec est sérieusement fou ?

Redevable ? De quoi ? De venir à ton match ? Parce que je peux toujours rectifier la situation. Tu n'as qu'à me le demander.

Je m'apprête à me redresser et à quitter le centre sportif quand je reçois un autre texto.

Et si on rendait les choses intéressantes ?

Intéressantes ? Comment ?

Un pari. Si je marque un coup du chapeau, tu me suces.

L'air s'échappe de mes poumons alors que je retourne la question dans mon cerveau.

Qu'est-ce que j'ai si tu n'y arrives pas ?

Un emoji qui rit apparaît sur l'écran avant que je reçoive un autre message.

Bébé, j'ai l'intention de marquer les trois buts. Je veux te voir à genoux, à lever les yeux vers moi avec la bouche remplie par ma queue.

Son texto cochon a inondé ma culotte d'une quantité ridicule de chaleur. Je me tortille sur le siège dur alors que je m'imagine le prendre profondément dans ma gorge.

Ça ne devrait probablement pas m'exciter autant.

Je pianote avec des doigts tremblants.

Ça ne répond pas à ma question.

Tu veux que je lèche ta petite chatte délicieuse ? D'accord. Tu veux que je te prenne, lentement et profondément ? D'accord. Tu veux que je fesse ton petit cul parfait en forme de cœur ? D'accord. Quoi que tu veuilles que je fasse… c'est d'accord.

Je pousse un soupir tremblant alors que mon ventre frissonne. Si je n'y prends pas garde, je vais me jouir dessus.

Il n'en faudra guère plus pour me faire basculer.

Parfois, j'ai l'impression que les étincelles entre nous sont à deux doigts d'exploser, nous faisant tous les deux voler en éclats.

Je ne le comprends pas. Plus spécifiquement, je ne comprends pas ce qui me fait ressentir cela chez Ford.

D'accord.

Je tape ce petit mot et appuie sur envoi, me rendant compte que je viens de sceller mon destin pour la soirée.

Et pourtant, je n'arrive pas à me forcer à le regretter.

Mais… ça ne signifie pas que je ne peux pas rendre les choses un peu plus intéressantes à ma façon.

J'attends que le match soit sur le point de commencer et qu'il prenne sa place sur la glace. Quand son regard se braque sur le mien, je me redresse et descends la fermeture de ma veste, révélant le maillot en dessous.

Il plisse les paupières et le palet est lancé.

Ford entre alors en mouvement. Ses lames s'enfoncent dans la glace alors qu'il file vers le disque noir.

Je me retrouve perchée sur le rebord de mon siège et regarde

Ford se jeter dans l'action. Il sort à peine de la glace pour les changements d'équipe. Et quand il le fait, nos regards ne se quittent pas alors qu'il avale de grandes goulées d'eau avant de regagner la patinoire.

Vers la fin du troisième tiers-temps, Juliette dit :

— Putain, Ford est vraiment super ce soir.

Elle regarde l'horloge.

— Il ne reste que deux minutes. Tu penses qu'il va marquer une troisième fois ?

Oui.

Il a déjà tiré une douzaine de fois, mais le goal de l'autre équipe est un vrai phénomène doté de réflexes rapides comme l'éclair. C'est comme s'il avait un sixième sens et savait où chaque tir allait terminer. Si ça avait été la même équipe que les Wildcats avaient affrontée la semaine dernière, Ford aurait déjà marqué au moins cinq ou six buts.

Peut-être davantage.

Sa détermination et sa concentration sont quasiment impressionnantes. Il a une mission et je sais exactement laquelle. L'anticipation fait vibrer l'air froid du centre sportif. Chaque fois qu'il fait une montée au filet et tire, tout en moi se glace alors que mon cœur bat un staccato régulier, menaçant d'exploser hors de ma poitrine.

Je n'arrive pas à décider si j'ai envie qu'il marque ou pas. J'aimerais le faire rager en lui disant qu'il n'a pas accompli ce qu'il croyait être aussi facile.

Cela dit… L'avant-goût que j'ai eu de lui l'autre nuit ne m'a pas suffi et je mentirais en disant que je n'en veux pas davantage.

À présent que j'y pense : il n'avait pas un goût aussi amer que les autres hommes que j'ai sucés.

Je me demande s'il mange de l'ananas.

Ou bien c'est son goût naturel ?

— Putain, il l'a fait ! hurle Juliette qui se redresse d'un bond et se met à crier en plaçant ses mains en porte-voix. Ford a marqué ce coup du chapeau !

Je suis brusquement ramenée au moment présent quand elle baisse la main et me fait me relever jusqu'à ce que je sois en mesure d'y voir à travers la foule des fans en délire. Je parcours la glace du regard, trouvant enfin Ford. Je découvre alors qu'il gardait son attention braquée sur moi.

Il n'en faut pas plus pour que l'électricité descende le long de mon épine dorsale. Le duvet délicat de mes bras et de ma nuque se hérisse alors que ses coéquipiers lui donnent des bourrades dans le dos pour le féliciter. Au lieu de célébrer ce moment avec eux, il continue de me regarder, me gardant captive de l'intensité de son regard doré. À travers la cage qui couvre son visage, il sourit lentement autour de son protecteur buccal.

Son air hautain me fait l'effet d'un coup de poing dans le ventre.

Juliette me regarde avant de secouer la tête.

— Et on dit que c'est un coup impossible à reproduire !

L'air contenu dans mes poumons s'échappe violemment.

Oui… C'est exactement ce qui me fait peur.

24

Ford

Dès que je tourne à l'angle du vestibule où tout le monde s'est rassemblé, mon regard parcourt la foule épaisse jusqu'à tomber sur la tête blonde de Carina. Alors seulement, mes muscles se détendent et je peux recommencer à respirer. J'admettrais qu'il y a une partie de moi qui s'est demandé si elle va rester ou bien si je vais devoir aller la chercher.

J'en suis parfaitement capable.

C'est une agréable surprise de la trouver ici.

Vous savez ce qui n'est pas une agréable surprise ?

La trouver vêtue du maillot de Maverick McKinnon.

Je plisse les paupières quand je me rends compte que c'est exactement à qui elle est en train de parler.

Et de sourire !

Les flammes de la jalousie flamboient en moi avant d'aller couver au creux de mon ventre. Malgré tous mes efforts pour tenter de les éteindre, ça a toujours été comme ça avec elle. Regarder Carina parler et flirter avec d'autres mecs me rend complètement fou. Ça me donne envie de battre leurs visages à coups de poing.

Même ceux qui sont mes potes.

Si je l'ai fait ?

Non.

Si je suis passé près ?

Ouais.

À présent que je l'ai enfin goûtée, me suis retrouvé dans la chaleur de son corps, l'ai fait trembler autour de moi avant de gémir son plaisir, c'est encore plus vrai. J'ai peut-être accepté à contrecœur de garder notre relation discrète, mais je veux que tous ces connards sachent qu'elle m'appartient.

Pour le moment.

Si cette pensée laisse un goût amer dans ma bouche, je la repousse.

Je fends la foule, mon attention braquée sur elle comme un missile balistique. Les gens tendent les mains, me claquant l'épaule, me félicitant pour le match. Je me souviens de ce que j'avais ressenti la première fois que j'avais marqué un coup du chapeau quand j'étais débutant.

La meilleure sensation du monde.

Et vous savez quoi ?

Quatorze ans plus tard, je ressens toujours la même excitation.

Mais aujourd'hui, ça comptait encore plus

Quand je suis à environ trois mètres, Carina se tourne et ses yeux bleu-gris se braquent sur moi. Elle a dans les yeux une lueur de défi. J'ai comme l'impression que ça a plus à voir avec le nom affiché sur son dos qu'au fait qu'elle me doive à présent une pipe.

Elle pensait vraiment que la voir porter le maillot de Mav allait me désarçonner ?

Dans ses rêves !

Pas alors qu'une pipe est en jeu.

Avez-vous la moindre idée du nombre de fois où j'ai fantasmé d'avoir les lèvres pulpeuses de Carina refermées sur ma queue ?

Trop pour les compter.

Ce soir, rien n'allait m'arrêter. Y compris ce putain de gardien qui avait l'air de pouvoir attraper tous les palets que je tirais… à part pour les trois buts que j'ai eu la chance de lui coller.

J'accorde à peine une seconde d'attention à Mav avant de

refermer les doigts sur le bras de Carina pour l'entraîner loin du groupe, dans un long couloir désert.

— Merci pour la discussion, Hamilton, résonne la voix de Maverick derrière nous.

— Était-ce vraiment nécessaire de m'entraîner au loin comme ça ? s'indigne-t-elle. Tu ne l'as peut-être pas remarqué, mais j'étais en pleine conversation.

— Oui, ça l'était, dis-je d'une voix tendue. Et je me fiche de ta conversation. On a plusieurs trucs à se dire.

— Oh ?

Comme si elle ne le savait pas.

Ah !

On tourne à l'angle d'un autre couloir puis je pile net et la fais tourner vers moi.

Elle pointe le menton. La façon dont ses yeux pétillent me dit qu'elle sait *exactement* ce qu'il va se passer.

Elle va passer à la casserole.

Je la lâche suffisamment pour saisir l'ourlet de son maillot et le soulever avant de le passer sur sa tête. Le sac et la veste qu'elle porte tombent à terre dans le processus. Elle porte une camisole rose pâle qui moule toutes ses courbes sveltes. Je suis tenté de la lui arracher aussi.

— Qu'est-ce que tu es en train de faire ? s'indigne-t-elle à nouveau.

Je laisse retomber le maillot de Mav sur sa veste.

— Si tu dois porter un maillot, ce sera le mien. Tu peux l'ajouter à ta liste croissante de règles.

Elle lève le menton de quelques centimètres supplémentaires.

— Ah oui ?

— Absolument !

Je m'approche et la plaque contre le mur de béton avant de mordiller sa lèvre supérieure, puis sa lèvre inférieure. Le baume qu'elle a mis a un léger goût de vanille. Ça ne fait qu'attiser les flammes de mon désir et me fait la vouloir davantage.

Cela dit, je doute que quoi que ce soit puisse atténuer mon désir.

Même la voir dans le maillot d'un autre mec.

Sa respiration se fait laborieuse.

Et j'adore ça.

J'adore être capable de l'affecter alors qu'elle fait de son mieux pour ne pas me provoquer la moindre réaction.

— Je crois que tu me dois une pipe, ma jolie.

— Ici ?

Elle en reste bouche bée et écarquille les yeux.

— Maintenant ?

Ce n'était pas notre plan d'origine, mais…

Pourquoi pas ?

Je regarde des deux côtés du couloir afin de reconfirmer qu'il est vide. On entend des conversations et des rires étouffés en provenance du vestibule.

— Ouais, dis-je en inclinant la tête. Quel est le problème ? Tu as peur qu'on te surprenne avec ma queue dans la bouche ?

Certaines filles m'auraient giflé pour avoir dit quelque chose d'aussi vulgaire, mais pas Carina. Au lieu de ça, ses pupilles se dilatent automatiquement, le noir dévorant ses prunelles bleu-gris.

Comme elle garde le silence, l'air incertain, je baisse la voix.

— C'est un défi.

Elle ferme les paupières et déglutit. La colonne délicate de sa gorge monte et descend, attisant ma propre excitation. C'est comme d'agiter une cape rouge devant un taureau. Quand elle rouvre les paupières, le désir nage dans les profondeurs brillantes de ses prunelles. C'est profondément enivrant.

— Tu sais que c'est une chose à laquelle je ne peux pas résister.

Un ricanement m'échappe. Ce n'est rien de plus qu'un grattement profond qui résonne dans l'atmosphère électrique.

Je le sais parfaitement.

J'ai utilisé cette info comme une arme *pas-si-secrète*, la contraignant à faire des choses qu'elle n'aurait d'ordinaire pas faites et lui donnant la permission de se comporter exactement comme elle le voulait.

Selon ses besoins.

Ses désirs.

Je connais Carina mieux qu'elle ne se connaît elle-même, parce que je l'ai toujours observée.

Dans l'expectative.

Elle plaque les paumes sur mon torse avant de me repousser doucement. Je bats en retraite d'un pas ou deux, lui donnant l'espace dont elle a besoin. À ce que j'en sais, elle est capable de partir en me faisant un doigt.

Ce ne serait pas la première fois. Cela dit, je ne l'ai jamais vue refuser un challenge, même si ce n'est rien de plus qu'un défi juvénile.

Elle s'écarte du mur et fait un pas de côté. Mon attention reste braquée sur elle alors qu'elle effectue un demi-cercle avant de s'immobiliser. Pour la seconde fois, le bout de ses doigts se pose sur mon torse, me forçant à battre en retraite jusqu'à ce que mon épine dorsale frappe le béton rugueux. Ce n'est que lorsqu'elle franchit la distance entre nous que ses courbes minces se retrouvent plaquées contre ma musculature.

Nous sommes comme deux pièces d'un puzzle.

Tous les deux un peu écornés aux angles.

Mais quelque part, on s'emboîte parfaitement.

Carina tend les mains vers la pointe de ses orteils. Elle a beau être grande, elle ne l'est pas assez pour atteindre mes lèvres sans s'étirer.

Au lieu d'aller vers ma bouche comme je m'y attends, ses dents mordillent ma barbe de cinq heures avant de glisser vers la pointe de mon menton. Quand elle descend plus bas le long de la colonne de ma gorge, j'incline la tête pour la lui offrir en une invitation silencieuse.

Il n'y a pas si longtemps, faire ce genre de choses aurait signifié prendre ma vie entre mes propres mains. Elle m'aurait déchiré la jugulaire et je me serais étranglé à mort dans la flaque de mon propre sang ruisselant. Alors, elle se serait redressée et m'aurait regardé me vider de mon sang avant d'enjamber mon cadavre froid.

Quand ses petites dents pointues s'enfoncent dans ma chair pour la seconde fois, je me demande si c'est peut-être exactement la façon dont le scénario va se dérouler.

La morsure de la douleur est agréable, comme une injection d'adrénaline directement dans ma queue. Un grognement remonte du plus profond de ma poitrine alors que ses mains se glissent sous mon sweat à capuche et mon T-shirt, sur la peau au-dessous avant de remonter caresser mes pectoraux.

Merde, c'est super bon !

En descendant, le bout de ses doigts effectue des cercles paresseux autour de mes mamelons et un autre grognement guttural de plaisir m'échappe. Elle hésite sur le bouton de mon jean avant de l'ouvrir et d'abaisser la fermeture Éclair. Le son des dents de métal qui frottent les unes contre les autres remplit l'air électrisé alors que l'anticipation tourbillonne dans l'atmosphère. À tout moment, je peux exploser comme un baril de poudre.

Sans une parole de plus, elle glisse le long de mon corps et tombe à genoux. Je jette un autre regard des deux côtés du couloir pour m'assurer qu'on est seuls. Le murmure des conversations en provenance du vestibule a diminué alors que les gens sont partis. L'équipe va se rendre à Slap Shotz afin de célébrer une autre victoire.

Je m'en contrefiche.

La seule chose qui compte est cette fille à genoux.

Il n'en faut pas plus pour que mon monde se rétrécisse autour de nous deux.

Ça a peut-être toujours été comme ça.

Je la regarde à nouveau alors qu'elle glisse la main dans mon boxer et abaisse le coton afin de libérer mon érection épaisse. Elle la regarde pendant une seconde ou deux puis la douceur veloutée de sa langue sort afin d'humecter ses lèvres humides.

Ma queue s'est déjà changée en pierre et gonfle sous ses doigts. Le frôlement de ses lèvres pulpeuses contre mon gland suffit à me faire prendre une inspiration sifflante.

Putain !

Putain !

Putain !

C'est tellement bon !

Mieux que ça.

Cette fille ne m'a même pas encore pris dans sa bouche que je suis déjà prêt à mourir de l'anticipation qui grandit en moi.

Son regard tombe sur mon érection alors que sa langue tourne sur le sommet arrondi.

Ce n'est pas que je n'aime pas la voir regarder ma verge, mais…

— Lève les yeux vers moi, ma jolie, grondé-je. Je veux les avoir sur moi quand tu me prendras profondément dans ta gorge.

La satisfaction m'envahit quand ses yeux bleu-gris dans lesquels je me noierais volontiers se braquent sur les miens. Mes doigts se mêlent à ses épaisses mèches blondes, les relevant lentement jusqu'à ce que je puisse voir son visage.

J'ai passé bien trop d'années à rêver de ce moment pour ne pas contempler toutes les émotions qui s'y affichent. Dieu sait ce que je finirai par revisiter ce souvenir pour revivre le moment une fois qu'il sera terminé. Refusant de m'attarder sur la durée de notre arrangement, je repousse l'idée et me concentre sur cette belle femme devant moi.

On m'a sucé plus de fois que je pourrais les compter et la plupart du temps, je fermais les yeux et m'imaginais que c'était Carina qui me prenait dans sa bouche et m'aspirait jusque dans sa gorge.

Faites-moi confiance, je sais parfaitement que c'est pourri.

Je suis à deux doigts d'espérer qu'elle ne sache pas faire des pipes. Sans quoi… je perdrais encore plus le contrôle sur cette petite obsession.

Et je n'en ai vraiment pas besoin.

J'ai le souffle coupé et je me contracte quand sa langue tournoie sur le gland avant de courir le long de ma hampe jusqu'à mes bourses, avant de remonter vers le sommet pour le sucer. Un frisson de plaisir danse le long de mon dos.

Regarder ma queue disparaître entre ses lèvres boudeuses est vraiment torride.

C'est comme de faire un rêve érotique en étant pleinement éveillé.

Le mouvement attire le coin de mon œil et je tourne légèrement la tête, me rendant alors compte que Wolf se tient à l'entrée du couloir. Mes doigts se resserrent dans les cheveux de Carina alors qu'elle continue de me lécher. Nos yeux se croisent pendant une fraction de seconde, puis il se détourne, s'en allant aussi discrètement que lorsqu'il nous a surpris.

Je dois serrer les dents quand elle aspire profondément mon gland avant de redescendre le long de la hampe. La moitié de mon érection disparaît sous mes yeux. Chaque fois qu'elle remonte vers le gland puis redescend, elle descend davantage, avalant de plus en plus de ma verge jusqu'à ce que la pointe taquine l'arrière de sa gorge. Ses mains s'enroulent autour de mes cuisses avant de me rapprocher.

Si j'avais secrètement espéré que Carina soit nulle en fellation, rien ne saurait être plus éloigné de la vérité. Elle sait exactement ce qu'elle fait. Elle comprend quand elle doit appliquer de la pression puis cesser, me faisant en désirer davantage. Quand mes bourses remontent contre mon corps, je sais que je suis à deux doigts d'exploser.

Mais putain ! J'ai envie d'arrêter le temps et de le faire durer pour toujours. Le plaisir est trop exquis !

Ses yeux collés aux miens, elle descend suffisamment pour que son nez frôle mon entrejambe. Quelques larmes luisantes se rassemblent dans ses profondeurs bleu-gris, les faisant paraître plus brillantes et lumineuses qu'à l'ordinaire. Quand une unique larme descend le long de sa joue, je ne résiste pas à l'envie de tendre la main pour la capturer avant de porter cette goutte à ma bouche afin de la retirer d'un coup de langue.

Je ne pense pas avoir déjà vu quelque chose d'aussi beau que Carina à genoux qui me regarde comme si j'étais son monde tout entier, la bouche pleine refermée autour de ma verge.

Quand elle se fait vorace, j'incline les hanches et serre mes doigts dans ses cheveux, voulant seulement la serrer contre moi. Nos regards ne se lâchent pas alors que je vole en éclats. L'orgasme qui me déchire est tout aussi intense que celui de l'autre nuit. Je m'attends presque à ce que mon gland explose.

Un long grognement guttural m'échappe quand je jouis dans sa gorge. Au lieu de me repousser, elle s'abreuve à ma verge alors que ses muscles se contractent, s'assurant d'avaler la moindre goutte comme s'il s'agissait d'un liquide précieux. Ce n'est que lorsque je me ramollis qu'elle dépose un baiser sur mon gland. À la hâte, je replace mon sexe dans mon jean avant de caler mes mains sous ses bras pour la soulever et la coller contre moi.

Dès que mes lèvres entrent en contact avec ses lèvres enflées, ma langue s'enfonce à l'intérieur de sa bouche pour se mêler à la sienne. Le fait qu'elle ait mon goût m'excite plus que tout. Un étrange contentement s'abat sur moi. Je ne m'imagine pas que qui ce soit me procure ce genre de paix.

Cette pensée suffit à faire s'arrêter net les rouages de mon cerveau.

C'est également le moment où je réalise à quel point je suis dans la merde.

25

Carina

— Où as-tu disparu après le match ? demande Juliette.

Ryder a passé un bras costaud autour de ses épaules et il la serre contre lui. C'est comme s'il voulait que le monde entier comprenne qu'à présent, elle lui appartient.

C'est adorable.

Tout droit sorti d'une romance.

Le genre d'ennemis à amants qui vous fait dévorer un livre.

Je me tapote le ventre et fais une grimace qui – je l'espère – exprime la douleur.

— Le popcorn ne m'a vraiment pas ratée.

— Oh, dit-elle d'un compréhensif. Tu te sens mieux ?

— Ouais.

Inconsciemment, mon regard revient vers Ford, qui est assis à plusieurs tables qui ont été rassemblées pour l'équipe de hockey. Il y a beaucoup de rires et une camaraderie détendue. On les entend se taquiner au-dessus du rythme emporté de la musique.

Riggs est assis à côté de Stella. Tout comme Ryder, il a passé un bras décontracté autour des épaules de sa meilleure pote. Hayes dit quelque chose qui les fait rire. Colby, Maverick, Wolf et Madden sont également attablés. Il y a plein de groupies qui courent partout, cherchant des genoux disponibles sur lesquels s'asseoir. À cet instant précis, Darcy Erickson essaye d'attirer l'attention de Ford.

Il ne lui a pas encore décoché un seul regard.

D'ailleurs, il ne prête attention à aucune des filles. C'est comme si elles n'étaient même pas là.

Depuis qu'on est arrivés il y a une heure, son regard est resté braqué sur moi. Où que je me tienne dans le bar, j'en ressens la chaleur comme si c'était une véritable caresse physique. Je n'ai jamais été plus en harmonie avec une autre personne de toute ma vie que je l'ai été avec Ford Hamilton.

Il y a quelque chose de torride et d'avide qui gratte sous la surface de ma peau, exigeant d'être libéré. Je peux encore le sentir sur ma langue. Il y a eu quelque chose de sexy à le sucer dans le couloir alors que n'importe qui aurait pu s'y engager et nous surprendre. La sensation d'être à genoux, les yeux levés vers lui alors que je l'aspirais dans ma gorge suffit à inonder ma culotte de chaleur.

Ce que je déteste est la bouffée de jalousie quand je croise son regard et découvre toutes ces filles en train de le tripoter.

De lui parler.

D'essayer de le convaincre de les ramener à la maison en fin de soirée.

Je suis tentée de les rejoindre pour faire valoir mes droits. Au lieu de cela, je reste ancrée là où je suis, refusant de faire ce que tous mes instincts me crient.

Que toutes les filles de Western flirtent avec lui devrait me laisser indifférente.

On n'est pas ensemble.

On couche ensemble.

Et une fois qu'on se lassera, ce sera terminé.

Ce sont les termes de notre accord.

Je cligne des paupières pour me reprendre quand des vivats sonores éclatent et je me rends compte que Sully, le propriétaire du bar, s'est hissé sur scène.

Il braque un index épais vers les tables encombrées par les joueurs de hockey.

— Notre équipe nous a ramené une autre victoire ce soir, et vous savez ce que ça signifie !

— Un karaoké ! s'écrie tout le monde à l'unisson.

— Vous avez compris !

Des gens se pressent déjà vers la scène. Ils ont attendu toute la soirée d'avoir l'occasion de pousser la chansonnette. Le premier numéro est par un trio de filles qui remuent des fesses sur scène, à grand renfort de twerks bien inutiles. Quelques jeunes hockeyeurs les imitent… sans twerker, bien sûr. Étonnamment, ils savent bien chanter.

Je suis impressionnée.

Ryder entraîne mon amie sur scène et ils se lâchent sur un duo.

Grenade par Bruno Mars.

Ils sont si sirupeux !

J'adore ça.

Juliette mérite tout le bonheur du monde.

Est-ce qu'il y a une petite partie à l'intérieur de moi qui souhaiterait avoir quelqu'un qui m'aime aussi férocement ?

Ouais. Je dévore des romances depuis que j'ai treize ans. Elles m'ont non seulement enseigné l'amour, mais également le sexe. J'ai toujours pris ces histoires pour des exemples parfaits de ce que devrait être une relation.

Quand je suis tombée amoureuse de Ford au lycée, j'ai pensé que j'en avais trouvé une. Jusqu'à ce que mon cœur soit détruit. C'est alors que j'ai compris qu'elles n'étaient que ça…

Des histoires.

Faites pour distraire et passer le temps.

Elles n'étaient pas destinées à être l'aune à laquelle se mesurent de vrais hommes qui – immanquablement – ne sont jamais à la hauteur.

Malgré moi, je braque les yeux vers Ford et le découvre en train de m'observer avec des prunelles emplies de désir. Même à travers la foule, la chaleur qui y pétille suffit presque à incendier ma culotte. Je dois faire des efforts pour moucher l'attirance qui fait des sauts périlleux dans mon ventre.

J'ai peur de ce qu'il va arriver si je lui laisse libre cours.

C'est comme un feu qui va me consumer vivante.

Et j'ai déjà été brûlée.

Je devrais être plus sage.

Une fois que les dernières notes s'estompent, Ryder prend Juliette dans ses bras et l'embrasse devant la foule. Le bar éclate en sifflets et applaudissements. Même Maverick, son frère, sourit à contrecœur avant de secouer la tête.

Quand mon téléphone vibre, je le sors de ma poche.

Action : monte sur scène et chante.

Mon regard se braque immédiatement sur Ford.

Il arque un sourcil sombre comme un défi silencieux.

Deux actions en une seule soirée ?

La pipe n'était pas un défi. C'était un accord. Il y a une différence.

Alors que mes doigts hésitent sur le clavier minuscule, un autre message s'affiche sur l'écran.

Ne me force pas à t'adresser un autre défi.

J'affiche un léger sourire tout en réfléchissant à mes options.

Qu'est-ce qu'il y a dans les défis que je trouve si irrésistible ?

Ça tient peut-être à celui qui me le lance.

Au lieu de réagir, je refourre le téléphone dans ma poche et me dirige vers la scène, jouant des coudes à travers la foule épaisse. Quand Darcy Erickson s'avance dans la même direction, je lui barre la route et arrive sur scène la première. Elle me fusille du regard alors que je me dirige en ligne droite vers l'ordinateur. J'ai parcouru la moitié de la liste quand la chanson parfaite apparaît.

Un sourire flotte aux coins de mes lèvres alors que j'approche le micro à environ un centimètre de ma bouche. Je n'ai jamais été timide. Je danse depuis plus d'une décennie. J'ai l'habitude d'être sur scène pour les solos et d'avoir l'attention générale braquée sur moi.

Mais me donner en spectacle devant un bar plein d'étudiants saouls ?

Ce n'est pas quelque chose que je fais régulièrement.

Pendant un battement de cœur, je ferme les paupières et inspire profondément pour tenter de me concentrer. Les premières notes flottent dans l'air. Contrairement à la gamme de chansons qui ont déjà été jouées, celle-ci est différente. Il y a une basse distincte et la mélodie est presque menaçante.

Lente.

Érotique.

C'est alors que les percussions commencent. Ma langue vient humecter mes lèvres sèches alors que je chante *Criminal* de Fiona Apple.

La mélodie est riche et poignante.

Le bar devient silencieux alors que tous les regards restent braqués sur moi. Comme pour la danse, être capable d'attirer l'attention est une drogue. Mon regard parcourt l'océan de visages qui occupent la pièce mal éclairée jusqu'à ce qu'il tombe sur Ford.

Il n'est plus calé en arrière sur sa chaise avec une expression hautaine. Au lieu de cela, il est perché sur le rebord de son siège. Malgré la distance qui nous sépare, je sens la tension croissante dans ses muscles rigides. C'est comme s'il s'apprêtait à bondir de son siège.

L'excitation se concentre au creux de mon ventre alors que mon attention reste braquée sur lui pendant que je chante. Je ne suis absolument pas professionnelle, mais je suis plus que capable de chanter juste.

Tous les occupants du bar s'estompent jusqu'à ce que je n'aie plus conscience de personne d'autre.

Juste lui.

Et moi.

Criminal est une chanson sexy. Cette mélodie particulière semble peut-être appropriée parce que j'aime jouer avec lui.

Ou peut-être parce qu'au plus profond de moi, je sais que ce qu'on fait est mal.

Mais alors, pourquoi est-ce tellement bon ?

Je resserre la main sur le micro alors que je l'approche de moi et ondule de droite à gauche. Le public est étrangement silencieux. On n'entend même pas le cliquetis des verres au-dessus des instruments et de ma voix.

Alors que les dernières notes résonnent à travers le bar, il y a un moment de silence absolu avant qu'un tonnerre d'applaudissements explose. Quelques mecs se redressent d'un bond, sifflant et criant mon nom.

Involontairement, je tourne les yeux vers Ford.

Il plisse les paupières.

Je n'arrive pas à voir s'il est contrarié ou pas par la chanson que j'ai choisie.

— Hé, Carina ! Et si tu étais une *bad girl* avec moi ? me crie un mec de l'autre côté du bar.

Sans prendre la peine de répondre, je me glisse à travers la foule et me dirige vers la sortie. Sans vraiment comprendre pourquoi, je me sens étrangement vulnérable. Comme si peut-être, j'en avais trop révélé de moi sur scène. J'ai l'habitude de laisser la moindre émotion sur scène après une performance, mais cette fois est différente.

Il faut que je m'en aille avant de dire ou faire quelque chose que je finirai par regretter. Si j'ai un peu de jugeote, je réfléchirais sérieusement à ce qui arrive avec Ford avant que ça n'aille plus loin et que tout me revienne en plein visage.

Si ça ne s'est pas déjà passé…

Alors que je traverse l'espace tamisé, une main s'avance. Mon cœur bat la chamade dans ma poitrine, espérant que Ford ne m'ait pas rattrapée.

— Carina ?

Je me retourne, m'attendant à quelqu'un d'autre. Un mélange étrange de soulagement et de déception me parcourt quand je vois que c'est Fallyn.

— Salut, dit-elle en désignant la scène du regard. Tu étais vraiment géniale. Je ne savais pas que tu savais chanter comme ça.

Je me force à sourire.

— Merci.

— Tu t'en vas déjà ? Il est encore tôt.

— Oui.

Mon regard parcourt la foule tapageuse, à la recherche d'un visage en particulier.

—J'y vais.

— C'est dommage. Je viens d'arriver. Il faudra qu'on se refasse une autre soirée entre filles. C'était vraiment super, la dernière fois.

Mes pensées reviennent à la soirée en question.

Et à Ford.

— Absolument.

Alors qu'une explosion de rires provient de la table où les joueurs de hockey se sont rassemblés, on se tourne toutes les deux vers eux. Madden et Riggs s'esclaffent à propos de quelque chose. Deux filles sont suspendues à Colby et se battent pour obtenir son attention. Il n'a qu'à jouer de ses fossettes et les filles du campus entrent en liquéfaction. Qu'elles le veuillent ou non. C'est comme s'il avait un super pouvoir.

Comme je m'apprête à détourner les yeux, mon regard est attiré par Wolf. Contrairement à la plupart des autres mecs de l'équipe, il est couvert de tatouages. Il exsude de lui un air de danger sous-jacent. Presque ténébreux. Il ne rit pas aussi facilement que certains des autres. Au fil des années, j'ai remarqué qu'il a tendance à rester en retrait, observant d'abord tout et tout le monde.

Et présentement, son attention est braquée sur nous.

Ou, plus précisément, elle est braquée sur Fallyn.

J'adresse un regard à la fille à côté de moi et découvre simplement qu'elle lui rend ce regard avec une intensité égale. Je n'avais pas conscience qu'ils se connaissaient déjà. Cela dit, Fallyn et moi venons de nous rencontrer et on ne se connaît pas très bien. Même s'il y a des tonnes de gens qui nous entourent alors que la musique résonne contre les murs, la tension entre nous continue de gagner en intensité, se faisant presque suffocante.

— Tu connais Wolf ?

Elle secoue la tête sans détourner les yeux de lui.

— Non.

Déconcertée par la réponse, je fronce des sourcils surpris.

— Vraiment ?

Je dirige à nouveau mon attention sur lui. Il l'observe toujours. Il a un drôle d'air sur le visage. Comme s'il était à deux doigts de bondir hors de son siège pour venir nous rejoindre. Je n'imagine pas ce qu'il ferait une fois qu'il serait là.

Sauf que… ça n'arrive pas.

Au lieu de ça, Larsa Middleton, derrière lui, place les mains sur ses yeux et plaque ses seins à l'arrière de sa tête. Il n'en faut pas plus pour rompre le sortilège qui s'était emparé d'eux.

Fallyn se détourne, inclinant son corps loin de la table des hockeyeurs.

— La chaleur que vous venez de générer a presque réussi à me faire prendre feu, dis-je d'un ton léger, espérant qu'elle s'ouvre et me dise ce qu'il se passe. Tu ne le connais vraiment pas ?

Le scepticisme colore ma voix.

Même dans l'obscurité du bar, il serait impossible de ne pas voir la couleur sombre qui remonte le long du cou et des joues de Fallyn.

— Non, vraiment pas.

Mes lèvres tressautent.

— Tu veux le connaître ?

Elle secoue la tête.

Hum. Encore plus intéressant.

La plupart des filles du campus ont le béguin pour lui et saute-raient sur la moindre occasion de coucher avec lui. C'est le *bad boy* ténébreux de l'équipe.

Du coin de l'œil, j'entrevois Ford qui fend la foule et je décide que je ferais mieux de me bouger.

Interrompant notre conversation, je désigne la sortie.

— Ça m'a fait plaisir de te croiser, mais je dois y aller.

Elle a un air déçu.

— Oh, d'accord. Je t'enverrai un texto plus tard.

— Super.

Sur ce, je me détourne, me glissant à travers la mer des étudiants ivres vers l'arrière du bar. Une fois que l'air nocturne frais frappe mes joues, le soulagement me parcourt alors que je file en ligne droite vers ma BMW garée sur le parking.

Ford et moi sommes venus en voiture ensemble, mais il devra se débrouiller pour rentrer tout seul.

26

Ford

— Mec, ce tour du chapeau était vraiment génial ! Avec le nombre de tirs que tu as effectués dans le cadre, tu aurais dû en marquer au moins trois.

Mon attention se pose sur le type qui vient de se glisser en face de moi et me bloque la route vers Carina.

— Puis quand ce joueur t'a plaqué contre le rebord…

Il secoue la tête.

— Ouais, marmonné-je. C'était un bon coup.

Mon regard revient vers la blonde qui se faufile par l'issue de derrière.

Putain !

— Je n'en ai pas cru mes yeux quand tu as tiré et que ça a frappé la transversale avant de rebondir dessus. Ça aurait vraiment dû être un but.

Il a raison.

— Ça arrive, parfois, dis-je en haussant les épaules d'un geste saccadé.

Ma patience ne tient plus qu'à un fil. Chaque seconde qui s'écoule diminue mes chances de rattraper Carina. Je suis tenté d'écarter ce mec de ma route et de courir vers la sortie.

Il secoue la tête et change de position comme s'il se préparait à une longue conversation.

Avant qu'il puisse se lancer dans la description d'un autre coup, je lui donne une bourrade sur l'épaule.

— C'était cool de te parler…

Ma voix meurt alors que j'oublie son prénom.

— Steve, précise-t-il avec enthousiasme. On était dans le même cours de marketing cette année.

Je claque des doigts et tends un index, même si ça ne me rappelle rien.

— Ah oui. Avec Dr Masterson.

Il plisse le front.

— Non, c'était Giddings.

— Désolé.

Je lui adresse un sourire pincé qui me donne l'impression qu'il va se briser en un million d'éclats.

— La journée a été longue et j'allais partir.

— Pas de soucis.

— Passe une bonne nuit.

Cela dit, je le contourne rapidement et pousse un soupir soulagé quand il ne m'emboîte pas le pas. Plusieurs personnes me claquent l'épaule et appellent mon nom. Au lieu de leur répondre, je regarde droit devant moi, les ignorant tous.

Il n'y a qu'une personne à qui j'ai envie de parler.

Ou plutôt envie de toucher.

Carina.

Et cette chanson ?

Super torride.

Elle n'a pas eu besoin de chantonner d'une voix rauque pendant plus de trente secondes pour que ma verge se mette au garde-à-vous comme pour un général cinq étoiles. Malheureusement, un regard à tous les visages ébahis et les bouche bée m'a fait comprendre que je ne suis pas le seul à être époustouflé par sa performance.

Le temps que j'arrive au parking pavé et coure vers l'endroit où elle a garé sa BMW, je ne trouve qu'une place vide.

Je fais glisser une main rapide dans mes cheveux et je passe mes options en revue avant de faire un tour sur moi-même et de retourner à l'intérieur. Il faut une bonne vingtaine de minutes avant de convaincre Wolf de me prêter les clés de sa Mustang GTO. Il traite sa caisse comme si c'était son bébé.

C'est ridicule.

Certes, j'adore ma Corvette, mais au final, ça reste une voiture. Une superbe auto brillante qui m'emmène d'un point A à un point B. Je n'ai pas besoin qu'elle en fasse davantage.

— Laisse-moi deviner… Carina est partie sans toi ? demande-t-il alors qu'un sourire s'empare de ses lèvres.

Il songe probablement au spectacle qu'il a surpris dans le couloir après le match.

Je lui décoche un regard et me détourne sans réagir. Un ricanement profond me suit à la trace.

Quel connard !

Une fois que je me faufile derrière le volant et démarre, la voiture de sport s'éveille en ronronnant et je quitte le parking dans un rugissement. Je mets moins de dix minutes à atteindre l'immeuble. Je me glisse dans la place de parking et repère sa belle Beamer argentée à quelques rangées de distance. Quelque chose s'apaise en moi à l'idée qu'elle soit rentrée directement.

Alors que je parcours rapidement le vestibule, un groupe de filles bourrées qui attendent l'ascenseur attire mon attention. Elles se tournent me pour regarder, leurs yeux s'illuminant quand elles m'aperçoivent.

Oh, certainement pas !

Je refuse catégoriquement de rester coincé avec elles dans un espace clos.

Deux d'entre elles crient mon nom alors que je file vers l'escalier et remonte au deuxième étage au pas de course. Une fois que j'arrive sur le palier, je me précipite à travers la porte et me dirige vers l'appartement de Carina.

Pense-t-elle vraiment qu'elle va pouvoir m'éviter après cette petite performance ?

Dans ses rêves !

Je détruirais cette ville entière à mains nues si j'y étais contraint.

Je frotte le revers des doigts contre le bois épais et j'attends pendant une seconde, puis deux. Quand seul le silence me répond, je le refais, un peu plus fort cette fois. Je m'apprête à sortir mon téléphone pour l'appeler quand la porte s'ouvre et que Carina se dresse là, seulement vêtue de sa culotte et d'un petit débardeur.

Je hausse un sourcil alors que mon regard la parcourt des pieds à la tête.

— Tu ouvres toujours la porte en sous-vêtements ?

— Ouais.

Je lui adresse un sourire.

— Ça me convient.

Je ne mets que quelques pas pour parcourir la distance entre nous, puis mes lèvres viennent s'écraser sur les siennes. Dès qu'elle le fait, ma langue s'enfonce à l'intérieur pour se mêler à la sienne. Sa douceur envahit mes sens, apaisant la bête qui se déchaîne en moi à cause d'elle.

C'est juste assez pour me tempérer et m'éviter de m'effriter complètement.

Ses bras s'enroulent autour de mon cou et mes mains descendent sur les courbes généreuses de ses fesses, s'enfonçant dans la chair ferme. Comme je la soulève du sol, ses longues jambes s'enroulent autour de ma taille.

Ma bouche dévore la sienne alors que je traverse rapidement la pièce à vivre et le petit couloir qui mène à sa chambre. D'un coup de pied, je referme la porte derrière nous avant de l'allonger sur le matelas où je la suis. Nos dents s'entrechoquent alors que nos langues continuent de se mêler. Ses jambes se serrent autour de moi comme si elle avait peur que je me libère d'elle, mais je ne parviens pas à me le représenter pour le moment.

Je ne m'imagine pas en avoir un jour assez de cette fille et cette pensée m'effraie.

La voir sur scène, conscient que toutes les bites de l'endroit ont les mêmes pensées coquines à l'esprit, me donne envie d'y bondir pour l'entraîner au loin.

Carina a une certaine présence. Elle l'a toujours eue. Même au lycée, j'aimais la voir danser. Sur scène ou dans le studio que mon père a construit. Je me glissais à l'intérieur de la pièce et m'asseyais contre le miroir, l'observant pendant des heures. Il y avait quelque chose d'apaisant dans les mouvements gracieux de ses bras et de ses jambes qui ne manquait jamais d'apaiser l'anxiété adolescente qui faisait rage à l'intérieur de moi.

C'était comme prendre une dose et me détendre.

Ma drogue personnelle.

J'ai essayé de mettre de la distance, mais la tâche a été impossible. Carina était toujours là, aux abords de ma conscience, luttant pour investir le devant de la scène par tous les moyens possibles.

Ma bouche parcourt la courbe de sa mâchoire avant de descendre le long de la fine colonne de sa gorge. Ma langue lèche la chair délicate, la mordillant doucement avec mes dents.

L'envie primaire de la marquer vibre en moi jusqu'à ce que je ne parvienne pas à penser à autre chose. Si j'avais songé que baiser une fois avec elle suffirait à atténuer le besoin qui brûle à l'intérieur de moi, je n'aurais pas pu me tromper davantage. En réalité, ça a été tout le contraire. Une bouchée a suffi à affûter mon appétit. Je ne sais pas s'il est même possible de rassasier le besoin profond qui brûle à l'intérieur de moi.

Ne voulant pas m'attarder sur cette pensée inquiétante, je lui arrache son débardeur et le jette par-dessus mon épaule. Ses seins sont petits et fermes. Absolument magnifiques avec de jolis petits mamelons qui dardent quand l'air frais de la pièce les taquine. Ma langue vient lécher une des pointes durcies que j'aspire dans ma bouche alors que ses doigts s'enfoncent dans mes cheveux, se refermant sur mon crâne.

— Ford, gémit-elle. C'est si bon !

Elle a absolument raison.

Quand on est ensemble comme ça, c'est électrique.

Plus que ça, c'est addictif.

Je suis véritablement accro à cette fille.

Je relâche le mamelon avec un petit bruit avant d'octroyer la même attention ardente à l'autre. Quand elle se contorsionne sous moi, je poursuis ma descente, la léchant et l'embrassant jusqu'à l'élastique de sa culotte. Mes dents raclent le tissu soyeux, le faisant passer par-dessus son corps avant de le laisser claquer contre les os de sa hanche.

Je lève les yeux vers son visage alors que mes doigts se glissent sous le petit élastique.

La tension crépite dans l'air.

— Si tu ne le fais pas, je le ferai, dit-elle avec un grognement.

Il n'y a rien de drôle dans ce moment, mais ce commentaire me fait sourire.

Comme pour le débardeur, je lui arrache le petit bout de tissu jusqu'à ce qu'elle se retrouve glorieusement nue. Même si ce n'est pas la première fois que je la vois ainsi, l'air reste coincé au fond de ma gorge alors que mon regard court sur elle avec plus d'attention.

Elle est si fuselée et musclée ! Une athlète, comme moi. Sa passion pour sa discipline est vraiment sexy.

Alors que mon regard s'abaisse vers son sexe, mes mains s'installent sur l'intérieur de ses cuisses, les écartant pour me laisser voir chaque centimètre délicat. J'ai l'eau à la bouche en songeant à goûter à sa douceur. Je l'ouvre avec mes pouces avant de baisser mon visage.

Le premier coup de langue est divin.

Comment ai-je pu durer aussi longtemps sans la goûter ?

C'est vraiment addictif.

C'est la seule pensée qui résonne dans ma tête.

Elle cambre le dos, s'écartant du matelas alors que le bout de ma langue fait le tour de son clitoris. Puis je la fais courir sur sa fente, de haut en bas et de bas en haut. Je répète la manœuvre plusieurs fois jusqu'à ce qu'elle se tortille sous moi, des gémissements rauques de plaisir s'échappant d'elle, remplissant le silence de la pièce.

Je n'aimerais rien de plus que la dévorer toute la nuit, mais elle ne tiendra pas aussi longtemps. Ses muscles se contractent déjà alors que ses ongles raclent mon cuir chevelu. Ma queue est prête à exploser à n'importe quel moment.

Je ne devrais pas être aussi tendu.

Particulièrement après qu'elle m'a sucé.

Je devrais être rassasié.

Fermement maîtrisé.

Et pourtant, je suis à deux doigts de perdre le contrôle.

Des années de désir contenu viennent de se libérer et c'est impossible de les ravaler. Pour le meilleur ou pour le pire, elles sont là.

Quand j'aspire son clitoris dans ma bouche, elle se brise en un million d'éclats. La façon dont elle crie mon nom est une douce musique à mes oreilles.

Elle n'essaye même pas de tempérer son plaisir.

Elle se brise merveilleusement sous ma bouche.

Je continue de lécher sa douceur jusqu'à ce que ses muscles perdent de leur rigidité et qu'elle s'enfonce dans le matelas, sans forces. Elle halète rapidement comme si elle venait de courir un marathon. Je dépose un baiser sur sa chair détrempée avant de me redresser et de retirer mes vêtements.

Quand je caresse mon érection, son regard se pose sur le mouvement.

— Tu es prête à jouir encore, ma jolie ?

Elle ouvre grand les jambes, une invitation silencieuse. Son intimité est douce, enflée et humide.

J'adore le fait que c'est moi qui lui ai fait ça.

Je n'ai qu'à lécher sa douceur et elle s'abandonne en quelques instants. Comme je le fais quand elle me prend profondément dans sa gorge. Même l'idée que ses muscles se contractent autour de ma longueur suffit à me faire palpiter de désir.

Incapable d'attendre une seconde de plus, je m'installe sur elle.

Soudain, je me dis qu'on devrait probablement mettre une capote. Après la dernière fois, je me suis assuré d'en fourrer plusieurs dans mon portefeuille, mais quand je me plonge dans son regard magnifique, je me rends compte que je n'en ai pas envie. Je refuse de la prendre si on est séparés par une fine couche.

J'ai besoin qu'elle soit nue.

Comme avant.

Je me tiens parfaitement immobile et l'interroge en serrant les dents.

— Ça va si je ne porte rien ?

— Oui, je suis protégée.

Dieu merci ! Si elle avait voulu que je me colle une capote, je l'aurais fait. Je préfère la prendre avec un préservatif que sans. Mais il y a quelque chose dans le fait d'être en elle qui est tellement bon ! Cela ajoute à l'acte une autre couche d'intimité que je n'aurais jamais entrevue.

C'est la seule avec laquelle je le ferais jamais.

Comme la dernière fois, il n'y a pas de préambule. Je m'enfonce dans sa chaleur étroite d'un seul coup de reins fluide. Un grognement torturé s'échappe de mes lèvres alors que je ferme les yeux, savourant cette sensation délicieuse, ayant envie de l'étirer pour la faire durer éternellement.

Si j'ai pu croire que notre première expérience du sexe était une anomalie, je réalise rapidement que ce n'est pas le cas. Cette fille a de la magie entre les jambes. C'est la seule explication plausible. La façon dont ses muscles internes se contractent me donne l'impression de n'être qu'à quelques secondes de l'explosion.

Et je refuse catégoriquement de…

Putain !

Avant que je m'en rende compte, ça part tout seul.

Mon sperme se déverse alors que je force mes paupières à s'ouvrir pour la regarder. Dès que je le fais, son sexe se contracte alors que son propre orgasme s'empare d'elle et qu'on jouit ensemble. La façon dont elle gémit mon nom ne fait qu'intensifier ma libération. Elle vide ma queue jusqu'à ce qu'il n'y ait plus rien à donner. Quand mes muscles se détendent enfin, je m'appuie sur les coudes et la regarde, m'émerveillant du lien qui continue de croître entre nous, nous unissant.

La pensée qui me dérange le plus en cet instant d'introspection béate est comment avoir tout mon soûl d'elle pour le reste de ma vie

Le silence inconfortable qui suit cette interrogation est absolument assourdissant.

27

Carina

Les doigts de Ford jouent machinalement avec les miens alors qu'on roule vers la maison de Crawford pour notre dîner habituel du mercredi. Il a joué avec depuis qu'on est sortis du parking de notre immeuble.

Et je l'ai laissé faire parce que ça me plaît.

Dès que cette pensée s'infiltre dans mon esprit, je grimace.

Je ne veux pas m'habituer à la façon dont il me touche.

Ou bien m'y attendre.

Seulement pour être déçue quand il tournera la page.

Depuis jeudi dernier, il vient me retrouver en douce après que Juliette va se coucher et il reste pour la nuit.

On couche ensemble. La première fois est toujours rapide et coquine.

M. Play-boy-tombeur-de-filles qui a couché avec bon nombre de gonzesses sur le campus ne parvient apparemment pas à se contrôler. La seule raison pour laquelle je ne le taquine pas impitoyablement est parce que, quelle que soit la rapidité avec laquelle il jouit, je jouis toujours comme sur commande.

C'est démoralisant.

Après coup, il souffle et plaque son front contre le mien avant de s'excuser, marmonnant qu'il ne comprend pas pourquoi il n'est pas capable de tenir plus longtemps et que ça ne lui ressemble pas.

Ah ! Si tu le dis, *Monsieur-qui-tire-plus-vite-que-son-ombre*.

Il n'apprécie pas que je hoche la tête avec sympathie et lui tapote l'épaule. La façon dont il fronce les sourcils et plisse le front alors que la couleur colore ses joues est hilarante.

La majeure partie du trajet s'est déroulée dans le silence. De temps en temps, il tourne la tête juste à temps pour me regarder du coin de l'œil. Je peux quasiment entendre les questions qui tourbillonnent dans son cerveau. Je garde les lèvres pincées parce que je ne possède pas les réponses qu'il recherche.

Je suis tout aussi déboussolée par notre situation que lui.

La tension continue de croître entre nous, devenant étouffante. Je suis soulagée quand on s'engage dans le lotissement sécurisé, avec ses immenses manoirs. Chaque propriété est maintenue et entretenue à la perfection. Des arbres parsèment les jardins vallonnés.

La première fois que Maman nous a conduites à travers l'imposant portail en fer et que j'ai aperçu notre nouvelle maison, j'ai eu peur que Crawford ne soit pas intéressé par le passé de ma mère.

Plus précisément, moi.

Mais rien n'aurait pu être plus éloigné de la vérité.

Maman n'est plus la personne que j'appelle quand j'ai besoin de conseils ou quand il se passe quelque chose de fantastique.

C'est Crawford. Il est devenu la personne stabilisante que j'ai passé mon enfance à chercher.

Ford serre mes doigts, m'extrayant de ces pensées.

— Tout va bien ? Tu es terriblement silencieuse.

Ne voulant pas lui faire part des inquiétudes qui me rongent, je me force à sourire.

— Oui, je vais bien.

D'autres questions remplissent son regard alors qu'il s'engage dans l'allée. Alors qu'on s'approche de la structure en pierre de deux étages, mon regard se pose sur une Audi noire sophistiquée que je ne reconnais pas.

— Tu crois que c'est qui ?

Il hausse les épaules.

— Je n'en suis pas certain.

— C'est étrange, marmonné-je. Généralement, on est juste tous les trois pour ces dîners.

— Il a peut-être une nouvelle copine.

Je lui décoche un regard horrifié.

— Quoi ? Il voyait quelqu'un ? Tu as des infos privilégiées que je ne possède pas ?

Ford m'adresse un sourire.

— Pas à ce que je sais. Ne t'inquiète pas, tu seras toujours sa petite chérie.

Je lève les yeux au ciel et lui lance un regard noir. Ça me vaut seulement un ricanement.

Quand Maman et Crawford ont annoncé leur divorce, j'ai été terrifiée qu'il trouve quelqu'un pour la remplacer rapidement et cette femme sera moins que tolérante à l'idée d'avoir son ex-fille étudiante dans les pattes. La fois où il a ramené une copine potentielle à la maison, elle ne s'est pas gênée pour demander pourquoi je faisais toujours partie de sa vie. Crawford lui a dit dans des termes clairs que j'étais sa fille, puis il a immédiatement rompu.

Je ne pense pas avoir été plus soulagée de toute ma vie.

On sort de la voiture de sport pour se retrouver devant le capot. Quand Ford me tend la main, je la regarde pendant quelques longues secondes.

Un sourire joue au coin de ses lèvres.

— Tu as peur que mon père soit à la fenêtre en train de nous regarder ?

Un peu.

Même si mon beau-père n'a jamais rien dit de spécifique, j'ai la sensation que ce nouveau développement lui déplaira.

J'ai beau avoir envie de résister à cette proposition, mes mains vont vers les siennes jusqu'à ce qu'il puisse mêler ses doigts aux miens, les serrant fermement comme s'il ne souhaitait jamais me lâcher.

Une minuscule partie de moi n'a pas envie qu'il le fasse.

— C'était si difficile que ça ?

— Tu n'en as pas idée.

Avec un éclat de rire moqueur, il m'entraîne en haut du large escalier de pierre vers la porte en acajou de deux mètres cinquante de haut. Dès qu'il l'ouvre, je glisse mes doigts hors de sa prise. Il sourit tandis que je cherche Crawford dans le vestibule. Normalement, quand on entre, il est dans son bureau et sort nous dire bonjour dès qu'on arrive. Je jette un œil dans l'étude, mais la trouve vide.

C'est… étrange.

Quand je me retourne, le rire de mon beau-père résonne depuis la pièce à vivre, à côté de la cuisine.

Je regarde Ford dans les yeux puis il tend le bras comme pour dire *après toi*.

Il a peut-être raison et mon père a bel et bien une copine. Avec le recul, il avait mentionné au téléphone qu'il avait envie de discuter de quelque chose avec nous. Je pensais que c'était de son élection à venir.

Je carre les épaules alors qu'on descend le couloir empli d'échos pour débouler sur l'espace à haut plafond. Il y a une immense cheminée en tuiles de pierre, ainsi qu'un canapé sophistiqué couleur crème avec des fauteuils assortis bleu foncé en velours précieux.

Dès que Crawford nous aperçoit, il se redresse. Il a la banane, comme s'il débordait d'excitation.

— On était juste en train de parler de vous deux, dit-il d'une voix joviale.

Je me force à sourire alors que mon regard se pose vers la femme assise sur un des fauteuils. Depuis cet angle, je ne vois que des longs cheveux blonds qui dégringolent le long de son dos en longues vagues sablonneuses.

Je crois que Ford avait raison, après tout.

Il y a une nouvelle copine.

Mon regard glisse sur elle, observant la combinaison rose de marque qui moule ses courbes et le Birkin bleu pâle posé au bout de la table.

Apparemment Crawford a vraiment un type.

Quand cette femme se tourne enfin vers moi, ses yeux bleu-gris se posent sur les miens et je m'arrête abruptement.

Pamela.

Qu'est-ce qu'elle fiche ici ?

Cette surprise déplaisante me fait froncer les sourcils. J'aurais préféré que ce soit une personne lambda.

— Maman ?

Elle incline la tête et pousse un rire rauque.

— Qui d'autre ?

Il n'en faut pas plus pour qu'une pierre lourde pèse au creux de mon ventre alors que je jette un regard vers Crawford, tentant de comprendre ce que signifie sa réapparition soudaine dans sa vie.

Rien, je l'espère.

J'ai beau essayer de réprimer l'inquiétude que je sens pousser comme une mauvaise herbe, c'est impossible.

Je braque les yeux vers Crawford. Son attention reste entièrement braquée sur Pamela. Il a une lueur amoureuse dans les yeux. Il aime raconter comment il est entré dans le restaurant, a posé les yeux sur elle et est tombé profondément amoureux. Et j'ai tendance à le croire parce que deux mois après, ils s'étaient mariés. Ça a été une affaire folle et tumultueuse.

À l'époque, la chose avait paru si romantique.

Presque comme Cendrillon quand son prince charmant est venu la sauver.

Crawford lui offrait tout ce qu'elle demandait.

Tout ce que son cœur désirait.

D'où le sac Birkin.

En plus des trois autres qu'elle possède déjà.

Ils sont presque comme ses enfants. Par plaisanterie, elle leur donne des petits noms. Cela dit, je ne pense pas qu'elle plaisante. Si elle avait le choix entre sauver d'un incendie ses sacs hors de prix ou bien moi, je serais morte.

Littéralement.

— Tu ne vas pas me faire un câlin ? Ou bien tu vas rester plantée là à avaler les mouches ?

Elle claque de la langue d'un air critique.

— C'est très laid, Carina.

Je referme brusquement la bouche et serre les dents avant de forcer mes pieds à bouger. Elle se redresse gracieusement avant de tendre les bras. Je la prends vaguement dans les miens, regrettant que ce soit si maladroit. C'est comme d'étreindre une inconnue.

Elle est plus mince qu'à notre dernière rencontre.

Ou bien elle s'est fait opérer.

Peut-être les deux.

Je suis sûre que Crawford doit le savoir, parce que c'est lui qui paye la facture pour tout. Un mélange de honte et de culpabilité me taraude quand cette pensée sarcastique s'impose à mon esprit. J'ai entendu des murmures malfaisants comme quoi elle n'a épousé Crawford que pour son argent et qu'elle n'est qu'une chasseuse de fortunes.

Elle les a entendus aussi.

Au lieu d'être embarrassée quand les gens parlent assez fort pour qu'elle les entende, elle affiche un large sourire et lève une flûte de champagne avant de la porter à ses lèvres pour avaler le liquide pétillant.

C'est la raison pour laquelle j'ai insisté pour travailler à mi-temps au studio de danse quand j'étais en seconde. Quand j'ai commencé la fac, j'ai rapidement trouvé un autre studio où travailler près du campus. Même si j'arrive à peine à financer mes courses toutes les semaines, c'est au moins une petite contribution.

Personne ne peut me reprocher de tirer parti de Crawford.

Au fond, je ne veux pas qu'il pense que j'ai gardé le contact pendant toutes ces années juste pour lui pomper son fric. Je lui ai dit à plusieurs reprises que ça ne me fait rien de contracter des prêts pour la fac, mais il insiste pour que j'utilise le fonds qu'il a créé dès qu'il a épousé Maman.

Le soulagement s'abat sur moi une fois que je me dégage d'elle et bats en retraite d'un pas rapide. Un nuage de Christian Dior s'accroche à moi.

Son regard se pose sur son ex-beau-fils et l'éclat de son sourire se décuple.

— Ford, tu es toujours aussi beau.

Il lui donne un petit baiser sur la joue avant de se poster à côté de moi. Je ne sais pas s'il comprend à quel point j'ai besoin de son soutien émotionnel, maintenant plus que jamais.

— Ravi de te voir, Pamela. Je ne savais pas que tu étais en ville, ajoute-t-il après une seconde de silence.

Elle rayonne et tourne les yeux vers Crawford. Le regard intime qu'ils s'échangent fait naître une nouvelle vague de nervosité dans son ventre.

— Nous allions faire une annonce pendant le dessert, mais pourquoi attendre ? dit-il d'une voix qui déborde d'excitation.

Il traverse l'épais tapis en laine vers l'endroit où se tient Maman avant de glisser le bras autour de sa taille et de déposer un léger baiser sur le sommet de sa tête.

— Pamela et moi nous revoyons depuis un mois à présent et on a décidé de donner une autre chance à notre relation.

Choquée, je regarde Maman avec de grands yeux. La lueur calculatrice qui brille dans les siens ne faiblit pas.

Quand je garde le silence, mes pensées virevoltant dans tous les sens, elle demande :

— Tu n'es pas contente pour nous, Carina ?

28

Ford

Mes doigts se serrent sur le volant en cuir alors qu'on retourne au campus à toute vitesse.

Une fois que Papa a lâché cette bombe, le dîner a été malaisant.

Durant cette mascarade qui a duré une heure, j'ai vu Carina se retirer en elle-même, jouant avec sa nourriture et contribuant à peine à la conversation. Tout de suite après, elle s'est écartée de la table et a dit qu'elle avait besoin de répéter son solo pour la représentation.

Quand Papa lui a demandé si elle voulait du dessert – du tiramisu, son préféré –, elle a secoué la tête et a quitté la pièce comme si elle avait les chiens de l'enfer à ses trousses.

Le fait qu'elle refuse de m'adresser un seul regard n'a fait qu'accroître mes inquiétudes.

Après avoir démoli le dessert au café, je leur ai dit que j'avais besoin d'aller aux toilettes et je ne suis jamais revenu.

Ils ne s'en sont même pas rendu compte.

Et ils s'en fichent.

Ou il serait peut-être plus approprié de dire que Papa ne l'aurait pas remarqué. Durant tout le dîner, il a à peine détourné les yeux de son ex-femme. C'est comme si elle était le soleil autour duquel il gravite.

C'est comme ça depuis le premier jour.

De son côté, Pamela est plus difficile à déchiffrer. Ses émotions ne sont pas aussi évidentes à lire que celles de mon père, même envers sa fille, ce que je déplore. Si une personne mérite son temps et son attention, c'est Carina. À ce que j'en sais, Pamela est plus intéressée par elle-même que par qui que ce soit d'autre.

Au lieu d'aller à la salle de bains, je suis descendu directement au studio, dont j'ai trouvé la porte verrouillée.

Vous y croyez ?

Durant toutes ces années, Carina ne m'a jamais enfermé dehors.

Je ne savais même pas qu'il y avait une serrure.

On en parle, de cette déception ?

Alors, j'ai fait la seule chose possible et je me suis assis par terre en dehors de la pièce pour lui donner l'espace qu'elle désirait. Je glisse un bout de papier sous la porte pour lui faire savoir que je suis là si elle a besoin de parler. Une heure plus tard, on est remontés ensemble et j'ai dit aux parents qu'on devait y aller.

Carina m'adresse un regard reconnaissant.

Puisqu'elle n'a pas prononcé le moindre mot, je laisse échapper :

— J'en déduis que leur relation est une surprise ?

— Oui.

Sa voix est plate. Monotone.

— Pour toi aussi ?

— Je savais qu'ils avaient déjeuné ensemble il y a deux semaines, mais rien de plus.

Je ne voudrais vraiment pas qu'elle pense que je lui ai fait des secrets. La question m'échappe avant que je puisse la contenir.

— Tu ne veux vraiment pas qu'ils soient ensemble ?

Pour une raison quelconque, je suis blessé. Ce qui est stupide, je le sais. Ce serait bien plus facile pour nous si nos parents n'étaient pas ensemble. Dès que cette pensée me vient à l'esprit, je comprends que c'est exactement ce que je veux.

Être avec Carina.

J'ai beau avoir prétendu que c'était informel, ça n'a jamais été une situation d'amis avec bénéfices.

Ou, comme elle se plaît à le dire, une situation de meilleurs ennemis avec bénéfices.

Du moins, pas pour moi.

— Non.

Cherchant à détendre l'atmosphère, je m'esclaffe et dis :

— Tu devrais cesser d'y aller par quatre chemins et me dire ce que tu ressens.

Elle inspire une grande goulée d'air et soupire.

— Je ne veux pas que Pamela et Crawford soient ensemble. Jamais. Fin de l'histoire.

Putain !

Je plie les doigts pour tenter de défaire la prise mortelle que je maintiens sur le volant.

— Pourquoi ? Pourquoi ça devrait encore compter ?

Ses épaules s'affaissent et elle se détourne, m'empêchant de lire sa réaction.

— Je ne veux pas, c'est tout.

Je joue avec une idée qui s'échappe brusquement de mes lèvres.

— Tu crois que Pamela est trop bien pour mon père, c'est ça ? Quelle autre raison y aurait-il ? Pourquoi refuse-t-elle aussi catégoriquement de les voir ensemble ?

— Tu es sérieux ?

Elle se retourne et me regarde en ouvrant de grands yeux.

— Bien sûr que non ! C'est plutôt que Crawford est trop bien pour quasiment n'importe quelle femme.

Ah… on arrive enfin quelque part.

— Alors… tu penses qu'il est trop bien pour ta mère ?

Elle s'affaisse sur le cuir et retourne à nouveau la tête.

— Je n'ai pas envie d'en parler, d'accord ? Je suis vraiment fatiguée. J'ai juste envie de rentrer à la maison.

Un sifflement frustré m'échappe. Je ne sais pas comment convaincre Carina de s'ouvrir et de me dire ce à quoi elle pense vraiment.

Ne comprend-elle pas que j'ai juste envie d'être là pour elle ?

C'est comme ça depuis le premier jour.

Ça a toujours été elle.

Même après l'avoir repoussée.

Il n'y a eu qu'elle.

Je passe le reste du trajet à essayer de discuter avec elle. Chaque tentative ne me vaut que des réponses guindées d'un seul mot.

Elle ne veut même pas me regarder.

Dès que je pénètre dans le parking et coupe le moteur, elle tire sur la poignée et bondit hors de la voiture. Je pousse un juron étouffé en voyant qu'elle ne va même pas m'attendre. Le temps que je claque la portière passager et enclenche les verrous, elle a déjà ouvert la porte en verre et s'est glissée à l'intérieur du bâtiment.

J'accélère le pas afin de la rattraper, même lorsqu'il est relativement évident que c'est moi qu'elle fuit. Le temps que j'entre dans le lobby, il n'y a aucun signe d'elle. Au lieu d'attendre l'ascenseur, je m'engouffre dans la porte qui mène aux escaliers et grimpe les marches en béton quatre à quatre. Une fois que j'arrive au troisième étage, je me précipite à travers la porte métallique et je déboule dans le couloir. Je m'arrête précipitamment et observe le long couloir où nos appartements sont situés.

L'espace est vide.

Ai-je pu la rater ?

Alors que je fais un pas en avant, prêt à tambouriner à sa porte si nécessaire, l'ascenseur bipe et la cabine en métal s'ouvre. Au moment où Carina s'avance dans le couloir, son regard se braque sur le mien.

Elle écarquille les yeux et s'arrête en titubant. Elle cligne plusieurs fois des paupières comme si elle n'arrivait pas à croire que je me suis matérialisé devant elle comme un spectre.

— Ford.

Sa voix est haletante comme si c'était elle qui venait de monter trois étages et pas moi.

— Le seul et l'unique, dis-je calmement.

Elle se mordille la lèvre inférieure.

— Désolée. J'ai juste envie d'être seule pour le moment.

Je suis tenté de m'avancer pour la prendre dans mes bras, mais je garde mes mains pour moi. C'est une des choses les plus difficiles que j'aie jamais faites.

— Dis-moi ce qu'il t'arrive, parce que je ne comprends pas pourquoi tu es si contrariée.

Elle détourne les yeux alors que son visage perd toutes ses couleurs et devient cendreux. Je me rapproche légèrement et baisse la voix.

— C'est parce qu'on couche ensemble et que s'ils se remarient, on redeviendra demi-frère et sœur ?

Quelque chose change dans ses yeux.

— Parce que c'est exactement ce que c'est.

Avant que je puisse lui soutirer plus d'informations, elle me contourne.

Au lieu de la suivre, je passe une main à travers mes cheveux et la regarde fourrer la clé dans la porte, m'adresser un dernier regard et entrer dans son appartement.

29

Carina

Je referme la porte derrière moi et m'y adosse avant de serrer fort les paupières et de prendre plusieurs profondes inspirations apaisantes. Durant tout le trajet jusqu'à la maison, j'ai essayé de reprendre le contrôle sur toutes ces émotions incontrôlables, mais la présence de Ford a rendu la chose impossible. J'ai du mal à garder les idées claires quand il est dans les parages. La chaleur de son regard a brûlé ma peau chaque fois qu'il a glissé sur moi. Plus il me posait de questions, plus je me renfermais.

Je n'aurais peut-être pas dû être désarçonnée par l'apparition soudaine de ma mère. Si elle s'est séparée de Crawford sans jeter un regard en arrière, c'est évident que lui n'a pas tourné la page. Il ne manque jamais l'occasion de la mentionner dans toutes les conversations.

C'est comme des ongles sur un tableau noir.

Comment ne se rend-il pas compte qu'elle se sert de lui ?

Il n'est rien de plus qu'un filet de sécurité.

J'aurais vraiment préféré qu'elle reste à l'écart.

Pourquoi doit-elle tout gâcher ?

Eh bien… Peut-être pas tout, parce que si elle n'avait pas attiré l'attention de Crawford, il n'aurait jamais été dans ma vie.

Quand la situation s'est faite délicate, au lieu d'essayer de régler leurs problèmes, elle s'est cassée.

J'aimerais croire que ma mère a changé, mais je ne pense pas que ce soit le cas. Je devine qu'elle restera pendant un moment puis, quand il ne lui témoignera pas assez d'attention, elle se lassera et s'en ira.

Elle est égoïste comme ça.

Je ressens un pincement de culpabilité de penser ça de ma propre mère. Malheureusement, c'est la vérité. Ce que j'ai fini par comprendre est que mes sentiments pour Pamela sont complexes. Ils l'ont toujours été. Une partie de moi l'aime profondément. Cette femme est ma mère. Mais il y a également une autre partie qui la voit pour la personne qu'elle est vraiment. Une narcissique égoïste. Elle m'a eue quand elle avait dix-sept ans et a eu du mal à joindre les deux bouts jusqu'à ce que Crawford déboule dans nos vies et nous sauve.

Au lieu d'être reconnaissante, elle le traite comme un chiot dont elle n'arrive pas à se débarrasser. Tout dans la vie de Pamela tourne autour d'elle. Au fil des années, j'ai appris à l'accepter pour celle qu'elle est (merci, la thérapie !) et arrêter d'attendre qu'elle soit le genre de mère que j'ai toujours désiré avoir.

Cela dit, je ne veux pas qu'elle retourne l'esprit de Crawford. Et je ne veux pas lui faire de mal au point où il m'éjectera de sa vie parce qu'il ne voudra pas voir le moindre souvenir dans sa maison.

Rien que d'y penser suffit à me glacer le sang.

— Carina ? fait Juliette. Tu vas bien ?

J'ouvre brusquement les paupières et comme au cours des dernières heures, je me force à sourire.

— Oui, je vais bien. Juste fatiguée. La journée a été longue.

Puis j'ai repoussé mes limites dans le studio en essayant de brûler un peu de l'émotion en plus. La danse est la seule chose capable de la faire sortir de ma tête.

Enfin… ce n'est peut-être pas entièrement vrai. Ford le fait aussi.

Mais pas cette fois.

Elle désigne les livres et l'ordinateur disposés sur la petite table dans la salle à manger.

— J'ai un examen demain. Je suis quasiment certaine que la chimie inorganique va me tuer.

Je m'écarte du bois épais et passe par la mini-cuisine pour prendre une bouteille d'eau.

— Arrête un peu. Tu vas réussir ce contrôle comme tous les autres. Tu es super intelligente, dis-je d'une voix traînante.

— Ça reste à voir, marmonne-t-elle avant de se frotter les yeux.

— Allons, je t'en prie… Tu vas probablement avoir une longueur d'avance sur tout le monde. Ça ne serait pas la première fois.

Elle s'esclaffe avant de changer de sujet.

— Hé, comment s'est passé le dîner ?

S'il y a une chose que je déteste faire, c'est mentir à Juliette. Au fil des années, elle est devenue une de mes amies les plus proches. On n'a peut-être pas grandi ensemble et on s'est juste rencontrées à la fac, mais cette fille est comme une sœur. Mon âme sœur. Ma sœur née d'une autre mère. Normalement, on parle de tout et de rien. Même du vibro que j'ai trouvé en fouillant dans son tiroir à sous-vêtements.

Je peux vous dire que le fait qu'elle en ait un et qu'il soit aussi mignon a été une agréable surprise. Le souvenir de son embarras suffit presque à me faire sourire.

Cela étant, je ne souhaite pas nécessairement parler de Pamela. La situation est embarrassante. Les parents de Juliette sont comme une institution et tous les quatre forment la famille parfaite. Difficile de ne pas être jalouse. Particulièrement quand je vois qu'elle est aussi proche de sa mère et que Natalie l'aime sincèrement. Quelque chose en moi a envie du même type de relation, même si je reconnais que Pamela n'en est pas capable.

— C'était bien.

Pour ne pas me sentir aussi coupable, je décide de lui confier un pan de la vérité.

— Maman est passée nous rendre visite.

Elle hausse les sourcils jusqu'à la racine de ses cheveux.

— Oh ?

Elle étire le mot qui sonne alors plutôt comme un *ohhh*.

— Oui.

Ma voix se fait plate. Impossible de faire semblant de ressentir la moindre joie à propos de cette femme.

Comme je ne rajoute rien sur le sujet, elle demande :

— Comment cela ?

Je hausse sèchement les épaules, essayant d'apaiser la tension croissante qui pèse à présent entre nous.

— Crawford et elle vont peut-être se remettre ensemble.

Il y a une seconde ou deux de silence alors qu'elle m'étudie avec plus d'attention.

— C'est une bonne nouvelle ?

Non. C'est la pire nouvelle qui soit.

— Je ne sais pas, dis-je avec une légèreté forcée. Je pense qu'on devra attendre de voir.

Je veux dire, combien de temps ça va durer.

— Alors, qu'est-ce que ça veut dire pour toi et Ford ?

Cette question suffit à faire douloureusement valdinguer mon cœur contre ma cage thoracique.

— Rien. On couche ensemble, c'est tout. Ce n'est pas très important.

Me forcer à prononcer cette réponse me laisse un goût amer dans la bouche, parce que rien ne saurait être plus éloigné de la vérité.

— Tu en es certaine ?

— Catégoriquement.

Comme je refuse de rajouter quoi que ce soit, elle jette un œil à son ordinateur avant de se frotter les yeux.

— Je devrais probablement m'y remettre. Il me reste encore quelques heures de boulot avant d'aller dormir.

— Ne stresse pas. Tu vas tout déchirer.

Un sourire s'empare de ses lèvres.

— Merci de ta confiance.

Je lui envoie un baiser avant d'aller dans ma chambre pour me changer. Alors que je m'apprête à retirer mon haut, quelque chose sur mon lit attire mon attention. Je m'approche pour mieux voir.

C'est un livre de poche.

C'est probablement un de ceux que j'ai prêtés à Juliette la semaine dernière. Elle les dévore, en ce moment. Certes, ça m'a pris deux ans, mais j'ai enfin réussi à l'attirer du côté obscur et libertin.

Je prends le livre et l'inspecte avec plus d'attention. Je plisse le front alors que mes doigts glissent sur la couverture lisse. C'est étrange. Je ne le reconnais pas. Je le retourne pour lire le résumé.

Attendez un peu… je crois qu'il est sur ma liste de souhaits !

Une nouvelle sortie.

Ah, Juliette est super gentille. C'est vraiment une bonne amie.

D'un pas plus léger, je reviens au salon et brandis le livre de poche. Pour la première fois depuis des heures entières, j'affiche un sourire sincère.

— Hé, merci pour le livre. J'avais hâte de me le procurer.

Elle lève la tête de son ordinateur.

— Oh, ce n'est pas de moi. Ford est passé le déposer plus tôt dans l'après-midi. Je croyais que tu l'avais vu avant de partir dîner.

Je ne peux que la regarder en retenant ma respiration. Quelques secondes plus tard, une sensation douloureuse naît dans ma poitrine avant de se propager lentement. Je suis tentée de lever la main pour frotter l'endroit.

Il a fait ça ?

C'était quelque chose qu'on faisait au lycée. De temps en temps, je trouvais un livre de poche qui m'attendait sur mon lit. C'était le genre de gentillesse qui m'a fait tomber pour lui.

— Ce n'est pas vraiment une chose qu'un mec ferait s'il couchait simplement avec une fille sans engagement, dit-elle doucement, attirant à nouveau mon attention.

Ces mots tournent vicieusement dans ma tête alors que je serre le livre de poche contre ma poitrine. Ne sachant pas quoi dire, je m'éclaircis la gorge afin d'éviter les interrogations qui luisent dans ses prunelles.

— Je… je vais me coucher, maintenant.

— Très bien. Bonne nuit.

— Bonne nuit.

Une fois dans ma chambre, je change de vêtements et me glisse sous les draps avant de regarder à nouveau le livre. Presque à contrecœur, je l'ouvre à la première page. Il n'en faut pas plus pour que je me laisse aspirer par l'histoire. C'est une toute nouvelle publication de mon auteur préféré. Je meurs d'envie de l'acheter depuis un moment, mais je n'ai pas eu le temps, avec tout ce qu'il s'est passé. D'accord, j'aurais pu télécharger l'ebook, mais il y a quelque chose de spécial dans la sensation d'un livre papier entre mes mains.

Au bout d'une heure environ, mes paupières s'alourdissent enfin et je pose délicatement le livre sur la table de chevet avant d'éteindre les lumières et de me retourner sur le côté. Si j'ai de la chance, je vais m'endormir immédiatement.

Sauf que…

Ça n'arrive pas.

Une demi-heure plus tard, je me retourne, tapote mon coussin une fois ou deux et essaye de me mettre plus à l'aise. Puis je me laisse tomber sur le dos et pousse un soupir contrarié alors que je contemple le plafond sans le voir. Trop de choses tourbillonnent dans mon cerveau et je ne parviens pas à l'éteindre. La plupart concernent ma mère. J'ai peut-être besoin de me poser avec elle afin d'avoir une conversation honnête. Je pourrais aborder toutes les raisons pour lesquelles elle est partie la première fois.

Ça ne fera pas de mal, n'est-ce pas ?

À présent que j'ai trouvé une solution potentielle au problème que pose Pamela, je serre fort les paupières et tente de me rendormir.

Cela dit…

Il ne se produit rien. Je suis bien réveillée.

Pas besoin d'être un génie pour comprendre que l'autre problème qui me dérange est Ford. Notre situation découle du fait que c'est juste du sexe. On couchera plusieurs fois puis on redeviendra des amis-ennemis qui peuvent à peine se supporter.

Je ne suis pas certaine que ce soit encore possible.

Ça me fait du mal de l'admettre, mais mes sentiments pour lui ont changé.

Ils sont devenus quelque chose de plus.

Ou peut-être ont-ils toujours été là, à bouillonner sous la surface, attendant l'opportunité parfaite pour se libérer. J'ai vraiment essayé de ne pas laisser cela arriver.

Mais c'est difficile.

Vraiment difficile.

Mon regard se pose sur les livres empilés dans la pénombre de la table de chevet.

Particulièrement quand il fait quelque chose de vraiment gentil.

Ce mec me comprend.

Et c'est probablement ce qui m'effraie le plus.

C'est presque un soulagement quand je reçois une notification SMS qui me tire de ces pensées troublantes. Je roule sur le côté et m'empare de mon mobile pour lire l'heure sur l'écran.

C'est presque une surprise quand je me rends compte qu'il est largement passé minuit.

Tu es toujours debout ?

Mon ventre descend dans mes talons alors que je contemple ces deux mots.

Pendant une poignée de secondes, le bout de mes doigts hésite sur l'écran. Je suis vraiment tentée de répondre. Mais si je le fais, je m'impliquerai encore davantage avec Ford.

Plus on passe de temps ensemble, plus je me sens tomber pour lui.

Et c'est un problème. Je ne sais absolument pas comment le résoudre.

Je sais que je devrais reposer le téléphone sur la table de chevet et ignorer le texto.

Au lieu de cela, je tape une réponse rapide.

Oui.

J'arrive.

Quoi ?

Pas question !

Ça ne fera qu'exacerber la situation. Ce dont j'ai besoin est de la distance. Du temps seule pour reprendre mes esprits. Je ne peux pas le faire quand je suis avec lui.

Alors que je m'apprête à lui dire d'oublier, on toque doucement à la porte de l'appartement.

Mes yeux s'écarquillent alors que je bondis du lit et cours vers la pièce à vivre. C'est un soulagement quand je la trouve vide. Juliette doit déjà être allée se coucher. Cela dit, il est possible qu'elle soit toujours éveillée et qu'elle étudie dans sa chambre. Je ne veux pas qu'elle sache que Ford va venir aussi tard dans la soirée.

J'ouvre la porte d'entrée à la volée et le découvre vêtu de rien de plus qu'un jogging gris qui descend de façon indécente sur ses hanches minces. Mon regard parcourt inconsciemment la largeur de son torse et de ses abdominaux ciselés avant de s'abaisser vers le gros renflement dans le tissu en coton. C'est évident qu'il ne porte rien en dessous.

Il n'en faut pas plus pour que ma bouche se dessèche.

Il est immense et j'adore ça.

J'aime sentir son sexe s'étirer quand il se glisse profondément à l'intérieur de mon corps.

Ainsi que la sensation de plénitude qui s'ensuit.

— Continue de me regarder comme ça et je te prends ici dans le couloir. On ne va même pas arriver jusqu'à la chambre.

Sa voix n'est rien de plus qu'un grondement bas qui fait vibrer mon intimité.

Choquée, je le regarde dans les yeux. La chaleur qui crépite et émane d'eux suffit presque à me faire m'enflammer. Alors que je garde le silence, ne sachant pas quoi dire, il franchit le seuil avant de refermer et de verrouiller la porte derrière lui. D'un unique mouvement rapide, il abaisse son épaule avant d'enrouler les bras autour de mes cuisses et de me soulever jusqu'à ce que je me retrouve la tête en bas.

— Ford, hoqueté-je. Qu'est-ce que tu fais ?

Quand sa paume s'abat sur mes fesses, je laisse échapper une expiration choquée.

— Essaye de ne pas faire trop de bruit si tu ne veux pas réveiller ta coloc.

Il presse la chair ferme sous sa main.

— J'ai déjà mentionné à quel point j'aime ton cul ?

— Non.

Je suis quasiment certaine que je me souviendrais d'une chose pareille.

Ses doigts se referment sur mes muscles et je ne peux m'empêcher de me tortiller contre lui alors que l'excitation explose dans mon sexe. Un simple contact et il me fait haleter.

— Certains mecs sont obsédés par les seins, dit-il quasiment sur le ton de la conversation alors qu'il nous entraîne dans le petit couloir, en direction de ma chambre. Mais je préfère une petite pêche bien juteuse.

Il me serre encore avant que ses doigts ne s'enfoncent sous le tissu fin de ma culotte, courant lentement sur la fente.

— Quelqu'un t'a-t-il déjà prise ici ?

— Non, haleté-je.

— Peut-être qu'un de ces jours, je te mettrai au défi d'essayer le sexe anal. On sait tous les deux que tu ne seras pas capable d'y résister. Parfois, je soupçonne que ça te donne la permission dont tu as besoin pour faire toutes les choses dont tu as secrètement envie.

Oh, mon Dieu…

Il n'a pas tort.

C'est exactement vrai.

Particulièrement en ce qui le concerne.

Une fois à l'intérieur de la pièce, il referme la porte avant de me laisser tomber sur le lit. Je rebondis sur le matelas et lève les yeux vers lui, me demandant ce qu'il va se passer ensuite. Honnêtement, je me représente bien ce que c'est. Il n'en faut pas plus pour que l'excitation croisse en moi.

Une lueur entendue illumine son regard alors qu'il sourit d'un air narquois.

— Tu as super envie, n'est-ce pas ?

Avant que je puisse nier la vérité, il abaisse le tissu de son jogging afin de révéler son érection épaisse. Je laisse échapper un gémissement alors que je l'observe.

Sa verge est aussi belle que le reste de sa personne.

— C'est exactement ce que je pensais, dit-il avec un grognement satisfait.

Ma culotte a beau rester fermement en place, mes jambes

s'écartent. Je ne m'étais pas rendu compte jusqu'à maintenant à quel point j'avais besoin d'être baisée. Je ne veux pas songer au potentiel qu'a la présence de ma mère de compromettre mon existence. J'ai envie que Ford me baise jusqu'à plus soif, jusqu'à ce que je sois trop épuisée pour réfléchir aux conséquences de ses actes.

Il referme les doigts autour d'une cheville et m'attire plus près de lui avant d'arracher ma culotte. Au moment où sa bouche s'installe entre mes cuisses, mes muscles se ramollissent.

Y a-t-il quelque chose de meilleur dans ce monde que Ford en train de me dévorer ?

Il se délecte de ma chair, faisant glisser sa langue le long de ma fente, de bas en haut, avant de faire des cercles sur mon clitoris avec la pointe. Puis il s'enfonce profondément en moi. J'en veux plus et mes muscles se contractent autour de lui. Quelque part, il sait exactement comment me pousser à bout. Je ne mets pas plus de quelques minutes à perdre le contrôle. Je colle une main sur ma bouche afin d'étouffer le cri qui remonte dans ma gorge.

— Tout va bien, ma jolie. Crie tout ton saoul. Lâche tout. Je sais que c'est exactement ce dont tu as besoin.

Ses mots marmonnés ne font qu'intensifier l'orgasme qui dévaste mon corps.

Ce n'est que lorsque mes muscles se ramollissent et que je flotte de nouveau sur terre qu'il me fait tourner et me tire en arrière jusqu'à ce que je me retrouve perchée au bord du matelas, les fesses en l'air.

Sa grande main glisse sur mes fesses avant qu'il ne donne une grande claque sur un côté avec le plat de la paume. Je ressens une légère douleur avant qu'une quantité surprenante de plaisir se développe à la place. Mes paupières se referment alors que je me délecte des sensations délicieuses qui se propagent à mon corps tout entier. Jamais personne ne m'a claqué les fesses. C'est presque un choc de constater que c'est vraiment agréable.

Il colle les paumes contre mes fesses puis ses doigts se renfoncent à l'intérieur de mon corps.

— Si moite, dit-il avec un grognement. Et moi qui pensais que j'avais léché toute ta crème.

Même si je viens de jouir, ses paroles cochonnes me provoquent une autre vague d'excitation.

Ma joue plaquée contre le matelas, je suis incapable de voir ce qu'il fait.

Je ne peux que ressentir.

Il écarte mes fesses, me mordille gentiment et enfonce profondément sa langue dans mon centre détrempé. Je ne peux m'empêcher de me cambrer contre lui, voulant simplement me rapprocher.

La chaleur de sa bouche disparaît alors qu'il me reclaque les fesses.

— C'est moi qui décide combien tu vas en recevoir.

Mes dents s'enfoncent dans ma lèvre inférieure afin de réprimer l'excitation qui monte en moi comme des couteaux aiguisés.

Il me donne une autre fessée. Le bruit claquant résonne dans le silence de la pièce.

— Tu vas être gentille ?

Comme je garde le silence, il me claque l'autre côté.

— Je veux une réponse.

Ses doigts glissent sur mes lèvres enflées avant de se concentrer sur mon clitoris où il effectue de petits cercles. Le plaisir suffit à faire vrombir mon corps.

— Oui ! m'écrié-je sans pouvoir me retenir.

Il plaque les lèvres sur mon entrejambe.

— C'est bien. Je sais ce dont tu as besoin, Carina. Laisse-moi te le donner.

Ses douces paroles vident tout l'air de mes poumons.

Je serre fort les paupières, détestant presque le désir puissant que je ressens de me plier à sa volonté et de m'offrir à lui.

Cette perspective est effrayante.

Ses grandes mains caressent lentement mes côtes, mes hanches et mon dos. Cette caresse est si apaisante, réconfortante ! Il continue de me mordiller jusqu'à ce que je dégouline et me tortille contre lui. Ce n'est qu'alors qu'il enfonce un doigt à l'intérieur de moi.

Une fois.

Deux fois.

Ce n'est que la troisième fois qu'il le retire de mon corps hypersensible.

J'attends qu'il se redresse et plonge en moi comme il le fait toujours. Qu'il me prenne fort et vite, baisant jusqu'à ce qu'on perde l'esprit.

Au lieu de cela, une main se pose au centre de mon dos, me poussant plus fort sur le matelas jusqu'à ce qu'il devienne nécessaire que je cambre le dos. Je cesse de respirer alors qu'il écarte mes fesses et se sert du même doigt qui était profondément enfoncé dans mon sexe pour titiller ma rosette.

Quand il refuse toujours de me pénétrer, mes muscles rigides se détendent alors que je m'enfonce dans le matelas. Au bout d'un moment, mes paupières se referment. Il y a quelque chose d'étrangement relaxant dans ce massage.

— C'est bon ?

— Oui. Je n'aurais jamais songé à mentir.

De temps en temps, il erre vers la petite rosette. Chaque fois qu'il le fait, je m'arrête de respirer, me préparant à ce qu'il reprenne le mouvement.

Si j'en veux plus ?

Je ne sais pas.

Il y a quelque chose de si tabou dans ce qu'il fait… Toutefois, je ne peux pas dire que ça ne me plaît pas. Ou que je veuille en explorer davantage.

— Tu es tellement belle ! Tout en toi l'est.

Il y a un temps d'arrêt alors que sa voix profonde se fait tendue comme un arc.

— Je veux être le seul à te toucher. Tu comprends ce que je dis ?

Oui. Et je mentirais si je n'admettais pas que j'en ai envie aussi.

J'ai envie d'appartenir à Ford.

Et je veux qu'il m'appartienne.

Son doigt glisse à nouveau sur moi.

— Carina ?

— Oui.

— Et tu en as envie aussi ?

— Absolument.

— C'est bien.

Sur ce, son doigt frôle à nouveau ma rosette. Mon corps se contracte quand il taquine l'entrée, la tâtonnant jusqu'à ce qu'il parvienne à se glisser à l'intérieur. Je ressens une légère brûlure alors que l'intrusion étire mes muscles.

— Ton cul est si étroit, bébé ! Je ne m'imagine pas ce que ça ferait d'être profondément enfoncé en toi. De te prendre et te posséder de la sorte.

Un soupir de soulagement m'échappe quand il se retire.

Il ne dure pas.

L'instant suivant, il renfonce son doigt à l'intérieur, s'y glissant plus profondément qu'avant. Je ferme les yeux et attends en silence qu'il se retire, mais ça n'arrive pas. Ses mouvements s'interrompent tandis que le sang palpite dans mes veines jusqu'à ce qu'un grondement morne remplisse mes oreilles. Il ne faut pas plus de quelques secondes avant que mes muscles ne perdent de leur rigidité. Au lieu d'essayer de me dégager de cette nouvelle intimité, je m'y enfonce encore davantage.

Un soupir de plaisir m'échappe.

— C'est ça, bébé, chantonne-t-il. Détends-toi et lâche-toi.

Quand j'expire, il s'enfonce encore plus profondément jusqu'à ce qu'il soit profondément ancré et que sa paume repose sur la courbe de mes fesses. Il y a quelque chose de très possessif dans sa prise.

Je ne comprends pas pourquoi je trouve cela réconfortant, mais c'est indéniable.

C'est peut-être parce qu'il a exigé que je m'offre à lui.

Que je lui fasse assez confiance pour me lâcher.

Et c'est exactement ce que j'ai fait.

Alors que ces pensées courent follement dans mon cerveau, je me rends compte que malgré tous les mecs avec lesquels j'ai couché, je ne me suis jamais autorisée à être intime. Je ne me suis jamais abandonnée à la protection de qui que ce soit ou me suis permise d'être vulnérable.

C'est bien plus qu'une simple réaction physique.

C'est également émotionnel.

Je peux presque sentir les fils de soie qui s'enroulent autour de moi, m'attachant à lui de façons que je n'aurais jamais cru possibles.

Si j'avais les idées claires, je prendrais immédiatement de la distance. Avec son doigt toujours profondément enfoncé en moi, c'est impossible. Je suis à vif et exposée. Il est libre de me prendre. Et il n'y a rien que je puisse y faire.

Plus que ça, je ne veux rien y faire.

De l'autre main, il me claque les fesses. Cette claque rapide n'est ni rude ni douloureuse. C'est une pression suffisante pour que mon attention revienne à lui.

Revienne au présent.

— Arrête de penser. J'entends pratiquement ton esprit qui tourne à toute allure. Tu n'as pas besoin de penser à quoi que ce soit quand je joue avec ton corps, quand je te donne du plaisir. Parce que c'est ce que c'est, n'est-ce pas ?

— Oui, murmuré-je.

— C'est bien.

Il masse la zone endolorie avant de se retirer lentement. Au moment où je pense qu'il va se libérer, il donne un coup de reins avant de se retirer à nouveau. Il conserve un rythme rapide jusqu'à ce que je me retrouve encore entraînée dans un étrange contentement.

— Tu t'offres si joliment, Carina. J'adore te voir comme ça. Les fesses en l'air alors que tu t'offres à moi. Le fait que tu n'as jamais permis à qui que ce soit d'autre de te caresser ainsi signifie tout pour moi. Je ne vais pas rompre la confiance que tu as placée en moi. Tu comprends ?

— Oui.

Pendant un long moment, il joue avec mon entrée secrète. Il n'y plus la moindre douleur. Mes muscles se sont détendus. C'est presque une surprise quand le plaisir commence à croître. Ce n'est pas pareil que lorsqu'il joue avec moi. L'effet est absolument enivrant.

Et j'en veux plus.

Comme je me tortille, il dit avec un grognement :

— Si je continuais encore un peu, je parie que tu jouirais pour moi. Particulièrement si je te caressais le clito. C'est ce que tu veux, ma jolie ? Jouir ?

L'idée de jouir ainsi m'excite plus que j'aurais pu l'imaginer.

Ses doigts saisissent mes fesses, en étirant la chair jusqu'à ce qu'une fois de plus, je ressente une légère brûlure. Puis il me donne une claque. Il n'en faut pas plus pour que l'excitation envahisse mon intimité.

Quand il enfonce les doigts de l'autre main en moi avant de les glisser autour de mon clitoris qu'il caresse avec de légers cercles qui me coupent le souffle, tous mes muscles se contractent d'anticipation. Ceux qui sont enfoncés dans mon cul poursuivent leurs mouvements lents et rythmiques. Je ne peux m'empêcher de me coller à sa main, désireuse d'approfondir la caresse. L'orgasme qui couve en moi me donne l'impression d'être une tempête imminente qui n'est qu'à quelques secondes d'exploser.

C'est exactement ce dont j'ai besoin.

— C'est ça, ma jolie.

La pression sur mon clitoris se fait insistante.

— Juste un peu plus pour te faire basculer.

Ce sont ses mots bas et rauques ainsi que la sensation de ses doigts qui jouent avec mes deux endroits qui me font imploser. Mon sexe se contracte alors qu'il continue à faire aller et venir son doigt dans mon cul. Je me cambre alors qu'une lame de fond de sensation s'abat sur moi, m'entraînant presque au fond de l'océan. Ce pic est si différent des autres dont j'ai fait l'expérience.

Ce n'est pas simplement mon sexe.

C'est mon cul aussi.

L'intensité est décuplée. Des étoiles dansent derrière mes paupières alors que je pousse un grognement de plaisir. Quand le dernier spasme secoue mon corps, je m'écroule sur le matelas en un enchevêtrement de membres qui me donnent l'impression de peser des milliers de livres. Mon cerveau flotte quelque part dans l'atmosphère.

C'est le bonheur à l'état pur.

Ford se glisse avec précaution hors de mon corps épuisé. Quasiment dans la distance, j'entends la porte de la chambre s'ouvrir puis se refermer. Je serre fort les paupières et m'autorise simplement à rester dans ce moment. Quand la porte se rouvre quelques instants plus tard, il s'approche du lit à pas de loup. Un tissu chaud est pressé contre ma chair, le coton essuyant mon excitation.

Ce n'est qu'alors qu'il me protège avec son corps puissant. Il n'y a rien dans le monde plus réconfortant que sa présence. C'est comme ça depuis le début, et je ne pense pas que ça changera. Peu importe ce qu'il va se passer entre nous.

Il plaque ses lèvres contre mon dos avant d'embrasser mon omoplate nue puis mon visage.

— C'est ce dont tu avais besoin, bébé ?

— Oui.

Je ne sais pas comment il l'a su.

— C'est bien. Je suis content d'avoir pu te le donner.

On entend le bruissement des vêtements avant qu'il me soulève, rabatte les couvertures et me repose avec précaution. Puis il se glisse dans le lit et me prend dans ses bras.

J'incline la tête jusqu'à ce que mon regard croise le sien et le scrute à travers la pénombre.

— Et toi ?

— Quoi, moi ? répète-t-il.

— Je pensais que tu étais venu ici pour baiser.

— Je suis venu parce que je ne parviens pas à dormir sans t'avoir dans mes bras. Ça n'a rien à voir avec la baise. Je savais que le dîner t'avait contrariée. C'est la raison pour laquelle tu t'es enfuie.

Il dépose un baiser sur mes lèvres.

— Je ne vais plus t'autoriser à le faire. C'est plus qu'une histoire de fesses.

Un frisson de peur et d'incertitude court à travers moi.

— Ah oui ?

— Tu le sais parfaitement, dit-il d'un ton bourru.

Quand j'ouvre la bouche pour lui poser d'autres questions, il plaque les lèvres sur les miennes.

— On en reparlera demain matin, d'accord ? Va te coucher. Ce dont tu as besoin maintenant est de dormir.

Ses paroles tourbillonnent follement dans ma tête. Au lieu d'essayer de déchiffrer exactement ce qu'elles signifient, je choisis une esquive facile.

— Merci pour le livre. Tu n'étais pas obligé.

— Je savais que ça te ferait plaisir.

Mon souffle reste coincé au fond de ma gorge.

Quelqu'un m'a-t-il déjà dit une chose pareille ?

Une si petite chose qui est aussi importante ?

Au lieu de permettre à la peur de prendre les rênes et d'étrangler le contentement qui tente de prendre vie à l'intérieur de moi, je lui obéis et m'endors.

Dans la protection du cercle chaud de ses bras.

Exactement là où j'ai envie d'être.

30

Ford

Je toque du revers des doigts contre le bois épais et jette un œil au sac en plastique orné du logo de la librairie du campus. Je commence à me sentir comme un chat qui gratte constamment à la porte de derrière, demandant qu'on lui ouvre. Cette image suffit à me faire m'esclaffer.

Et pourtant… Je ne peux pas dire que ce n'est pas vrai.

Plus je passe de temps avec Carina, plus j'ai envie d'être en sa présence. Je pourrais passer 24 heures sur 24, 7 jours sur 7, avec cette fille que ça ne serait toujours pas assez. La tenir dans mes bras tous les soirs et la prendre n'a rien fait pour atténuer le désir qui continue de grandir en moi. Au contraire, ça ne fait que nourrir mon addiction.

C'est n'importe quoi et pas du tout ce à quoi je m'attendais quand j'ai suggéré qu'on couche ensemble. J'ai pensé qu'on aurait baisé deux ou trois fois et que je m'en serais lassé comme je le fais généralement. Puis on se serait séparés amicalement.

Enfin, en quelque sorte. Que nos parents soient mariés ou pas, elle fera toujours partie de la famille. Alors, ce n'est pas comme si couper les ponts avec elle était possible.

Je regarde le sac dans ma main pour la seconde fois et hasarde des conjectures quant à sa réaction. J'ai beau faire de mon mieux pour essayer de la comprendre, elle fait toujours ce à quoi je m'attends le moins. Devoir rester sur le qui-vive fait partie de son charme.

Quand je m'apprête à toquer pour la seconde fois, le bois épais pivote et je découvre Juliette de l'autre côté du seuil.

— Tiens donc, dit-elle en étirant ces mots alors qu'elle croise les bras sur son torse. Regardez qui voilà.

Je lui décoche un sourire charmeur. Un sourire capable de faire fondre des cœurs féminins. Non pas que j'essaye de… faire fondre son cœur ou quoi que ce soit. Ryder me tuerait si j'adressais ne serait-ce que le moindre regard en coin à sa meuf.

Ou, plus précisément, il se vengerait sur la glace.

Il m'éclaterait la tête.

Et je ne peux pas le lui reprocher. Je devine qu'il a été secrètement amoureux d'elle pendant des années avant d'avoir les couilles d'y faire quelque chose.

J'essaye plutôt de la distraire, afin qu'elle ne pose pas de questions approfondies. Carina a insisté pour qu'on garde notre situation discrète. Je ne sais pas si elle en a parlé à sa meilleure amie.

Ce qui m'irrite un peu.

— Carina est là ?

Je tapote mon sac à dos.

— On bosse sur un projet ensemble.

Son sourcil arqué m'informe que mon sourire n'a aucun effet sur elle.

— Elle est dans sa chambre.

Comme Juliette ne s'écarte pas de la porte, je m'éclaircis la gorge.

— Puis-je… entrer ?

— Peut-être.

J'oscille d'un pied sur l'autre et produis une réponse.

— Peut-être ?

Je n'ai jamais connu Juliette moins que cordiale. Toujours d'agréable compagnie. Normalement, elle a le nez fourré dans un épais livre scientifique. En tant qu'étudiante de prémédecine, je peux parfaitement comprendre pourquoi. Malgré son génie, elle étudie toujours comme un bourrin.

Alors, cette attitude…

Ça me désarçonne.

— Avant que je te laisse entrer, j'aimerais savoir qu'elles sont tes intentions concernant ma copine.

— Mes intentions…

— Oui. Elle s'appuie à l'encadrement de la porte alors qu'une expression féroce s'empare de son visage.

— Je sais que tu entres en douce tous les soirs et que tu passes la nuit.

Elle baisse la voix alors que son visage se fait écarlate.

— Pour ta gouverne, vous êtes super bruyants.

C'est au prix d'un effort énorme que je lutte contre le sourire qui tremble sur mes lèvres.

— Désolé. On essayera de rester discrets à partir de maintenant.

Elle me fusille du regard et devient presque cramoisie.

— Je peux vous entendre à travers mon casque antibruit.

— Alors on va… essayer de rester discrets pendant qu'on le fait.

Elle lève les yeux au ciel.

— Vous êtes ensemble maintenant ? C'est… une *relation* ?

Ces deux questions mouchent tout l'humour qui pétillait en moi.

— Je n'en suis pas certain.

Il y a un silence malaisant avant que je ne laisse échapper :

— T'a-t-elle dit quoi que ce soit ?

Putain !

Je n'avais pas l'intention de le dire.

Il y a une lueur dans ses yeux sombres qu'elle masque rapidement.

— Simplement que vous avez un accord. Des amis avec bénéfices ou quelque chose comme ça.

— Des meilleurs ennemis avec bénéfices, marmonné-je avec réticence.

— Oui, c'était peut-être ça, en convient-elle avec un hochement de tête.

Toute l'émotion qui croît à l'intérieur de moi fait une descente en piqué avant de détoner à l'impact, explosant dans une immense boule de flammes. Sans un mot supplémentaire – ce qui est presque pire –, elle fait un pas de côté, me permettant d'entrer dans l'appartement. Je la contourne alors que notre brève conversation tournoie dans ma tête.

Bon sang, mais que suis-je en train de faire ?

Il est trop évident que cette fille ne veut rien de sérieux.

Avec moi.

Elle est là pour un bon moment, pas un long moment.

Ce n'est pas comme si Carina n'avait pas été honnête à ce propos.

Un surplus de confusion spirale à travers moi alors que je m'arrête maladroitement et lève le poing pour toquer contre la porte de sa chambre du revers de la main.

— Entrez, appelle-t-elle d'un ton bien plus guilleret qu'à l'ordinaire. Particulièrement parce qu'elle n'a pas compris qui c'est.

Je tourne la poignée, ouvre la porte et m'avance à l'intérieur. Installée au milieu de son lit deux places, elle me regarde avec surprise.

— Hé.

— Bonjour.

Comme elle continue de me regarder, je dis avec une décontraction forcée :

— J'ai pensé qu'on pourrait bosser sur notre projet.

J'avise les livres éparpillés sur le lit.

— Cela dit, si tu es occupée, on pourra s'y mettre une autre fois.

À ce niveau-là, je commence à regretter d'être venu. D'ailleurs, j'irais jusqu'à dire que m'impliquer avec elle a été une immense erreur. L'intention avait été de baiser pour l'oublier, pas pour renforcer mon obsession pour elle.

Je crois que je n'ai que ce que je mérite, non ?

— Oui, c'est bien. Donne-moi une seconde ou deux pour me débarbouiller et on pourra se lancer.

Quand elle saute du lit, mon regard glisse sur elle. Elle porte des collants qui moulent toutes ses courbes minces ainsi qu'un sweat-shirt rose taille XL à l'effigie du club de danse de Western qui dénude une de ses épaules. Ses longs cheveux blonds ont été rassemblés en un chignon lâche au sommet de sa tête.

Sa beauté est comme un uppercut en plein ventre. Peu importe qu'elle soit bien habillée ou pas… ou qu'elle ne porte rien. C'est la fille la plus ravissante que j'aie jamais vue.

Merde. J'ai vraiment besoin de sortir d'ici avant de faire ou dire quelque chose que je finirai par regretter.

Tout en moi me semble étonnamment à vif.

Sur le point d'être exposé.

Comme quelqu'un qui s'apprêtait à peler ma peau pour jeter un œil à l'intérieur.

Je ne pense pas m'être déjà senti si plein d'émotions. À tout moment, ça va déborder et je m'embarrasserai terriblement. Je vais finir par lui dire à quel point je tiens à elle.

À quel point je l'ai toujours fait.

Même lorsque je la taquinais et l'asticotais pour dissimuler la vérité.

Je peux presque m'imaginer sa réaction face à une telle révélation. Elle commencerait par éclater de rire avant de me tapoter la joue avec un sourire sympathique.

Pauvre Ford.

Je bats rapidement en retraite de quelques pas alors qu'elle empile les livres sur sa commode. Le livre de poche que je lui ai acheté est là, écorné, près d'eux.

— Tu sais quoi ? dis-je en braquant un pouce par-dessus mon épaule. Je vais y aller. Tu as l'air d'être accaparée par tes études. Envoie-moi juste un texto quand tu voudras travailler dessus et on se retrouvera dans la bibliothèque.

Elle me regarde en plissant le front.

— Tu pars ? *Maintenant* ?

— Ouais. Je… je viens de me souvenir de quelque chose.

Peut-être qu'un peu de temps seul m'aidera à rassembler mes pensées. Ça ne fera certainement pas de mal.

Son regard tombe sur le sac en plastique dans ma main.

— Qu'est-ce que c'est ? Quelque chose pour le projet ?

Pendant une seconde, je la considère d'un air confus, ne comprenant pas de quoi elle parle avant que je suive son regard.

Putain ! Je ne peux pas le lui donner maintenant sans passer encore plus pour un con ?

À quoi est-ce que je pensais ?

Très bien, je ne sais peut-être pas à quoi j'ai pensé, mais je peux vous dire ce avec quoi j'ai pensé.

Cette chose vous attire toujours des problèmes.

— Oh, ça ? dis-je en secouant légèrement le plastique. Ce n'est rien.

Elle franchit rapidement la distance entre nous en deux grandes enjambées.

— Je peux voir ?

— Non, je ne…

Avant que je puisse sortir une excuse et fuir la scène du crime, elle me chipe le sac que je tiens à la main et jette un œil à l'intérieur.

Je grimace alors qu'une chaleur terne remonte le long de mon cou puis de mes joues.

Elle glisse la main dans le sac en plastique, en retirant le tissu épais. Elle plisse le front alors qu'elle le brandit et le considère dans un silence de mort. Je peux presque voir les rouages de son cerveau s'enclencher.

Tuez-moi tout de suite.

Je suis sérieux. C'est absolument atroce. J'ai l'impression que mon cœur va battre hors de ma poitrine.

Incapable de supporter une seconde de plus de cette torture, j'essaye d'agripper le tissu orange et noir. J'ai simplement envie de le lui arracher des mains et de le fourrer à nouveau dans le sac. Alors je pourrais sortir d'ici avant de le jeter à la poubelle et d'effacer ce moment horrifiant de mes souvenirs.

Juste quand mes doigts frôlent le tissu, elle me le retire brusquement et ma main se referme dans le vide.

Son regard se braque sur le mien.

— Tu as acheté ça pour moi ?

Il y a une seconde de silence malaisant.

Putain ! Va-t-elle vraiment me forcer à le dire ?

À haute voix.

Pour qu'elle puisse se vanter.

À en juger par son regard ferme, oui… oui, elle va le faire.

Je passe une main agitée dans mes mèches courtes et hausse les épaules.

— Je ne veux pas que tu portes le maillot de quelqu'un d'autre, marmonné-je.

Comme celui de Maverick.

Si le nom et le numéro de quelqu'un doivent être plaqués sur son dos, ça sera les miens. Ou bien j'arracherai cette satanée chose de son corps comme je l'avais fait avant. Je redresse le dos, attendant qu'elle éclate de rire avant de me jeter le vêtement au visage.

Une seconde puis deux s'écoulent et ça n'arrive pas.

Au lieu de ça, elle pose prudemment le maillot sur le bureau avant de retirer son sweat. Je ne m'en étais pas rendu compte avant, mais elle ne porte pas de soutien-gorge. Ma bouche se dessèche alors que je contemple ses petits seins fermes. Je suis tenté de tendre la main pour caresser ses mamelons. Ils sont si sensibles.

Je replie et resserre les doigts pour m'empêcher précisément de le faire.

Puis elle ramasse son pull et le fait passer sur sa tête, fourrant son bras à travers les manches et le faisant descendre sur son torse.

Il lui va parfaitement. Comme je l'avais prévu.

La possessivité s'abat sur moi, affectant toutes les cellules.

— Retourne-toi, dis-je d'une voix rauque.

Elle effectue un demi-cercle jusqu'à ce que je puisse voir mon nom affiché en travers de son dos. La satisfaction m'envahit jusqu'à ce que j'aie l'impression d'être un ballon gonflé à fond qui est sur le point d'éclater.

Avec un regard timide par-dessus son épaule, elle croise mon regard.

— Ça te plaît ?

— Oui, ça me plaît, grondé-je. Cela dit, je t'ai imaginée sans rien d'autre.

Sans rajouter un mot de plus, elle glisse les mains sous le tissu orange et noir avant de faire glisser le legging sur ses jambes et ses cuisses jusqu'à ce qu'il repose à ses pieds. Elle se glisse également hors de sa culotte avant de faire demi-tour.

— Tu t'imaginais plus un truc comme ça ?

Merde, oui. J'ai fantasmé sur ce à quoi elle ressemblerait dans mon maillot depuis que je l'ai choisi dans la boutique du campus. Et si je me suis branlé en songeant à la voir dedans ?

Coupable.

— C'est bien mieux.

Je pointe le menton vers son chignon lâche.

— Défais-le.

Le regard accroché au mien, elle lève la main et retire lentement son élastique. Sa longue chevelure tombe en cascade sur ses épaules et sur son dos comme un rideau doré et souple.

Ma queue se raidit en la voyant si magnifique, vêtue de mon maillot et rien d'autre.

Je réalise que j'ai fait un pas en avant seulement lorsqu'elle pointe le menton pour soutenir mon regard. Alors que ses lèvres s'entrouvrent, les miennes s'écrasent dessus. Dès qu'elle s'ouvre, ma langue s'infiltre dans sa bouche. Je la pousse en arrière jusqu'à ce que ses cuisses touchent le rebord du lit et qu'elle culbute sur le matelas. On reste fusionnés ensemble alors que je suis rapidement le mouvement. Elle enroule les jambes autour de ma taille et se frotte contre moi.

Putain !

J'ai besoin de ralentir mes coups de reins, sans quoi je vais jouir partout.

Encore une fois.

Si ce comportement continue, je vais faire un complexe. Je n'ai jamais joui prématurément. J'ai beau ne pas en avoir envie, j'arrache mes lèvres à elle et me force à prendre des inspirations profondes et apaisantes.

La confusion assombrit son visage alors qu'elle se cale sur les coudes.

— Quelque chose ne va pas ?

— Donne-moi une minute, marmonné-je.

J'ai l'impression d'être un puceau de vingt-deux ans qui n'a jamais touché une fille.

Quand cela ne marche pas, je roule sur le côté et me redresse en vacillant. Avant de pouvoir demander ce qu'il se passe, j'agrippe l'ourlet de mon T-shirt et le fais passer par-dessus ma tête. Puis je redescends le jogging et le boxer sur mes jambes jusqu'à ce que je me retrouve entièrement nu. La chaleur illumine ses yeux alors que je reste parfaitement immobile et permets à son regard de parcourir le moindre centimètre de sa personne.

Il n'y a rien que j'aime plus que d'avoir son attention entièrement braquée sur moi.

Toutefois, ça n'empêche pas mon érection de palpiter du besoin insistant d'être enfoncée au plus profond de sa chaleur étroite. Si j'avais été un peu plus intelligent, je me serais branlé avant de venir. Mais je suis bien trop impatient pour ça.

Une expiration sifflante m'échappe alors que je referme la main autour de ma verge afin de la caresser lentement à plusieurs reprises.

Braqués sur moi, les iris de Carina se dilatent.

— Écarte les jambes, jolie fille. Montre-moi l'humidité entre tes cuisses.

Elle m'obéit à la lettre sans poser de question.

Et j'adore ça.

Ses lèvres roses sont déjà moites d'excitation. J'ai juste envie de passer ma langue dessus et d'en lécher la moindre goutte.

Merde. Ces pensées n'arrangent pas la situation.

Je ne suis même pas à l'intérieur de cette fille que je suis prêt à exploser.

Alors que je serre le poing, le besoin fait se contracter mes bourses. Une fois qu'elles remontent à l'intérieur de mon corps, je réalise que mon plaisir est imminent.

— Remonte ton maillot. J'ai envie de voir tes jolis seins.

Elle saisit l'ourlet et tire dessus, dévoilant ses seins jusqu'à ce que le tissu soit retroussé contre ses clavicules. Incapable de me contenir, je m'approche. Dès que je serre le poing, des jets de sperme chaud explosent du bout de ma verge.

Je serre les dents alors que mes mouvements s'accélèrent, glissant le long de sa longueur épaisse.

Mon regard reste braqué sur le sien alors que je peins son ventre à grands jets de liquide blanc perlé. Et comme toujours, mon plaisir donne l'impression de s'étirer éternellement.

Sa force me fait trembler jusqu'au plus profond des os.

Carina écarte les jambes quand mon sperme atterrit sur son sexe nu. Il y a quelque chose d'intensément satisfaisant à le voir ici. J'ai envie de le prendre et de le fourrer à l'intérieur de son corps.

Cette pensée si sombre et primitive fait tressauter mon cerveau.

Ce n'est que lorsque tout ce qu'il me reste de sperme a été émis que je relâche ma prise sur son cou. Sa poitrine se soulève et retombe au fil de sa respiration rapide.

Putain, elle est si belle… Étendue là avec mon maillot retroussé sur ses seins, du sperme décorant son torse, ses cuisses souples écartelées comme si elle s'offrait à moi. J'ai envie de rester là et de me gorger d'elle afin que ce cliché mental dure toujours.

— J'aime te voir comme ça, dis-je d'une voix rauque, incapable de ravaler ces paroles, comme j'aurais dû le faire.

Je fais courir mon doigt à travers l'éjaculat chaud pour le recouvrir d'une épaisse crème blanche. Son corps frémit alors que j'enfonce le doigt en elle, le faisant aller et venir à plusieurs reprises avant de l'en sortir pour en prendre plus. Je caresse sa vulve jusqu'à ce qu'elle en soit entièrement recouverte. Il n'en faut pas plus pour que ma queue recommence à se durcir. Tranquillement, je la pénètre à plusieurs reprises pour l'aider.

— J'espère que tu as l'intention de me baiser cette fois.

— Ne t'inquiète pas, ma jolie. Tu vas avoir toute la baise que tu veux.

Alors que je dépose un baiser sur son clitoris, le titillant de ma langue, un gémissement de désir lui échappe. Ma bouche descend plus bas et lèche son intimité. J'y goûte nos excitations combinées. Il y a quelque chose de sexy là-dedans. Je n'aurais pas pensé que ce serait le cas.

Mais avec elle, c'est vrai.

Je la lèche jusqu'à ce qu'elle se contorsionne sous moi, se

tortillant, en désirant davantage. Quand son agitation remonte d'un cran, je me retire juste assez pour donner à son clitoris une petite tape du bout des doigts.

— Sois patiente, grondé-je.

Sa gorge se contracte et elle cesse de respirer alors qu'elle mouille de plus en plus.

— Tu aimes ça, n'est-ce pas ?

Ce n'est pas une question qui a besoin d'obtenir une réponse. La preuve est là, évidente pour tous les deux. Ce que je veux entendre est qu'elle aime que je lui frappe l'entrejambe.

Moi.

Seulement moi.

Elle rougit alors que ses yeux se font vagues, ses paupières se fermant à demi. Comme elle garde le silence, je rabaisse la main vers son clitoris enflé.

Cette fois, un gémissement lui échappe alors qu'elle se cambre sur le lit.

— Oui, grogne-t-elle.

La voir se contorsionner de désir suffit presque à me faire perdre la raison. Je ne pense pas avoir déjà été aussi excité de toute ma vie. Non seulement elle porte mon maillot, mais elle est couverte de mon sperme. Je l'ai fourré en elle. Et avant la fin de la nuit, j'en ajouterai davantage.

Je veux que tout le monde sache – *particulièrement elle* – que Carina Hutchins m'appartient.

— Tu vois comme c'était facile. Maintenant, tu peux avoir une queue.

Ma main se resserre sur mon érection. Cette fois, je n'ai absolument pas la moindre intention de me branler. La prochaine fois que je jouirai, ce sera à l'intérieur de sa chaleur tendre, alors que son sexe palpitera autour de moi, aspirant avidement la moindre goutte.

— C'est ce que tu veux ? Ce dont tu as besoin ?

— Tu sais bien que oui.

— Absolument, mais j'ai envie de te l'entendre dire. C'est la seule façon dont tu auras le droit de jouir.

— Je t'en prie, Ford. Ne me force pas à t'implorer.

Ses geignements me font l'effet d'un coup de poing dans le ventre.

Si je m'étais imaginé que cette fille me prierait un jour de coucher avec elle ?

Non. Même dans mes fantasmes les plus fous.

— C'est exactement ce que je veux, ma jolie. T'entendre prier.

Sa langue sort pour humecter ses lèvres. Il y a un léger tremblement dans sa voix quand elle murmure :

— Baise-moi, je t'en prie. J'ai besoin de jouir sur ta queue. Tu m'entends ? J'en ai *besoin* tout de suite.

Je lui sourirais si je n'avais pas aussi mal.

— Tu es si gentille. Maintenant, je veux que tu écartes tes lèvres pour me faire voir exactement à quel point tu me désires. J'ai envie de voir ce petit trou grand ouvert, m'implorant de le remplir.

Elle arrête de respirer alors que ses pupilles se dilatent.

Alors que je suis convaincu qu'elle va me refuser cette requête, ses mains se dirigent vers son centre et elle agrippe le bord de ses lèvres, les ouvrant toutes grandes jusqu'à ce que je puisse voir à quel point elle est douce et rose à l'intérieur.

Un grognement torturé m'échappe.

— Tu es si parfaite.

Même si je viens de jouir, quelques gouttes coulent du sommet de mon érection.

— Dis-moi à qui appartient cette chatte.

Cette fois, elle n'hésite pas.

— À toi, murmure-t-elle. Elle t'appartient. *Je* t'appartiens.

Elle a bien raison.

— Heureusement pour toi que les filles gentilles ont une belle queue bien dure sur laquelle jouir.

— Dieu merci, dit-elle en poussant un soupir soulagé.

Quand elle libère les contours de ses lèvres afin qu'elles reprennent leur forme antérieure, je secoue la tête.

— Garde-les ouvertes pour moi.

Aucune protestation ne lui échappe alors qu'elle écarte la chair moite pour une seconde fois.

Elle est si parfaite.

Elle est à moi.

Cette chatte m'appartient et j'ai l'intention de *très* bien m'en occuper. Je la caresserai, la lécherai et l'embrasserai autant qu'elle en a besoin. Jusqu'à ce qu'elle désire m'offrir – rien qu'à moi – sa douce petite intimité.

Elle ne s'en rend peut-être pas compte, mais moi si.

Et c'est tout ce qui compte.

Ma main enroulée autour de mon érection, je la guide prudemment vers son orifice humide

— Reste bien ouverte pour moi, ma jolie. Chaque fois que je me retire, j'ai envie que tu me tentes de revenir à l'intérieur.

Un gémissement lui échappe quand j'enfonce mon gland dans son corps.

Ce n'est pas plus de deux centimètres.

Juste assez pour que mon sommet arrondi soit avalé par sa douceur.

Quand elle se contorsionne sous moi, je lui frappe le clitoris du bout des doigts.

— Reste immobile. Tu vas avoir ce que je décide de te donner.

— Ford, gémit-elle. Je t'en prie. J'ai besoin de plus.

— Je sais exactement ce dont tu as besoin. Je l'ai toujours su.

Elle pousse un soupir tremblant alors que je me glisse plus profondément en elle avant de me retirer. Ses yeux s'écarquillent alors qu'elle secoue la tête.

— Tu essayes vraiment de me dire comment te baiser ?

Ses dents raclent sa lèvre inférieure.

— Non.

— Je ne pense pas, dis-je avec un grognement avant de me retirer puis de me redresser de toute ma taille afin de pouvoir baisser les yeux vers elle.

Elle est si belle, avec ses cheveux blonds en corolle sur le couvre-lit et le maillot retroussé autour de sa gorge. Non seulement ses jambes sont écartées, mais ses lèvres sont si ouvertes que je peux voir l'humidité luisante qui en recouvre l'intérieur. Mon regard se délecte de l'image magnifique qu'elle présente. Je suis particulièrement tenté de l'attacher au lit et de la garder ainsi pour toujours.

Mon regard se braque sur son clitoris.

Comme le reste de sa personne, il est très joli.

Je peux pratiquement le voir palpiter du besoin que j'ai éveillé à la vie.

Dieu merci, Carina n'est pas aussi insensible qu'elle veut bien me laisser le croire.

Au fond, elle a envie de moi.

A besoin de moi.

A besoin de ce que je suis le seul à pouvoir lui donner.

— Aguiche-moi, ma jolie. Montre-moi exactement à quel point tu as besoin de ma queue. Sans quoi, je vais me rhabiller et partir. Je vais te laisser te trémousser sur le lit, débordante de désir et tout excitée.

— Tu ne ferais pas ça, dit-elle en inspirant brusquement.

Elle a raison. Je ne le ferais pas.

Impossible pour moi de la quitter.

Mais elle n'a pas besoin de le savoir, n'est-ce pas ?

Cette fille n'a pas besoin de savoir qu'elle tient toutes les cartes dans la paume de sa main.

— Je t'en prie, gémit-elle, sa voix s'élevant sur un sanglot. C'est une douce musique à mes oreilles.

Ses doigts étirent la chair délicate, rendant le trou encore plus béant.

— C'est vraiment magnifique, grogné-je. Montre-m'en plus.

Avec ses jambes complètement écartées, elle donne des coups de jambes. La ligne mince de son dos se cambre au-dessus du matelas alors que ses paupières se ferment doucement. Ses joues sont devenues roses alors qu'un gémissement rauque lui échappe. De toute ma vie, je ne pense pas avoir déjà vu quelque chose d'aussi sexy que Carina qui se contorsionne sur le lit.

Le poing serré sur mon érection, j'en dirige le bout vers mon sexe.

Seigneur… Je pourrais la regarder ainsi toute la nuit.

Dès que mon gland s'enfonce dans son intimité, elle ouvre les paupières et me regarde dans les yeux. Ses pupilles sont déjà immenses.

— Merci, murmure-t-elle.

— Je n'ai jamais pu te résister, ma jolie. Tu le sais.

Un autre gémissement lui échappe alors que je m'enfonce en elle, la pénétrant profondément jusqu'à ce que je me retrouve enfoncé jusqu'à la garde.

— C'est ce dont ta petite chatte avide avait besoin ? De toute la longueur de ma queue ?

— Oui !

La pulsation de son intimité chaude et étroite me fait me sentir si bien ! Même si je n'en ai pas particulièrement envie, je me retire entièrement et m'abreuve du spectacle qu'elle m'offre. Sa moiteur est enflée et luit d'une excitation renouvelée. Ses doigts continuent à écarter grand ses lèvres alors qu'elle tourne sans que j'aie besoin de prononcer la moindre parole.

— Tu mourrais sans ma queue, n'est-ce pas ?

— Oui. Tu ne vois pas à quel point j'en ai envie ?

— Oui, bébé. Je le vois. Ton petit sexe dégouline déjà de désir.

Elle pince les lèvres avant de les étirer toutes grandes. La vision de son centre rose et béant m'excite plus que tout au monde.

C'est tout ce qu'il me faut.

La seule chatte que je désirerai jamais.

Ou dont j'aurai besoin.

Incapable de m'en empêcher, je baisse le visage vers son sexe, ayant besoin de laper un peu de sa crème. Comme la fille obéissante qu'elle est, elle continue de garder ses lèvres ouvertes. J'en lèche les contours avant d'y enfoncer profondément la langue.

Un autre sanglot torturé lui échappe alors que je la baise avec ma langue.

— Je t'en prie, Ford. J'ai besoin de jouir.

— Pas encore, bébé. Je n'en ai pas encore fini avec toi.

Une réponse confuse lui échappe.

Ce n'est que lorsque je l'ai léchée totalement que j'aspire son clitoris dans ma bouche. Son corps tremble sous le mien.

Je me retire suffisamment pour rugir :

— Ne t'avise pas de jouir.

Puis je donne une bonne claque à son clitoris.

J'observe son sexe écartelé, ravi d'être le seul qui a le droit de la voir ainsi.

Ce n'est que lorsque sa respiration saccadée revient à la normale et qu'elle s'arrête de gigoter que je lui demande :

— Tu t'es suffisamment calmée pour que je continue à te prendre ?

— Oui.

— Gentille fille.

J'enfonce à nouveau la douceur veloutée de ma langue au plus profond d'elle.

— Cette jolie petite chatte mérite autant d'amour et je suis prêt à tout te le donner.

Je lève la tête pour croiser ses yeux voilés. Elle me regarde comme si elle était au milieu d'un rêve enfiévré. Incapable de me retenir un moment supplémentaire, je me redresse, ayant besoin de nous faire connaître à tous les deux un peu plus de ce qu'on désire désespérément. Ma main refermée autour de ma longueur épaisse, je frappe son clitoris avec le gland turgescent.

Une fois.

Deux fois.

Trois fois, jusqu'à ce que son dos cambré quitte le matelas.

— Je t'en prie, Ford, sanglote-t-elle. *Tout de suite.*

Je suis déjà à deux doigts d'éclater, mais je m'y refuse. Ça ne va pas être comme toutes les autres fois où j'ai joui bien trop tôt. Je vais y aller doucement et lentement afin de pouvoir la torturer.

Et moi avec.

Je la prends avec mon gland pendant quelques minutes supplémentaires, ne lui accordant pas plus que deux centimètres. Quand je me glisse enfin entièrement à l'intérieur, ses muscles avides se contractent autour de moi. Je ne peux m'empêcher de marquer un temps d'arrêt pour la regarder. Le spectacle sexy de la voir plaquée au matelas par ma verge me donne envie de donner des coups de reins dans sa chaleur étroite et de la baiser jusqu'à l'oubli.

Je serre les dents. J'invoque toute ma retenue afin de ne pas laisser mes instincts les plus vils prendre le dessus. L'envie de baiser me rend quasiment fou.

Alors que je me force à me retirer avant de me glisser à nouveau profondément en elle, son intimité se contracte. Je ne peux rien faire d'autre que la suivre au-dessus du précipice. Au lieu de se couvrir la bouche afin de museler ses cris, les sons aguichants de son plaisir remplissent la pièce.

Et probablement l'appartement.

Peut-être même le bâtiment.

Mais je m'en fiche.

C'est le meilleur son qui existe.

Elle sanglote mon nom, l'entonnant encore et encore comme un mantra. Et c'est exactement ce que j'ai envie d'être pour elle.

Un mantra.

Son mantra.

La façon dont elle s'abandonne ne fait que rendre mon plaisir encore plus intense. Il me donne presque le vertige alors que des étoiles dansent derrière mes paupières. Le temps que je m'écroule sur elle, on respire fort tous les deux. Ses bras s'enroulent autour de mon cou afin de me garder près d'elle.

Il n'y a pas d'autre endroit où je préférerais être.

— Tu sais, dis-je quand je suis enfin capable de reprendre ma respiration. On devrait probablement acheter à Juliette un meilleur casque antibruit. Apparemment, le sien ne fait pas l'affaire. Et laisse-moi te dire une chose, ma jolie, dis-je avec un grand sourire. Elle va en avoir besoin.

Carina grogne avant de se cacher le visage dans ses mains.

Mouais… C'est un peu trop tard pour ça.

31

Carina

Je me glisse dans une place de parking à Taco Loco et coupe le moteur avant de vérifier mon maquillage dans le rétro. Mon visage est radieux et j'ai une étincelle dans les yeux.

Elle signifie *je viens de me faire culbuter*.

Et ce look me sied.

Ce matin, après les cours, Ford et moi sommes retournés à l'appartement. J'ai eu du mal à m'abstenir de poser les mains sur lui. On a dû se retenir de nous arracher mutuellement nos vêtements et de le faire dans l'ascenseur.

C'était tentant.

Oh, si tentant !

Je ne sais pas ce que ce mec a de particulier pour que chaque fois qu'on se croise, je me retrouve sur le dos ou bien à quatre pattes, les fesses en l'air.

Qui aurait cru que Ford soit une vraie bête entre les draps ?

Et qui aurait cru que ça m'exciterait autant ?

Le pire c'est pendant les cours, quand il se penche pour me susurrer toutes les choses cochonnes qu'il a prévu de me faire. Ma culotte devient incandescente et je n'arrive plus à penser à autre chose jusqu'à la fin du cours.

Et ce gros bêta le sait.

Il le fait exprès.

Malin, il a réussi à trouver comment me faire réagir et à présent, il ne s'en prive jamais. Personne ne m'a jamais comprise si rapidement, n'a jamais su reconstituer le puzzle.

S'il le voulait, il pourrait écrire un manuel sur mon corps.

Ce mec a découvert des choses dont je ne soupçonnais pas l'existence.

C'est officiel. Je suis accro.

Alors que je m'agite sur le siège qui se réchauffe déjà, je repousse ces pensées hors de mon cerveau.

Vous savez ce qui les fera taire à vitesse grand V ?

Penser à Pamela.

Et à notre déjeuner ensemble.

J'ai besoin de faire une mission de reconnaissance pour découvrir ce qu'elle prévoit de faire

Comme je le soupçonnais, songer à ma mère mouche toute l'excitation qu'il me reste.

Après la matinée que j'ai passée avec Ford, c'est vraiment le dernier endroit où j'ai envie d'être. Cela dit, je ne peux pas non plus attendre et m'interroger sur ce qu'il a l'intention de faire. J'aimerais l'entendre directement de sa bouche. Alors, je pourrais créer un plan d'action et peut-être même régler les problèmes au débotté si c'est nécessaire.

Je carre les épaules et me contrains à descendre de la BMW avant d'entrer dans le restaurant. Une fois que j'ai franchi les doubles portes, je m'arrête dans l'entrée où je reconnais la fille aux cheveux noirs postée à l'accueil. On a suivi un module ensemble l'année dernière.

Lola.

Lorsque je lui souris, elle me reconnaît et son expression devient plus chaleureuse.

— Salut, comment ça va ?

— Bien. Je ne t'ai pas beaucoup vue sur le campus. Tout va bien ce semestre ?

— Je suis plein de modules importants et je bosse ici, alors je n'ai pas de vie en dehors.

— Oh, ça craint ! Mais c'est la fin, non ? Après, tu auras ton diplôme au printemps ?

Ses traits se font soulagés.

— Oui. J'ai hâte. Je suis plus que disposée à tourner la page.

La plupart des gens que je fréquente n'ont pas vraiment hâte de quitter la fac. Ils sont trop occupés à profiter de toutes les fêtes et de leur manque de responsabilités. Enfin… autant que faire se peut à vingt et un ou vingt-deux-ans. Du peu qu'elle m'a confié, ce n'est pas la même chose pour Lola.

À y regarder de plus près, elle a l'air fatiguée. Elle a de légers cernes sous les yeux comme si elle brûlait la chandelle par les deux bouts. Mon cœur se serre pour elle. Je travaille au studio On Pointe pendant quelques heures par semaine parce que ça me plaît et j'aime avoir mon propre argent de poche. Mais je ne serais jamais capable de payer le loyer et la fac avec mon salaire.

— Tu retrouves quelqu'un pour le déjeuner ? demande-t-elle, ramenant la conversation vers la raison de ma présence.

Je jette un œil à la salle à manger derrière elle.

— Oui, ma mère.

— Oh, je crois que je viens de l'installer.

Elle incline la tête et m'étudie plus attentivement.

— Vous vous ressemblez comme deux gouttes d'eau.

— Oui, on me le dit souvent, répondis-je en me forçant à sourire.

Quand j'étais plus jeune, je le prenais pour un compliment. Ce n'est plus le cas. Je ne veux absolument pas ressembler à Pamela.

Elle prend un menu sur le présentoir.

— Suis-moi, je t'accompagne à ta table.

Alors qu'on pénètre dans la grande pièce avec des serpentins accrochés aux poutres de bois au-dessus de nous, quelqu'un déboule par les portes vitrées de l'entrée. Lola regarde le nouveau venu par-dessus son épaule et son visage se renfrogne. Son irritation fait l'effet d'un éclair.

Curieuse de voir qui a provoqué cette expression, je regarde derrière moi et reconnais Asher Stevens, un des footballeurs stars de Western. Si les rumeurs qui circulent sur le campus sont vraies, il intégrera la sélection de la Ligue au printemps. Il y a toujours deux filles dans ses bras musclés et aujourd'hui ne déroge pas à la règle.

Les filles qui s'accrochent à lui se ressemblent étrangement, avec de longs cheveux blonds, des gros seins et des tailles de guêpe.

Lola retrousse les babines. Je suis presque surprise qu'elle ne leur crie pas dessus. Elle exsude l'animosité en lourdes vagues suffocantes.

Faisant un pas en avant, elle braque un index dans sa direction.

— Reste ici. Je reviens t'installer dans une minute.

Un sourire lent illumine le visage d'Asher alors que l'amusement investit ses yeux d'un bleu vivace.

— Comme tu veux, ma chérie.

Comme Lola réagit en plissant les paupières, son sourire s'élargit.

La jeune femme pousse un soupir contrarié avant d'entrer dans la salle à manger en marmonnant :

— Ce mec est un vrai connard.

— J'ai entendu, lui crie-t-il.

— C'était fait pour, lâche-t-elle en levant la voix pour qu'on l'entende au-dessus de la musique texane festive qui sort des haut-parleurs.

Après qu'on s'est éloignées de l'accueil, je m'éclaircis la gorge.

— J'en déduis qu'Asher et toi êtes bons amis ?

Elle me regarde en plissant les paupières. Voyant mon sourire, elle s'esclaffe et la tension qui contractait ses muscles s'évapore.

— Certainement pas. C'est juste un autre de ces tombeurs vantards de Western qui pensent qu'ils sont le don de Dieu aux femmes.

— Alors… tu as déjà fait un tour de manège ?

Elle me donne un coup de coude dans les côtes alors que je viens me positionner à côté d'elle.

— Beurk. Aucune somme d'argent ne me convaincrait de coucher avec ce type. C'est une MST ambulante qui est probablement sous microcure permanente d'antibiotiques. Je tiens trop à mon vagin pour le faire.

Un rire silencieux secoue mes épaules. Tout ce qu'elle dit est vrai, mais les filles – particulièrement les groupies – ont généralement une réaction opposée au footballeur blond.

— Ouah, Lola. Tu as l'air si déchirée ! Et si tu arrêtais d'être aussi changeante dans tes opinions ?

Elle laisse échapper quelques petits ricanements.

— Tu as raison, je devrais probablement mieux m'efforcer de garder mes opinions pour moi. Particulièrement quand je travaille.

Nos pas ralentissent vers une femme qui est assise seule à une table pour deux personnes.

— J'en déduis que c'est ta mère ?

Je braque les yeux vers la jolie blonde qui regarde son téléphone. Elle pianote sur l'écran, geste rendu difficile par la longueur de ses ongles. Il y a un autre Birkin posé sur le côté de la table. Celui-ci est d'un orange vif qui crie *j'ai du fric*. Elle porte un haut à manches longues argenté et moulant qui dénude un centimètre de son ventre, un pantalon noir brillant qui lui colle à la peau et des chaussures à talons vertigineux à la semelle rouge. Aujourd'hui, ses cheveux blonds ont été bouclés en vagues légères qui retombent dans son dos. Je crois qu'elle porte des extensions. Son maquillage est parfait et son front lisse ne présente pas la moindre ridule.

— Ouais.

Du coin de l'œil, je vois les autres clients assis aux environs se tourner et la regarder avant d'échanger des murmures avec leurs compagnons de table. Ma mère a oublié la signification du mot *discrétion*. Au lieu d'essayer de se fondre dans la masse et d'attirer le moins d'attention possible sur elle, elle s'habille comme si elle participait à l'émission des *Real Housewives*.

Un soupir m'échappe alors que mon corps s'affaisse. Je réalise avec un temps de retard que lui demander de me retrouver ici était une erreur. D'un autre côté, je n'ai pas vraiment envie de déjeuner avec elle sur le campus.

Vous imaginez le spectacle qu'elle donnerait ?

Y penser suffit à me faire grimacer.

Je ne lui ai pas encore dit bonjour que je le regrette déjà profondément.

Est-il trop tard pour faire demi-tour et me casser d'ici ? Je peux lui envoyer un texto depuis le parking pour lui dire que je ne me sentais pas bien.

Avant que je puisse amorcer une retraite précipitée, elle lève les yeux et accroche mon regard. Elle lève la main en l'air, agitant ses ongles en acrylique. Ils sont roses et incrustés de cristaux minuscules qui brillent comme des diamants au soleil qui entre à flots par les fenêtres.

Mon visage s'embrase quand quelques clients se retournent pour nous regarder. On ne pourrait pas être plus différentes. Je suis discrète et elle est excessive. Pour cette occasion, j'ai choisi une casquette noire à l'effigie de Western qui est rabattue bas sur mes yeux ainsi que le sweatshirt et les collants que j'ai enfilés après le cours de danse. Je n'ai pas eu le temps de me doucher et de me changer après le départ de Ford. Alors j'empeste probablement le sexe.

Le sexe super caliente.

Et je ne ressens pas le moindre regret.

— Je vais te donner deux minutes pour regarder le menu puis je reviendrai prendre ta commande, dit Lola.

— Merci. J'apprécie.

— Pas de problème. À présent, ajoute-t-elle en baissant la voix, excuse-moi pendant que je vais m'occuper de cette gonorrhée ambulante.

Sur ce, elle se détourne et disparaît vers l'entrée du restaurant. J'ai du mal à forcer mes pieds à entrer en mouvement. Je préférerais rester à discuter avec Lola que de gérer ma situation présente. Ma seule consolation est que plus vite je règle l'affaire, plus vite je peux me casser. Il est parfaitement probable que je m'en sois fait toute une montagne. Je n'ai peut-être aucune raison de m'inquiéter et Pamela a changé.

Elle a grandi.

Revu l'ordre de priorité de ce qui est important dans sa vie.

Quoi ? Ça peut arriver.

— Hé, mon bébé ! dit-elle en se redressant pour parcourir la distance qui nous sépare.

Sur ses talons vertigineux, elle me dépasse comme si elle était une sorte de Glamazone qui n'appartient pas à un environnement aussi ordinaire.

Du coin de l'œil, j'aperçois la réaction du mec à la table d'à côté. Il reste bouche bée et ses yeux se sont écarquillés alors qu'il continue de nous regarder.

Pfff…

Notre étreinte dure une seconde ou deux puis je m'en dégage pour qu'on puisse s'installer sur nos sièges respectifs. Je regarde autour de moi, détestant l'attention qu'elle paraît toujours attirer, et j'abaisse la casquette un peu plus bas sur mes yeux.

Ne sachant pas où se tourner, mon regard se pose à contrecœur sur le sac en cuir.

— Tu viens de te l'acheter ?

— Crawford m'a fait la surprise l'autre jour.

Elle rayonne comme une accouchée qui parle de son bébé avant de faire courir amoureusement ses doigts sur le cuir cousu main.

— N'est-il pas adorable ?

— C'est un homme sincèrement gentil, dis-je d'un ton sérieux.

— Et il connaît le chemin qui mène à mon cœur.

Oui, il est pavé de Birkin.

Son obsession pour des articles de luxe hors de prix est presque embarrassante.

Avant que je puisse ajouter quoi que ce soit, Lola s'arrête près de la table. Maman commande une margarita light et des fajitas de poulet. Une fois que je me suis décidée pour des enchiladas au fromage, la serveuse aux cheveux noirs s'éclipse à nouveau avec la promesse de nous rapporter deux verres d'eau.

— Alors, Maman…

Quand son téléphone bipe, annonçant un texto, elle se jette sur l'appareil tout en finesse pour regarder l'écran. Elle sourit en pianotant sur le minuscule clavier.

— *Maman ?* dis-je d'un ton contrarié.

Elle me jette un coup d'œil avant de reposer le mobile.

— Désolée. C'est juste une vieille amie qui veut qu'on se retrouve.

J'inspire profondément et retiens ma respiration pendant un long moment avant de la relâcher. Au lieu de progresser lentement vers cette conversation nécessaire, je décide d'aller droit au but. Ça ne fait que cinq minutes et je suis déjà à deux doigts de péter un câble.

— Ça va.

Je m'éclaircis la gorge, prête à en découdre.

— Je voulais savoir ce que tu prévois de faire à présent que Crawford et toi êtes ensemble. Tu te réinstalles à la maison ?

Elle hausse les épaules avant de faire un geste de la main.

— Je suppose que oui, à l'avenir, mais je ne suis pas pressée.

— Vous en avez discuté tous les deux, au moins ?

— Oh, il a mentionné le fait que je pouvais vendre la propriété de Floride, mais je ne suis pas certaine que ce soit une bonne idée. J'aime avoir ma propre résidence. En plus, tous mes amis sont là-bas.

Elle me décoche un regard qui demande *tu es folle ?*

— Comment pourrais-je les abandonner comme ça ?

Je plisse le front alors que toutes ces idées me tourbillonnent dans la tête.

— Je comprends que tes amis sont importants, mais comment vas-tu faire fonctionner la relation si tu ne vis même pas dans le même État ?

— Ne t'inquiète pas. On trouvera une solution. Pour l'instant, on prend simplement les choses au jour le jour.

J'ai un poids dans l'estomac. Elle a l'air bien plus blasée que lui à propos de leur relation.

— Maman, si tu n'es pas impliquée à cent pour cent, alors tu dois être honnête avec Crawford pour qu'il ne se retrouve pas le bec dans l'eau.

Comme avant.

Pour la première fois depuis que je me suis assise, je repère un soupçon de contrariété sur ses traits lisses. C'est la première lueur d'émotion que je vois en elle depuis longtemps. Son ton se fait cassant.

— Excuse-moi de ne pas accepter de conseils amoureux d'une fille de vingt et un ans, merci beaucoup.

J'ouvre la bouche pour lui décocher une réplique acerbe quand Lola s'arrête à notre table afin de servir nos boissons.

— Vos entrées seront bientôt prêtes, dit-elle d'une voix qui a l'air stressée.

Je regarde autour de moi et me rends compte que le local est soudain plein à craquer.

— Pas de problèmes, dis-je avec un sourire forcé. Tout va bien pour nous.

Maman suit Lola du regard alors qu'elle s'en va pour filer vers une autre table. La mondaine qu'elle prétend être a disparu. À sa place se trouve la trentenaire qui a connu une vie difficile et a passé son adolescence et sa vingtaine à s'épuiser au travail.

— Je me souviens de ce que c'était d'être à sa place.

La peur qui pétille dans ses yeux pendant une seconde est rapidement mouchée.

— Et ça ne sera plus jamais ma vie !

Je secoue la tête, surprise par notre changement de conversation.

— Je ne comprends pas pourquoi tu mets ça sur le tapis alors qu'on parlait de Crawford.

— Tu ne t'en rends peut-être pas compte, mais c'est pareil.

Elle pianote impatiemment sur la table du bout des ongles avant de s'agiter sur son siège.

— Comment cela ?

— Tant qu'il fera partie de ma vie, je n'aurai pas à m'inquiéter pour l'argent. Il sera là pour prendre soin de moi.

Bon sang !

Ce que cherche cette femme est un *sugar daddy* qui lui donnera tout ce qu'elle veut sans attendre quoi que ce soit en retour.

Je me rapproche d'elle et baisse la voix, ne voulant pas qu'on nous entende.

— Mais… il pense que vous vous êtes remis ensemble. Il est

convaincu que tu vas rester à ses côtés et que tu l'aideras à la maison, par exemple pour donner des dîners et des événements.

Je marque un temps d'arrêt avant de me forcer à dire le reste.

— Toutes les choses que tu n'avais pas voulu faire la première fois.

La vulnérabilité qui remplit son expression disparaît alors qu'elle lève les yeux au ciel.

Je n'arrive pas à y croire !

Cette femme a l'audace de lever les yeux au ciel comme une ado revêche qui se fait gronder quand elle s'est mal comportée.

— Au cas où tu ne l'aurais pas remarqué, ce type est un bourreau de travail. Il n'est jamais là. Il n'a absolument pas envie de partir en vacances ou de passer du bon temps avec moi.

Elle se frappe la poitrine.

— J'ai besoin d'un homme qui se concentrera sur moi. *Mes* besoins. Personne ne l'a jamais fait avant !

Je ne peux que la regarder, bouche bée. Ce que Pamela désire vraiment est un homme qui n'a rien d'autre dans sa vie et qui peut donc accéder à ses moindres caprices et la gâter par ses attentions.

Cette femme est-elle vraiment adulte ?

C'est comme si elle était une ado égoïste de dix-sept ans emprisonnée dans le corps d'une femme de trente-huit.

Du haut de mes vingt et un ans, j'ai l'impression d'avoir des années-lumière de plus.

C'est triste.

Pire encore, je ne pense pas être en mesure de faire ou de dire quelque chose qui pourra faire la moindre différence.

C'est comme de crier dans le vent. Et j'ai l'intelligence de le reconnaître, alors j'économise ma salive.

Lola vient déposer nos entrées avant de nous demander si on souhaite autre chose, l'une comme l'autre. Je plaque un sourire sur mon visage et secoue la tête. Ce dîner se passe exactement comme je l'avais imaginé. Tout ce qui m'inquiétait vient d'arriver.

— N'oublions pas les avantages que ce mariage t'a offerts, me reproche-t-elle doucement. Ton éducation t'a été payée et tu conduis une voiture chère dont la plupart des gosses de ton âge ne pourraient que rêver.

Ses yeux bleu-gris se font tempétueux.

— Tu n'as aucune idée de ce que c'est que de trimer pour une poignée de dollars.

Ces commentaires me font l'effet d'un coup de poing au ventre, parce qu'elle n'a pas tort.

— L'amour que j'ai pour Crawford n'a rien à voir avec le confort financier qu'il m'apporte, murmuré-je, ayant besoin de lui faire comprendre qu'on n'est pas pareilles.

Je ne resterais jamais avec quelqu'un pour son argent.

— Il a été un père merveilleux. Le seul que j'aie jamais connu. Il est gentil et fiable.

— Certes, mais son compte en banque ne fait pas de mal non plus ! dit-elle avant d'avaler sa margarita en une grande goulée avide.

— Je ne l'apprécie pas pour son argent, craché-je en serrant les dents.

— Oh, Carina, dit-elle en poussant un soupir las alors que son expression se fait sympathique. Il faut vraiment que tu arrêtes de te mentir. Tout est une question d'argent. *Tout.* L'argent est ce qui fait tourner le monde et Crawford en a plus que Midas.

Elle se rapproche et sa voix devient sérieuse alors qu'elle cesse de jouer à la princesse gâtée.

— Si tu avais la moindre jugeote, tu coucherais avec Ford et tu tomberais enceinte. Alors, il n'aurait pas d'autre choix que de t'épouser. Ou, au moins de t'offrir un train de vie confortable pendant les vingt prochaines années. Un jour, dans un avenir pas si lointain, il héritera d'une boîte qui vaut plusieurs millions de dollars. Ce serait une erreur de le laisser te filer entre les doigts.

Ses plans calculés me donnent la nausée.

C'est ce qu'elle a fait ?

Elle est tombée enceinte pour tenter de forcer quelqu'un à s'oc-cuper d'elle.

Sauf que… ça n'a pas marché comme elle l'espérait. Mon père est parti avant même que je sois née.

Le peu d'enchiladas que j'ai réussi à avaler menace de refaire une apparition.

La chaleur m'embrase les joues.

— Comment peux-tu dire une chose pareille ? Ford est comme un frère pour moi.

Ce mensonge qui me vient si facilement me fait grimacer.

Elle cligne des paupières comme si elle ne comprenait pas pourquoi je suis aussi contrariée.

— Pourquoi ? Tu sais très bien que quelqu'un va bien finir par lui passer la corde au cou. Ça pourrait tout aussi bien être toi. Je parie que ça ne serait même pas très difficile. Il a toujours eu un faible pour toi.

— Non, ce n'est pas vrai, marmonné-je, ayant seulement envie de mettre un terme à cette conversation troublante.

— Utilise ton cerveau, Carina. Pense à ton futur. C'est exactement ce que je fais, moi.

J'ai toujours soupçonné que c'est ainsi que Pamela fonctionnait, mais entendre ces mots de ses propres lèvres me dégoûte.

Comme je garde le silence, elle prend sa fajita et en avale une bouchée délicate.

— Mange, ma chérie. C'est vraiment délicieux.

32

Carina

— Tu es certaine qu'on ne peut pas annuler le dîner de ce soir ? demandé-je alors que Ford engage la Corvette dans la longue allée en briques vieillies.

Il m'adresse un regard confus avant de mettre la voiture au point mort et de couper le moteur. Une averse frappe le pare-brise. En un mouvement rapide, il se tourne sur son siège pour qu'on se retrouve face à face avant de tendre le bras et de faire courir des doigts délicats le long de ma joue. En quelques semaines, s'abandonner à ses caresses est devenu ma seconde nature.

Mon regard se pose à contrecœur sur l'Audi flambant neuve de Pamela garée près du garage. Savoir qu'elle utilise Crawford simplement pour recevoir des cadeaux chers me rend malade. C'est mortifiant d'admettre que tous les gens qui ont murmuré sur son passage qu'elle est intéressée avaient raison.

C'est *exactement* ça.

Et elle ne s'en cache pas.

Un de ces jours, Crawford se réveillera et verra en Pamela la femme manipulatrice qu'elle est. Il se rendra compte qu'elle n'a jamais eu de sentiments pour lui.

Que se passera-t-il alors ?

Une nouvelle vague de nervosité s'abat sur moi alors que la question tourbillonne vicieusement dans mon esprit.

M'expulsera-t-il de sa vie ?

Je ne m'inquiète pas pour l'argent.

Ce qui me terrifie le plus est que je perdrais la seule personne qui a toujours été là pour moi. Je perdrais cette stabilité.

Et je finirais par perdre Ford.

— Carina ?

Ce n'est que lorsque la voix douce de ce dernier fend l'épais brouillard qui obscurcit mon esprit que mon attention revient brusquement vers lui. Il scrute mon regard pendant un long moment comme s'il était capable de passer au crible mes pensées les plus intimes.

Je me force à sourire.

— Désolée. J'étais perdue dans mes pensées pendant une seconde.

— J'ai l'impression que quelque chose te dérange. Pourquoi ne me dis-tu pas ce qu'il y a ?

— Il n'y a rien.

J'ai honte de l'admettre, mais ce mensonge me vient facilement. Je refuse catégoriquement d'admettre que ma mère ne fait qu'utiliser son père.

— Je pensais juste au contrôle pour lequel j'ai besoin d'étudier. Ça me prendra probablement deux heures.

— Ce qui signifie que je ne peux pas dormir chez toi ce soir ?

Ce rugissement interrogateur inonde ma culotte de désir.

Je tourne les yeux vers l'immense manoir qui se dresse dans la bruine.

— Tant qu'on ne reste pas très longtemps.

Il affiche un sourire lent.

— Promis.

Il scelle cette promesse par un baiser. Au moment où ses lèvres glissent sur les miennes, je me plonge dans la caresse, ayant hâte de pouvoir m'y perdre. Quelques battements de cœur plus tard, il se retire.

Alors que je plisse le front et que je lève la tête vers lui pour en avoir plus, ses yeux s'enflamment.

— Plus tard, ma jolie. Je comblerai tous tes besoins plus tard.

Je grogne quand il se détourne et se glisse hors de sa voiture de sport sophistiquée, puis je fais la même chose. Nos pas s'accélèrent alors que de la pluie nous tombe dessus, en provenance des cieux gris qui remplissent le ciel. J'espérais que le temps tiendrait jusqu'a-près le dîner. Une fois qu'on a atteint le porche, Ford pousse la lourde porte avant d'entrer d'un pas décontracté.

— Hé ?

Son salut résonne à travers le rez-de-chaussée caverneux.

— On est dans la pièce à vivre, s'écrie Crawford en retour.

Dès qu'on arrive dans la pièce à hauts plafonds, je repère Craw-ford et Pamela lovés sur le canapé. Elle est collée à lui et fait monter et descendre les doigts le long de la cuisse du père de Ford. Comme l'autre jour quand on s'est retrouvés pour le déjeuner, elle est pomponnée. Ses extensions et ses faux cils sont parfaitement en place.

Je zieute Crawford et je vois qu'il a la banane. Régulièrement, ses yeux se tournent vers ma mère. C'est comme s'il ne supportait pas de détourner la tête pendant ne serait-ce qu'une seconde. Malgré moi, je dois admettre que cela fait des années que je ne l'ai pas vu aussi heureux.

Ça me serre le cœur de savoir qu'elle finira par briser le sien.

Je suis tentée de le prendre à part pour lui faire entendre raison. Si je pensais qu'il y avait la moindre chance pour qu'il m'écoute, je l'aurais fait.

Je l'aurais mis en garde contre ma propre mère.

Malheureusement, son visage amoureux me dit qu'il fera la sourde oreille. Il l'informera probablement de mes inquiétudes et je me retrouverai avec une Pamela en colère sur les bras.

— Vous êtes en avance, dit-il. Le dîner ne sera pas prêt avant une bonne heure encore.

Super !

Ce n'est vraiment pas ce que j'ai envie d'entendre. J'espérais que le repas serait servi immédiatement et qu'on pourrait s'en aller dans l'heure.

Ce qui craint vraiment est que les mercredis soir avec Crawford étaient toujours un plaisir que j'attendais toutes les semaines avec impatience. J'aime débarquer à la maison pour qu'on passe du temps ensemble.

Maintenant… J'ai hâte de m'en aller.

Quand Pamela lui caresse la poitrine avant de se pencher pour mordiller sa joue bien rasée, mon ventre se révolte.

Ford montre l'escalier qui mène au sous-sol.

— Carina a envie de répéter son solo, alors on va rester en bas jusqu'au dîner.

Je lui décoche un regard reconnaissant pour sa présence d'esprit. Il vient de nous éviter de passer une heure à les regarder en train de s'embrasser.

— Oui, oui. C'est bien, dit Crawford sans même nous regarder.

Ford lève les yeux au ciel avant d'enrouler les doigts autour de mon poignet pour me traîner hors de la pièce. Dans des circonstances normales, je lui aurais repris ma main d'un geste brusque, ne voulant pas que son père soupçonne qu'on est impliqués dans une relation, mais je doute qu'il soit conscient qu'on est toujours là. Son attention est accaparée par Pamela.

Je ne comprends pas.

Vraiment pas.

Elle le traite comme un accessoire et il lui colle aux basques comme un chiot éperdu d'amour.

J'ai envie de lui donner un coup à la tête et lui dire d'ouvrir les yeux. Il faut qu'il voie quelle personne elle est derrière son masque ravissant et botoxé. C'est horrible de ressentir cela pour un membre de ma propre famille ! La vie serait tellement plus facile si elle pouvait simplement reprendre un jet vers l'endroit d'où elle est venue et arrêter de fricoter avec Crawford. Mais cela n'arrivera pas tant qu'il insistera pour la couvrir de cadeaux et financer sa vie de luxe.

— Je suis quasiment certain que je viens de vomir dans ma

bouche, grommelle Ford alors qu'on tourne à l'angle du mur pour se diriger vers l'escalier menant au sous-sol aménagé.

— Désolée, marmonné-je d'un ton embarrassé.

— De quoi ? Ce n'est pas ta faute si nos parents se comportent comme des ados excités quand ils se retrouvent ensemble.

Je me mords la lèvre inférieure tout en réfléchissant à la meilleure façon de répondre à ce commentaire. Parce que je sais exactement ce que c'est.

Une mise en scène.

Ma mère n'est pas follement amoureuse de lui. Elle s'est approprié son affection et s'assure de pouvoir toujours le mener par le bout du nez.

Une fois qu'on atteint le studio spacieux, Ford referme la porte derrière lui. Il comporte un plancher poli de la taille d'un océan. À cause du sous-plancher qui absorbe les chocs qu'a installé Crawford, nos pas sont silencieux. Il n'a pas regardé à la dépense, en ajoutant tous les petits détails comme les murs couverts de miroirs et une barre pour s'étirer et s'entraîner aux poses, qui le font ressembler davantage à un studio professionnel.

C'est mon refuge.

Dans des circonstances normales, quand j'entre dans l'espace illuminé, tout ce qui pèse sur moi disparaît et je suis capable de me concentrer sur la chorégraphie sur laquelle je travaille. Cette fois, ça n'arrive pas. Une tension épaisse continue de se rassembler dans mes omoplates.

Pendant juste une seconde ou deux, je songe à lui dire la vérité.

Mais comment ?

Au lieu de cela, je file vers la petite pièce pour enfiler un mini short et un top de sport. J'espère qu'une heure d'activité physique intense m'aidera à me libérer d'un peu du poids qui continue de peser sur moi, me plaquant à la terre, m'empêchant d'inspirer profondément.

J'espère que ce sera assez pour tenir le reste de la soirée sans perdre le contrôle et reprocher à Pamela d'être une chasseuse de fortune sournoise.

Quand je reviens au studio, Ford est assis contre un des miroirs muraux. Il braque immédiatement le regard sur moi alors que je choisis une playlist.

Juste alors que la musique flotte à travers l'espace et que je prends position au milieu de la piste, il dit :

— Action ou vérité.

Je garde la pose et me tourne vers lui.

— Action.

— Danse nue pour moi.

33

Ford

Je vois une lueur d'émotion dans ses yeux et, l'espace de quelques secondes, je me demande si elle va refuser. Puis ses doigts montent vers le large élastique de son soutien-gorge de sport et elle remonte le Lycra sur son corps et au-dessus de sa tête avant de laisser tomber le tissu bleu clair par terre. À la hâte, elle descend son short élastique et sa culotte le long de ses longues jambes minces jusqu'à ce qu'elle se retrouve complètement nue.

Merde…

Mon regard la parcourt tout entière, embrassant chaque courbe et vallée.

Carina est vraiment sexy.

C'est celle dont je rêve et maintenant que je l'ai, je ne veux pas la lâcher. Au début, tout ceci était une façon de me la sortir du système, chose qui s'est spectaculairement retournée contre moi.

À présent, j'ai simplement besoin de la convaincre d'officialiser la chose. Je ne peux m'empêcher de remarquer que chaque fois que je pose les mains sur elle, elle devient une vraie flaque. Je devrai aborder le sujet quand je serai profondément enfoncé dans la chaleur de son corps. Une fois que j'aurai obtenu son accord, on pourra aller de l'avant et arrêter de dissimuler cette relation. Parce que c'est exactement ce que c'est.

Une relation.

Mon regard reste braqué sur elle alors qu'elle prend position. La musique continue de se déverser des haut-parleurs. Elle se hisse sur la pointe des pieds, les muscles de ses mollets et ses cuisses se contractant avant qu'elle ne bondisse gracieusement en travers de la piste. Son corps ploie comme une branche de saule alors que ses mouvements se font plus rapides. Elle se sert de tout l'espace à sa disposition et devient de la poésie vivante.

Je suis fasciné par ce spectacle

Quand elle lève une jambe, attrapant ses orteils avec les doigts dans un mouvement qui ressemble à un grand écart, je suis à deux doigts de me jouir dessus.

Ma verge est si dure qu'elle palpite douloureusement dans mon jogging.

La façon dont elle bondit et s'envole dans l'air semble naturelle.

C'est une illusion ! Je l'ai vue parfaire ce mouvement au fil des années grâce à des heures d'un entraînement épuisant, jusqu'à ce que chaque ligne de son corps soit positionnée comme elle le désire.

Elle incline la tête en arrière alors qu'elle cambre le dos. Chaque membre est étiré, en pleine extension. Si je pouvais prendre une photographie mentale que je garderais avec moi pour toujours, ce serait dans sa position présente. Sans le moindre vêtement pour cacher sa beauté alors qu'elle repousse ses limites physiques.

Elle est absolument superbe.

La façon dont elle contorsionne son corps, le contraignant à des positions tout sauf naturelles, est impressionnante. Elle est tellement flexible ! Son regard lointain me dit que son esprit flotte toujours. Elle se perd dans le mouvement, absorbant les notes de musique, s'en servant pour créer quelque chose de beau. Un éventail d'émotions passe sur son visage comme si elle racontait une histoire profondément personnelle.

Tout en moi palpite de désir. C'est comme d'être déchiré pour se faire rafistoler après.

Alors que les dernières notes résonnent dans l'atmosphère, elle se plie en deux, me présentant la longueur gracieuse de son dos alors qu'elle maintient sa position. Même de là où je suis, je vois la façon dont sa cage thoracique se contracte et s'élargit à chaque respiration laborieuse.

— Viens ici, grogné-je.

Ma voix est aussi rauque que du papier de verre.

Une seconde ou deux s'égrène alors qu'elle rompt sa pose et lève juste assez la tête pour que ses yeux bleu-gris se fixent sur les miens. Quelque chose grésille dans l'atmosphère électrisée entre nous et je suis frappé par une émotion féroce dont je n'avais encore jamais fait l'expérience.

Non ! C'est un mensonge. Ces sentiments couvent entre nous depuis longtemps.

Des années, même.

Avant aujourd'hui, je n'avais pas voulu y coller une étiquette.

Elle traverse sans bruit l'espace qui nous sépare. Quand elle se retrouve à un mètre de distance, mes doigts se referment sur les siens et je l'entraîne sur mes genoux. Ma main caresse la chair nue de son dos mince avant de glisser à nouveau jusqu'au bas de la courbe arrondie de ses fesses, pressant les muscles tendus alors que mes lèvres s'abattent sur les siennes. Elle s'ouvre immédiatement pour que nos langues se mêlent. Et comme toujours, c'est frénétique.

Explosif.

Comme si j'avais été privé d'oxygène et qu'elle est l'air dont j'ai besoin pour rester en vie.

Je ne m'habituerai jamais à cette sensation.

Mon besoin de la posséder.

Je ne peux que le comparer à une bête que j'ai tenue prudemment en laisse pendant des années, mais je n'y parviens plus. Qui plus est, je n'en ai pas envie.

Je décolle la bouche d'elle pour gronder :

— J'ai besoin de te prendre.

Elle pose les doigts sur mon érection qu'elle malaxe. Je laisse échapper un sifflement.

— Qu'est-ce qui t'en empêche ? demande-t-elle.

Absolument rien.

Mon cerveau arrête de tourner et son instinct prend les commandes. Je la décale le temps de faire descendre le tissu de mon jogging jusqu'à libérer mon érection. Ses mains se posent sur mes épaules alors que je la manœuvre sur mon sexe. À la seconde où elle descend sur mon gourdin, je ferme les paupières.

Il n'y a rien de meilleur dans ce monde qu'être enfoncé au plus profond de sa chaleur étroite.

Quand un gémissement lui échappe, ma main vient s'enrouler autour de sa nuque, l'attirant plus près jusqu'à ce que ma bouche vienne se poser sur la sienne une seconde fois. Dès qu'elle s'ouvre, nos langues se mêlent.

Le bonheur !

C'est exactement ça.

Carina donne un coup de reins, descendant et montant lentement sur mon érection.

Je suis si excité que je ne mets guère de temps à perdre le contrôle.

Cette fille me défait de toutes les façons possibles.

Juste alors que mes bourses remontent et que j'ai l'impression que je vais exploser à sa prochaine remontée, la porte du studio s'ouvre en grinçant.

— Hé, les jeunes…

La voix de mon père meurt.

Carina se glace et ses muscles se raidissent. Mes bras se contractent et je fais de mon mieux pour dissimuler sa nudité. Elle interrompt le baiser et me regarde avec une horreur muette. Son visage devient cendreux avant qu'une légère rougeur ne lui monte aux joues.

Je tourne la tête et croise le regard de mon père au-dessus de la courbe de l'épaule de Carina. Il pince fort les lèvres. Je vois d'ici qu'il est tendu.

Pendant une seconde ou deux, un silence embarrassant plane dans le studio. C'est le genre de silence suffoquant qui vide tout l'air de vos poumons.

Mon père s'éclaircit la gorge.

— Le dîner sera bientôt prêt. On se revoit en haut quand vous serez – il y a une pause maladroite – habillés.

La porte se referme doucement, nous laissant à nouveau seuls.

Un grognement torturé s'échappe de Carina qui enfonce le visage contre mon épaule.

— Je t'en prie, dis-moi que ça n'est pas arrivé.

— J'aimerais bien.

— Crawford est en colère.

— Non. Il avait l'air… surpris. C'est tout.

Et oui… en colère. Je suis certain que je vais me faire engueuler.

— Je vais lui parler et tout se passera bien.

Je fais courir les mains le long de son dos nu pour tenter de la réconforter. Je déteste le fait qu'il l'ait vue ainsi et je déteste la voir si embarrassée.

Même si mon père ne passe généralement pas dans le studio, j'aurais dû fermer la porte. J'ai été imprudent.

Comme elle garde le silence, je dis d'une voix faussement joyeuse :

— Si tu veux voir le bon côté des choses, au moins maintenant, tout est sur le tapis.

34

Ford

Vu que cette interruption a résolument fait dégonfler mon érection, Carina descend de mes genoux pour se rhabiller avant qu'on remonte faire face au peloton d'exécution aussi connu sous le nom de *nos parents*.

J'ai beau lui avoir assuré que tout allait bien se passer et que je mettrais les choses à plat avec mon père, je me demande secrètement si ce sera si facile à accomplir. Il a toujours insisté pour que je conserve avec Carina des relations strictement platoniques.

De nature fraternelle.

Sauf que... Je n'ai jamais ressenti une telle chose pour elle.

Je suis tombé pour elle à l'instant où je l'ai vue et au fil des années, rien n'a pu changer la chose.

Mes doigts s'enroulent tendrement autour des siens alors qu'on gravit d'un pas lourd les marches qui mènent au premier étage. Je ne suis pas content de la façon dont tout s'est déroulé, mais je suis immensément soulagé de n'être plus contraint de cacher notre relation.

Je tourne la tête en arrière pour soutenir son regard.

— Tout va bien ?

Elle hausse sèchement les épaules alors que l'embarras lui empourpre les joues.

Trop vite, on arrive dans la pièce à vivre où Pamela et Crawford nous attendent. Contrairement à tout à l'heure, ils ne se dévorent plus du regard. Je suppose que c'est un point positif. Je ne pensais pas que quelque chose puisse effacer l'expression amourachée de mon père.

Visiblement, j'avais tort.

Leurs têtes se rapprochent alors qu'ils se parlent à voix basse. Mon père tourne brusquement la tête vers nous quand on pénètre dans la pièce. Son attention se braque sur nos mains jointes et il serre les dents.

— Alors… le dîner est prêt ? demandé-je avec une légèreté forcée, espérant ne pas avoir à discuter de la scène qu'il a surprise.

Bordel, ce n'est pas comme si on était des enfants. Si Carina et moi avons envie d'entamer une relation sexuelle, ça nous regarde et personne d'autre.

Papa se redresse lentement. Son regard glacial ne quitte pas le mien.

— Le dîner peut attendre. J'aimerais te parler seul à seul dans mon bureau.

Mes bras se glissent autour de la taille de Carina que j'étreins plus fort. La raideur marquée de ses muscles est immanquable.

— C'est vraiment nécessaire ? demandé-je d'une voix sèche en me redressant de toute ma taille.

Papa fait la grimace.

— Malheureusement, oui.

Je pousse un soupir contrarié et regarde Carina du coin de l'œil. La couleur qui rehaussait ses joues a disparu, rendant cendreux son teint généralement vibrant.

— Très bien, dis-je en serrant fort les dents. Je te suis.

Une fois que mon père a quitté la pièce, je regarde Carina.

— Je reviens vite.

Elle m'adresse seulement un geste sec du menton. La souffrance remplit ses yeux qu'elle garde braqués au sol comme si elle ne supportait pas de me voir.

— Oh, ne t'inquiète pas pour Carina.

Pamela tapote la place à côté d'elle sur le canapé.

— On va avoir une petite discussion mère-fille.

Je regarde mon ex-belle-mère, essayant de déchiffrer ce qu'elle pense de cette histoire. Elle a l'air bien moins contrariée que Papa. Au lieu de réagir, mon regard se fixe sur Carina. En cet instant, c'est la seule qui me préoccupe. Je ne veux pas qu'elle subisse des conséquences. Et je ne voudrais vraiment pas que cela affecte notre relation.

Elle verra que ce n'est qu'un mauvais moment à passer. Tout bien pesé, ça ne compte pas.

Même si Pamela continue de nous regarder, je glisse mes doigts sous le menton de Carina et tourne son visage vers le mien jusqu'à ce qu'elle n'ait pas d'autre choix que de soutenir mon regard assuré.

— Tout va bien se passer, murmuré-je assez fort pour qu'elle seule l'entende.

— On verra.

Je déteste voir le doute qui envahit son regard.

Voulant simplement le bannir, je dépose un léger baiser sur ses lèvres. Puis je me recule juste assez pour scruter son visage avant de me détourner et de suivre mon père jusqu'à son bureau. Ou le QG, comme je l'appelle.

Le temps que j'atteigne la pièce immense, il s'est déjà installé à son immense bureau d'acajou. Il désigne d'un doigt le fauteuil en cuir antique fait main de l'autre côté. Je me laisse tomber, voulant simplement que cette conversation soit finie et derrière nous.

— Mais enfin, que faisais-tu dans le studio avec Carina ? gronde mon père dès que mon cul atterrit sur la chaise.

— J'aurais cru que c'était évident.

Ces mots m'ont échappé avant que je parvienne à les retenir.

Il me fusille du regard alors que son expression se fait sévère.

— Ne fais pas le malin avec moi. On en a parlé. Franchement, je suis un peu surpris de devoir remettre le sujet sur la table. Je ne veux pas que tu joues avec cette fille.

Cette accusation me contrarie.

— C'est ce que tu crois que je fais ? Que je joue avec elle ?

Il lève les yeux au ciel.

— Allons, Ford. Tu dois savoir qu'il n'y aura pas d'avenir pour vous deux.

— Et pourquoi donc ?

— Parce que vous allez redevenir demi-frère et sœur, dit-il délibérément comme si j'étais lent d'esprit. Pamela et moi venons de poser la date du mariage. On va avoir une cérémonie discrète ce printemps, à la maison.

Il y a une seconde de silence alors que je digère cette information.

— Tu ne penses pas que c'est trop rapide ? Vous ne vous êtes remis ensemble que depuis deux semaines. Ne devrais-tu pas t'assurer que cette fois, elle a envie de rester ?

Son cou et ses joues deviennent soudain rouges.

Merde ! Je n'aurais peut-être pas dû dire ça, même si ce n'est que la vérité… et on le sait tous les deux. Ce n'est pas la première fois que son ex-femme est revenue l'envoûter. Pour une raison quelconque, il a un véritable faible pour cette femme. Elle est capable d'entrer et de sortir de sa vie quand elle le désire et il est reconnaissant de la moindre bribe d'attention qu'elle lui adresse.

Tout l'entourage de mon père comprend ce qu'il se passe.

À part lui.

C'est frustrant.

Je garde la bouche fermée parce que je n'ai jamais voulu faire quoi que ce soit qui aurait pu retomber sur Carina.

— Prends garde à ce que tu dis, me lance-t-il.

On se regarde mutuellement puis je me laisse tomber sur la chaise.

— Désolé. C'est juste qu'elle revient puis disparaît et revient encore des mois plus tard. Elle ne reste jamais en place très longtemps.

Ses épaules se raidissent tandis qu'un muscle se contracte dans sa joue.

— Cette fois, c'est différent.

Un éclat de rire remonte dans ma gorge. Je dois invoquer toute ma volonté pour le ravaler.

Comment fait-il pour être aussi naïf ?

Ce mec mène le jeu au Congrès, négociant d'un côté du spectre comme de l'autre, rendant possible le passage de toutes les lois. Ses adversaires politiques ont bien tenté de lui faire gober des sornettes, sans y parvenir.

Il a l'esprit vif et il est astucieux.

Mais avec Pamela ?

C'est tout le contraire.

Et rien de ce que je peux dire ne le fera changer d'avis. Je ne vais pas gaspiller ma salive, ce serait inutile.

— Si tu le dis, marmonné-je.

— Oui.

Il se penche en avant et replie les mains sur la surface polie.

— Et nous ne sommes pas là pour discuter de ma relation avec Pamela. Nous sommes ici pour parler de ton erreur de jugement en ce qui concerne sa fille.

Il marque une pause et sa voix descend d'une octave.

— *Ma belle-fille.*

— Carina n'est pas ta belle-fille. Pas en ce moment.

— Depuis qu'elle est arrivée dans cette famille, elle a été comme une fille pour moi. Peu importe qu'on soit liés par le sang ou pas.

Il braque un doigt dans ma direction.

— Et tu le sais parfaitement.

— Tu as raison, concédé-je. Je le sais.

Mon père est un homme bien. Il a traité Carina de la même façon que moi. Il n'a jamais laissé percevoir qu'elle était *juste une belle-fille.*

— Alors qu'est-ce que tu fais ?

Mes épaules s'effondrent sous le poids de la question et de la confusion qui embrouille ses traits.

— J'ai des sentiments pour elle, laissé-je échapper. J'en ai toujours eu. J'ai envie d'être avec elle.

Il s'écarte du bureau et se cale dans le fauteuil en cuir alors qu'il m'étudie en silence comme si j'étais un insecte écrasé sur son pare-brise.

Alors que je m'agite sous son regard insistant, il dit :

— Tu sais ce que je pense ? Que tu veux Carina seulement parce qu'elle est hors limites, poursuit-il sans me donner le temps de réagir. Si je devais te donner ma bénédiction, ton intérêt s'évanouirait en une seconde et tout serait fini. Au final, tu n'aurais fait que bousiller notre famille.

Son accusation me prend au dépourvu.

Est-ce sérieusement ce que pense mon père ?

De moi ?

Que je suis un connard immature qui désire seulement ce qu'il ne peut pas avoir ?

— Ce n'est pas vrai, grondé-je.

— Comment le sais-tu ? Quand as-tu été impliqué dans une relation qui a duré plus que quelques nuits entre les draps ?

Mon visage devient très rouge.

— Tu ne t'es jamais dit que je n'ai jamais pris la peine de m'impliquer avec une autre fille parce que je ne pouvais pas avoir celle que je désirais vraiment ? Celle pour laquelle j'ai toujours eu des sentiments ?

Son expression reste indéchiffrable. Si j'avais cru que dévoiler un peu de mon âme attendrirait son opinion, je me suis fourré le doigt dans l'œil.

— Arrête tout de suite, Ford. Avant que ça ne détruise notre famille.

Il est fou ?

— Je l'ai déjà fait et ça a été la pire erreur de toute ma vie. Je ne le referai plus.

Il abat son poing sur le bureau alors que sa voix gagne en intensité et résonne contre les murs.

— Arrête d'être aussi égoïste. Pense à quelqu'un d'autre qu'à toi, pour une fois.

Je me redresse.

— Cette conversation est terminée.

Alors que je le fusille du regard, je me rends compte que mes mains tremblent.

Ai-je déjà été aussi en colère ?

Contre mon père ?

Non… et non.

Sur les deux plans.

Alors que je regagne la porte de son bureau à grands pas, il dit :

— Tu te rends quand même compte que mes adversaires politiques vont en faire leurs choux gras ? Mon fils, qui sort avec sa demi-sœur ?

Je m'immobilise alors que je cherche une réponse. Mais rien ne vient.

Je ne peux rien dire.

Les épaules affaissées, je me glisse hors de la pièce. J'ai juste envie de me tailler de cette maison.

35

Carina

Avec un regard réticent par-dessus son épaule, Ford suit son père, me laissant seule avec Pamela. Quelques secondes plus tard, la porte du bureau se referme, enfermant les deux hommes Hamilton à l'intérieur.

Je jette un regard nostalgique vers l'entrée de la maison. Je donnerais n'importe quoi pour pouvoir me glisser au-dehors au lieu de rester assise ici avec ma mère.

Il y a un moment de silence entre nous puis elle me décoche :

— Oh, Carina... Il est très amoureux de toi. Bien joué.

Son rire de gorge me fait grimacer.

— Et toi qui te comportais comme si tu étais tellement supérieure à moi pendant notre déjeuner.

Je tourne brusquement la tête vers elle, incapable de croire qu'elle pense vraiment que je puisse être aussi calculatrice qu'elle, que j'utiliserais quelqu'un pour l'argent et la sécurité.

— Ce n'est pas comme ça, dis-je rudement.

Elle incline la tête alors que son regard pénètre le mien.

— Ce n'est pas un jugement. Je t'ai dit l'autre jour que tu devrais retourner cette situation à ton avantage. Je suis contente que tu aies enfin suivi mes conseils.

Elle jette un regard vers le bureau.

— Ça a toujours été évident que Ford a des sentiments pour toi. Tu as été futée de le tenir à distance pour le contraindre à faire des efforts. Il a eu le temps de coucher à droite et à gauche pour te sortir de sa tête. À présent, il est prêt à se poser.

Ma poitrine se contracte jusqu'à ce que respirer devienne douloureux.

— Non.

— Toi et moi sommes plus similaires que tu veux bien l'admettre, dit-elle avec un sourire lent.

— Je t'en prie, arrête, murmuré-je.

L'entendre dire cela me rend malade.

Je ne ressemble absolument pas à Pamela.

Absolument pas.

Ayant besoin d'un moment pour réfléchir, je gravite vers les fenêtres de plain-pied qui donnent sur l'étendue vallonnée du jardin de derrière. Les cieux se sont assombris davantage alors que la pluie s'intensifie, venant frapper les vitres.

— Assure-toi qu'il ne t'échappe pas, Carina, et un jour, tout ceci t'appartiendra. Je ne pourrais pas être plus fière de toi.

Ses mots sont comme la lame émoussée d'un rasoir qui me tranche jusqu'au fond du cœur. Elle n'a jamais dit une telle chose à propos de la danse ou de mes prouesses académiques, mais elle est pratiquement en train de se vanter du fait que je sois parvenue à enfoncer mes griffes dans le fils de Crawford Hamilton.

La nausée me ronge le creux du ventre jusqu'à ce que le goût acide de la bile me remonte dans la gorge. Je suis à deux doigts de vomir sur le canapé couleur crème.

Des souliers à la semelle de gomme couinent sur le plancher, annonçant la présence de quelqu'un.

— Madame, le dîner est servi.

— Merci. Nous arrivons dans une minute ou deux.

Juste alors que la vieille gouvernante se tourne pour s'en aller, Maman dit :

— Dolly, voulez-vous bien me préparer un autre martini ? Extra sec cette fois.

— Bien entendu.

— Carina ? insiste ma mère quand je garde le silence. Aimerais-tu boire un verre avec le dîner ? On a tant de choses à fêter ce soir !

J'affiche un léger sourire forcé avant de secouer la tête. Je meurs à l'intérieur, priant pour que la gouvernante n'ait pas surpris notre conversation.

Les yeux de Dolly s'adoucissent légèrement quand nos regards se croisent, puis elle se glisse hors de la pièce aussi discrètement qu'elle est apparue.

Elle est à peine hors de portée d'oreille que Maman soupire :

— Après des années passées à servir les clients comme une bonniche, c'est agréable de passer de l'autre côté.

Je coule un regard rapide vers la cuisine.

— *Maman…*

— Quoi ? réplique-t-elle avec une pointe d'irritation. Je suis franche, c'est tout. Je ne vois pas le mal…

Je me passe une main sur le visage, ne sachant pas quoi lui dire.

— Tu sais, Carina, parfois, j'ai la nette impression que tu n'apprécies pas tous les sacrifices que j'ai faits pour nous permettre d'en arriver où nous sommes aujourd'hui. Tu crois vraiment que sans moi, tu aurais ton propre studio de danse auquel tu t'es habituée ? Ta vie a été très confortable et tu ne manques de rien.

Elle plisse les paupières.

— Tu devrais peut-être songer à ça au lieu de me juger comme si tu étais tellement mieux que moi. Comme moi, tu n'es pas née dans ce style de vie.

J'ai beau être tentée de regarder par la fenêtre et d'échapper mentalement à cette conversation, ce n'est pas possible. Je l'observe prudemment. Avec ses extensions blondes, sa chirurgie plastique, ses injections, ses vêtements et ses sacs de marque, elle ne ressemble quasiment plus à la femme qui m'a donné naissance.

Autrefois, nous étions proches.

Nous étions comme deux survivantes qui nous accrochions l'une à l'autre pendant une tempête, espérant nous en sortir saines et sauves. À présent qu'on a réussi, sa personnalité a fait un tour complet. Elle est devenue l'une de ces clientes dont elle se plaignait quand elle rentrait à la maison après une longue journée au restaurant.

Ce n'est pas comme si je n'avais pas changé.

Bien sûr que si. Tout naturellement. Mais je n'ai pas l'impression que cette vie m'est due. Je suis reconnaissante envers Crawford pour tout ce qu'il m'a offert. J'ai aussi parfaitement conscience que dans un futur pas si lointain, je devrai me débrouiller seule comme une grande.

Ma mère n'a aucune intention de le faire.

Jamais.

— Tu te trompes. J'apprécie tout ce que tu as fait. Tous les sacrifices que tu as faits au cours des années. Je me souviens des longues nuits et des doubles services que tu prenais pour qu'on puisse joindre les deux bouts.

— Eh bien, ça ne se voit pas, renifle-t-elle d'un air sarcastique. Ce n'est pas un secret que les amis de Crawford et son personnel pensent que je suis une moins-que-rien. Je n'ai pas besoin de l'entendre de tes lèvres non plus.

Mes épaules s'affaissent alors que je force mes pieds à se déplacer et à s'installer sur la chaise bleu marine.

— Je suis désolée. Je ne voulais pas que tu le prennes comme ça. C'est simplement que…

Ma voix meurt alors que j'essaye de trouver un moyen de m'exprimer sans éveiller sa colère.

— Tu sais à quel point Crawford compte pour moi. Il a été si bon pour nous. Je ne voudrais pas que Ford ou lui pensent que je les utilise pour leur argent.

— Tu ne te rends pas compte qu'ils en ont des tonnes ? Plus qu'ils en auront jamais besoin ?

— Peu importe, lancé-je d'une voix frustrée.

Elle pince les lèvres.

Comme elle n'ajoute rien, je me force à prononcer le reste de ma phrase, consciente que j'ai besoin de vider mon sac une fois pour toutes. Ça ne changera peut-être rien, mais je me sentirai mieux.

— Je t'aime, Maman. Vraiment. Mais je ne peux pas te laisser faire du mal à Crawford. Si tu n'as pas l'intention de rester et d'être la partenaire dont il a besoin, tu dois arrêter tout de suite. Ne lui fais pas revivre l'enfer.

Elle fronce les sourcils.

— Je n'ai vraiment pas envie que tu me fasses la morale, Carina.

— Ce n'est pas ça. Je veux juste que tu réfléchisses à l'effet que tes décisions auront sur lui.

Au lieu de répondre, elle se redresse d'un mouvement rapide.

— La nourriture refroidit.

Sur ce, elle sort rapidement de la pièce à vivre, me laissant seule avec pour tout compagnon, le fouillis de mes pensées.

36

Ford

Les paroles affreuses de mon père tourbillonnent dans ma tête alors qu'on retourne vers le campus. Ça me fait mal qu'il pense que la seule raison pour laquelle Carina m'intéresse est parce qu'il l'a placée hors limites. Mes sentiments n'ont absolument rien à voir avec ça.

Comme le trajet en voiture, la majeure partie du dîner a été silencieuse et inconfortable. Carina s'est contentée de jouer avec sa nourriture et Pamela a boudé, émettant à peine le moindre son. En tête de table, mon père a bouillonné en silence. On n'entendait que le crissement des couverts contre la porcelaine fine.

Avec le recul, j'aurais dû écouter Carina quand elle m'a demandé si on pouvait sauter le dîner. Ça nous aurait épargné bien des problèmes.

Quand on est arrivés plus tôt, le crépuscule tombait et il commençait à bruiner. Lorsqu'on revient dans l'immeuble, la pluie tombe à verse. C'est comme si les cieux avaient explosé. Loin d'être apaisée par la musique douce, l'atmosphère est alourdie par un silence étouffant qui s'intensifie au fil des kilomètres jusqu'à ce qu'on puisse le briser en deux.

Je coule un regard en direction de Carina. Les épaules affaissées, elle se détourne et regarde par la vitre du côté passager. Elle n'a pas prononcé plus de deux mots depuis qu'on s'est cassés à vitesse grand V. Je n'ai aucune idée de ce à quoi elle pense.

Normalement, je n'ai qu'à la regarder pour le savoir. J'ai lu un bref soulagement sur ses traits quand j'ai dit aux parents qu'on ne pouvait pas rester pour le dessert. C'est la seule émotion que j'ai été capable de provoquer chez elle.

Je suis vraiment tenté de tendre la main pour la toucher, mais je ne sais pas si elle l'accepterait. On a fait du chemin, ces deux dernières semaines. Et maintenant, tout a été détruit. C'est un peu comme si on jouait à la tour de Jenga qui s'écroule sans cesse.

C'est vraiment la merde.

Comme je me sens incapable de le supporter une seconde de plus, je laisse échapper :

— On va en parler ou bien tu vas continuer à m'ignorer ?

La complainte pathétique qui colore ma voix suffit presque à me faire grimacer.

J'ai vraiment l'impression d'être pitoyablement en manque d'affection.

Ses épaules se raidissent alors qu'elle redresse le dos et se tourne brusquement vers moi.

— Ce n'est pas ce que je fais.

Mes doigts serrent le volant si fort que mes jointures blanchissent.

— Ah non ?

— Désolée. J'essaye simplement d'intégrer tout ce qu'il vient de se passer.

— Qu'y a-t-il à intégrer ? On s'est fait surprendre en train de coucher. Ce n'est pas très important.

La nervosité explose en moi alors qu'un nœud douloureux se forme au creux de mon ventre.

Elle pousse un soupir frissonnant et sa voix se fait triste.

— Crawford est très en colère contre nous.

— Je te l'ai déjà dit, il finira par l'accepter. Ne rends pas la situation plus difficile qu'elle ne l'est.

Je déplore le mordant que j'entends dans ma voix, mais je

n'aime pas le tournant que prend cette conversation. Je vois déjà qu'on n'en tirera rien de bon. J'ai l'impression qu'un océan nous sépare.

Et je déteste ça.

Si seulement il était possible de revenir en arrière vers ce que nous étions avant de franchir la porte ce soir-là.

— La dernière chose que je veux est causer un problème entre toi et ton père.

Il y a une pause avant qu'elle n'ajoute doucement :

— Ça n'en vaut pas la peine.

Ça n'en vaut pas la peine ?

Qu'est-ce qu'elle veut dire par là, putain ?

Je jette un regard rapide dans sa direction pour tenter de déchiffrer ses pensées. Malheureusement, une seconde ou deux à travers l'obscurité ne suffit pas à me permettre de le comprendre.

Au lieu de cela, je regarde le ruban noir de la route qui s'étire devant nous, cherchant un endroit où arrêter la voiture. Le nœud qui alourdit mon ventre a doublé de volume.

Quand la lumière des phares tombe sur une supérette un peu plus loin, je m'engage sur le parking et coupe le moteur avant de me tourner vers elle. La pluie continue de s'abattre sur le plafond du véhicule, remplissant le silence.

Les yeux de Carina s'écarquillent.

— Qu'est-ce que tu fais ?

— Je me gare pour qu'on puisse en parler.

Sa langue sort pour humecter ses lèvres alors qu'elle détourne le regard.

— Ça n'aurait pas pu attendre qu'on rentre à l'appartement ?

— Non. En plus, je crois que tu aurais pris la poudre d'escampette avant qu'on puisse le faire.

La culpabilité qui brille dans ses yeux me dit tout ce que j'ai besoin de savoir et ça me fout en rogne.

On est plus que ça.

Je mérite mieux que ça.

Sa voix baisse d'intensité.

— Ford…

— Dis-moi ce que tu voulais dire quand tu as dit que ça n'en valait pas la peine.

Le visage désespéré, elle détourne la tête.

— C'était juste censé être du sexe. C'est ce dont on a convenu au début.

Mes doigts glissent sous son menton avant de lui faire tourner le visage jusqu'à ce qu'elle n'ait pas d'autre choix que de soutenir mon regard.

— Je crois qu'on sait tous les deux que ça n'a jamais été simplement une question de sexe. Tu peux essayer de te mentir autant que tu veux, je n'y crois pas.

— Ne rends pas ça plus difficile que ça devrait l'être.

Mes yeux s'écarquillent et ma mâchoire se décroche.

— C'est ce que tu crois que je fais ? *Que je rends les choses plus difficiles ?*

— Oui.

Il y a une seconde de silence déchirant. Puis une autre. J'en ressens le moindre instant comme un grondement dans mes veines.

— Je crois que notre arrangement arrive à son terme.

Ces neuf mots me déchirent les entrailles.

Et il n'existe aucun moyen de les recoudre.

J'inspire profondément, essayant désespérément de me reprendre. J'ai besoin de garder le contrôle. De toute évidence, je dois aborder la situation sous un autre angle.

— Si tu t'inquiètes pour nos parents, ils finiront par l'accepter.

L'effort requis pour conserver une voix égale est un challenge. Je suis profondément tenté de la secouer pour lui faire reprendre ses esprits avant de la prendre dans mes bras pour la protéger. J'ai envie de l'embrasser pour la soumettre jusqu'à ce qu'elle finisse par admettre que ce qui couve entre nous depuis des années vaut la peine qu'on se batte.

Que je vaux la peine qu'elle se batte pour moi.

Pense-t-elle vraiment le contraire ?

Elle a peut-être envie de me dire carrément que cette relation ne signifie absolument rien ?

Putain… Ce qu'on a est différent.

C'est… *spécial.*

Me regarder dans les yeux et me dire le contraire serait un mensonge.

— Non, je ne le crois pas, admet-elle doucement. Ce serait probablement mieux pour tout le monde si on se séparait et qu'on tournait la page.

Tourner la page ?

Comment suis-je censé faire ça ?

Attendez un peu…

Je me redresse un peu, mon corps tout entier étiré vers elle.

— C'est ce que t'a dit Pamela ? Elle t'a dit qu'on ne devrait pas être ensemble ? Que c'est mal ? Ou bien que les gens vont parler ?

Mes questions sortent en rafales sans lui donner l'opportunité de répondre à une seule. J'essaye simplement de creuser pour comprendre ce qui a changé. Pourquoi a-t-elle tellement envie de tout lâcher ?

Elle devient très pâle.

— Crawford a toujours été très gentil avec moi. Je ne voudrais pas que mes actes lui fassent le moindre mal.

— Que nous soyons ensemble ne lui fait pas de mal.

— Et si ça lui crée des problèmes pour sa campagne de réélection ? Il aime trop la politique. Parviendras-tu vraiment à te le pardonner si tu lui dérobes ça ? Je ne suis pas certaine d'en être capable.

Je pince fort les lèvres alors qu'une boule de frustration explose en moi.

— Tu voudrais toujours mettre un terme à tout ça si sa carrière n'entrait pas en ligne de compte ?

Elle arrache son regard de moi pour se concentrer sur le pare-brise. Plus le temps passe, plus mon cœur bat fort contre ma poitrine jusqu'à ce qu'il existe une véritable possibilité qu'il explose.

— Tu sais qu'on n'était pas faits pour tenir sur la durée. C'était juste censé être…

— *Un divertissement ?*

Je n'arrive pas à croire qu'on soit vraiment là, que cette conversation est en train d'arriver.

Je ne m'y serais jamais attendu. Même après qu'on s'est fait surprendre.

Je croyais qu'elle aurait été embarrassée, mais qu'au bout de quelques jours, on aurait ri de toute cette histoire. Au lieu de cela, j'ai l'impression qu'elle essaye de...

— Oui.

Je suis vraiment tenté de continuer à argumenter, mais quel bien cela ferait-il ?

Elle est peut-être honnête vis-à-vis de ses sentiments, et tout ça n'a jamais été sérieux. Elle ne voulait que du sexe.

Je m'affaisse contre le dossier alors que des pensées tourbillonnent vicieusement dans ma tête. J'ai été un véritable crétin de penser que ça aurait pu devenir plus, que ça aurait pu devenir une relation. Le commencement de quelque chose qui aurait résisté à l'épreuve du temps.

C'est nul de me rendre compte que c'était unilatéral.

Sans rien d'autre à nous dire, je me tourne et redémarre avant de sortir du parking et de m'engager sur la route.

Et juste comme avant, on se mure tous les deux dans le silence.

37

Carina

Je vide mes poumons d'air tout en regardant le plafond sans le voir. Quand l'alarme de mon téléphone résonne comme une cloche odieuse, je roule sur le côté, prends mon mobile sur la table de chevet et tapote l'écran avant de me retourner sur le dos.

Je devrais sortir du lit. J'ai la danse dans quarante minutes, mais je n'ai aucune motivation pour m'habiller ou quitter la pièce. C'est comme ça depuis que j'ai mis un terme à ma relation avec Ford.

Depuis plus d'une semaine, on a déployé des efforts immenses pour s'éviter. Je n'ai pas ressenti une telle chose depuis qu'il m'a repoussée, au lycée. Il y a un trou béant là où mon cœur devrait être. Je ne comprends pas comment il est possible qu'il me manque autant. C'est comme si je m'étais tranché un membre et que je devais à présent passer le reste de ma vie avec une douleur fantôme.

Tout me rappelle Ford.

Son odeur sur mes oreillers.

La danse.

Le livre qu'il m'avait laissé sur le lit.

Le maillot qu'il m'a acheté repose sur le dossier de ma chaise.

C'est ridicule.

J'ai déjà couché avec des mecs et j'ai connu un certain nombre de relations. La plupart n'ont pas tenu très longtemps, ou alors je n'étais pas assez investie pour prendre la peine de rester. Quand les choses prenaient inévitablement fin, c'était plus un soulagement qu'autre chose. Les mecs en question n'ont jamais été importants.

Ils ne comptaient pas.

Pas vraiment.

Mais…

Ce n'est pas ce que je ressens pour Ford.

Et moi qui pensais que je protégeais mon cœur avec soin !

Apparemment, ça ne pourrait pas être plus éloigné de la vérité.

Je m'empare d'un oreiller rebondi que je me colle sur le visage avant de me mettre à crier à pleins poumons jusqu'à ce qu'il ne me reste plus rien.

La porte de la chambre à coucher s'ouvre brusquement et une voix profonde me demande :

— Tout va bien ?

J'arrache l'oreiller de mon visage pour regarder Ryder.

Il hausse les sourcils et je lis l'inquiétude sur son visage. Son regard parcourt la pièce comme s'il cherchait la cause de mon angoisse. Comme il ne trouve pas le coupable, ses yeux se reposent sur moi et il plisse le front davantage.

Super ! Il pense probablement que je perds les pédales.

C'est peut-être le cas.

— Oui, je vais bien. Désolée, marmonné-je avec l'impression distincte d'être une idiote. Je ne voulais pas te réveiller.

Son corps immense s'agite d'un pied sur l'autre dans l'encadrement de la porte. Il y a un malaise palpable comme s'il comprenait enfin que je suis en détresse émotionnelle.

— Ce n'est pas le cas, dit-il en brandissant un pouce par-dessus son épaule. Juliette prend une douche. Sans quoi, elle serait là.

J'arque un sourcil pour tenter de détendre l'atmosphère.

— Et tu n'es pas avec elle ?

Cette question suffit à lui tirer un lent sourire.

— Je l'étais.

— À vous entendre, tu l'as tenue éveillée toute la nuit, grommelé-je.

— Coupable ! répond-il en haussant les épaules.

— Apparemment, c'est moi qui devrais acheter un casque anti-bruit, tu ne crois pas ?

— Je peux t'en prêter un si tu en as besoin.

Je lève les yeux au ciel.

— La seule chose que je puisse dire est que tous les deux, vous avez l'air abominablement heureux ensemble.

— Merci.

Mon expression s'adoucit alors que j'ajoute :

— Ça me fait plaisir. Cette fille sort enfin de sa coquille et profite de la vie au lieu de passer tout son temps le nez dans un bouquin. Je suis surprise qu'elle soit arrivée en dernière année sans faire de dépression nerveuse.

Il devient sérieux avant de s'appuyer contre le chambranle et de croiser ses bras puissants devant sa poitrine.

— Juliette a toujours été pleine de volonté. Même avant que le cancer de Natalie soit diagnostiqué.

Ce souvenir fait se radoucir ma voix.

— J'essaye depuis trois ans de lui faire lâcher prise et elle n'a jamais voulu entendre quoi que ce soit. C'est toi qui l'as aidée à le faire.

Je souris.

— Tu lui as fait du bien.

Je vois l'allégresse danser dans ses yeux bleus.

— Merci, Carina. C'est peut-être la chose la plus gentille que tu m'aies jamais dite.

Il a probablement raison sur ce point.

— Ne t'y habitue pas.

— Je n'y penserais même pas.

Il y a un moment de silence.

— Alors… crier dans ton oreiller est une chose normale pour toi ? Tu purges des toxines ou quelque chose comme ça ?

— Oui, quelque chose comme ça.

Il change de position avant de détourner les yeux et de s'éclaircir la gorge.

— Y a-t-il, euh, quelque chose dont tu veux me parler ?

Sa voix s'est faite hésitante. Saccadée.

Je cligne des paupières et le contemple jusqu'à ce que son regard se repose sur moi.

— Tu veux vraiment en parler maintenant ?

— Certainement, répond-il avec un sourire en coin. Pourquoi pas ? Je devine que ça concerne Ford.

— Pourquoi penserais-tu une chose pareille ? lui répliqué-je au lieu de me comporter en adulte et d'admettre la vérité.

Il arque un sourcil.

— Parce que j'ai des yeux et que j'ai tendance à m'en servir. Depuis que je vous connais, tous les deux, il se passe quelque chose entre vous. Ce n'était qu'une question de temps avant que ça dégénère. Je suis surpris que ça ait pris si longtemps.

L'air s'échappe de mes poumons alors que ses commentaires virevoltent dans mon cerveau.

— La situation est… compliquée.

— Tu n'as peut-être pas remarqué, mais la vie est compliquée.

C'est vrai.

Comme je ne dis rien, vu que je n'ai pas envie de creuser les choses avec lui, il dit :

— Tu as parlé avec Ford, comme l'adulte mûre que tu es ?

Aïe.

— Un peu.

Je me mords la lèvre inférieure avant de me forcer à dire le reste.

— On a décidé que ce serait mieux si on cessait de se voir.

— Vraiment ? C'est une surprise. C'est Ford qui est parvenu à cette décision ?

Il y a un silence lourd de sens.

— Ou bien c'est toi ?

Je ne mets guère de temps avant de m'agiter sous l'intensité de son regard.

— C'est moi.

Il scrute mon visage pendant un long moment comme s'il essayait de lire mes pensées intimes. Ça ne me plaît pas.

— Je ne sais pas quoi te dire, Carina. La plupart des gens qui sont heureux de leurs choix ne se collent pas des oreillers sur le visage pour crier dedans.

C'est ça, oui… Ce mec vient d'entamer une relation et soudain, il est devenu une autorité mondialement reconnue qui me prodigue des conseils ?

— Comme je l'ai dit, c'est compliqué. Ford a-t-il mentionné que nos parents se remarient ? Ou bien que le fait qu'on soit ensemble représente un problème pour la campagne de réélection de Crawford ?

Même si ce sont deux bonnes raisons de casser, je ne mentionne pas l'autre.

Celle qui me dérange le plus.

Il secoue la tête.

— Non, il n'a pas dit grand-chose dernièrement. Il traîne dans l'appart, super abattu. Et il est complètement merdique sur la glace. S'il ne se sort pas la tête du cul, il va rester en touche pendant un bon moment.

Mon cœur se serre.

Je déteste savoir que toute cette histoire lui a fait du mal.

Au-delà de ça, je déteste être celle qui lui a infligé cette douleur.

Je n'aurais jamais imaginé que lorsque j'ai accepté de coucher avec lui, on s'implique aussi profondément.

Après ce qu'il s'est passé au lycée, j'aurais peut-être dû.

Malheureusement, Ford n'est pas le seul que j'évite. Je n'ai pas parlé à Crawford non plus. Généralement, on s'envoie des textos tous les jours. Il m'a demandé de mes nouvelles, mais mes réponses sont restées laconiques. Je suis embarrassée qu'il nous ait surpris. Ce souvenir suffit à me réchauffer les joues.

Je ne sais pas comment remettre notre relation sur les rails. J'ai songé à passer le voir pour qu'on puisse en parler, mais j'ai trop la pétoche. Je ne cesse de trouver des excuses alors que les jours s'égrènent.

—Je suis désolée pour Ford. Je suis certaine qu'il va se remettre. De toute façon, ça n'a probablement rien à voir avec moi.

Il hausse les sourcils en inclinant la tête. Je vois à ses yeux qu'il n'arrive pas à y croire.

— Tu le penses vraiment ?

Je ne sais pas. Je ne sais plus rien.

Le besoin de mettre un terme à cette conversation vibre en moi et je dis rapidement :

— Je te remercie vraiment d'être passé prendre de mes nouvelles, mais je devrais probablement bouger de peur d'être en retard, marmonné-je.

Je refuse de m'appesantir avec le nouveau copain de ma meilleure pote sur le foutoir qu'est devenue ma vie.

Il s'écarte de la porte avec un haussement d'épaules.

— Très bien. Je suis certain que Jul sera là si tu as envie de parler plus tard.

Il continue de me regarder dans les yeux alors que sa voix se fait sérieuse.

— Elle s'inquiète pour toi.

Juliette est une bonne amie. La meilleure qu'on pourrait désirer avoir. Elle va me manquer quand on se séparera l'année prochaine. Je réprime ces pensées avant qu'elles ne me rendent encore plus triste.

Je me force à afficher un petit sourire.

— Elle n'a aucune raison de s'inquiéter. C'est très bien.

— Si tu le dis.

Alors qu'il disparaît dans le couloir, je lui crie :

— Merci encore.

Il me décoche un regard par-dessus son épaule.

— De rien. Tu as toujours été là pour Jul. Si jamais tu as besoin d'une perspective masculine sur la question, je suis dispo.

Je suis surprise d'avoir à ravaler les larmes émues qui me brûlent les yeux.

— J'y penserai.

Sur ce, il se tourne et se faufile dans la chambre de ma meilleure amie.

Même si mon cœur est à vif, je ne pourrais pas être plus heureuse pour Ryder et Juliette. Je suis absolument ravie qu'ils aient trouvé leur bonheur. Être capable de voir leur histoire d'amour se dérouler a été plus satisfaisant que toutes les romances que j'aie pu lire. Même les plus épicées qui me font sortir mon vibro.

À présent que ma décision a été prise, je repousse les couvertures et je roule hors du lit. Quinze minutes plus tard, je suis vêtue pour mon cours de danse. J'ai noué mes cheveux en chignon et j'ai avalé une grande tasse de café brûlant avant de mâchonner une barre protéinée.

Comme je m'apprête à partir, Juliette me donne une brève étreinte et me dit qu'on parlera ce soir. C'est peut-être exactement ce dont j'ai besoin. Vider mon sac et lui demander son opinion sur la question. Alors que je referme la porte, je lève les yeux et découvre celui qui a occupé la place d'honneur dans mon esprit durant tout ce temps.

Tout en moi se glace.

Même l'air dans mes poumons.

Il s'immobilise aussi.

Pendant un long moment où tout reste suspendu, on se contente de se regarder. Je ne peux pas m'empêcher de le dévorer des yeux. L'impulsion de tendre le bras et de faire courir mes doigts sur les lignes rudes de son visage fait battre en moi un rythme régulier. Il n'en faudrait guère plus pour franchir la distance qui nous sépare.

Et pourtant, ce golfe a l'air d'un océan. Trop large pour qu'on le traverse avec de simples mots ou un simple contact.

Ce n'est alors que je me rends compte qu'on n'a pas dit le moindre mot, ni l'un ni l'autre.

Le couloir est absolument silencieux.

Il n'en faut pas plus pour que l'atmosphère se fasse malaisante.

Ne s'est-il vraiment écoulé qu'une semaine depuis qu'on passait tout notre temps ensemble et qu'il se glissait dans mon lit toutes les nuits ?

La façon dont il m'étreignait me manque.

La façon dont il glissait à l'intérieur de mon corps, me remplissant entièrement, me manque.

La façon dont il serrait les dents pour essayer de se retenir me manque.

Ou encore la façon dont il m'a regardée dans les yeux pendant tout le temps qu'il passait enfoncé en moi. Durant ces moments de connexion intense, le monde se rétrécissait jusqu'à ce que j'aie l'impression qu'on était les deux seuls êtres vivants de tout l'univers. Je n'ai jamais fait l'expérience de ce genre d'intimité avec un autre être humain.

Je ne devrais pas être surprise que ça soit arrivé avec Ford.

Je n'ai toujours songé qu'à lui.

Je chasse ces pensées de mon cerveau avant qu'elles ne puissent faire des dégâts supplémentaires. Je suis déjà dangereusement près de perdre la tête.

Je ne tiens plus qu'à un fil.

Son regard ne quitte pas le mien.

— Tu vas à ton cours ?

— Euh, bien sûr.

Je resserre ma veste argentée plus près de mon corps comme si elle avait le pouvoir de me protéger.

— Tu veux que je te dépose ?

Absolument pas.

Passer du temps seule avec lui – même dix minutes – serait la quintessence de la stupidité. Et si j'ai beaucoup de défauts, je n'ai heureusement pas celui-ci.

— Oui. Merci.

Je manque grimacer.

Il m'adresse un haussement d'épaules sec.

— Ce n'est pas un problème.

Mon regard danse sur ses larges épaules. Il n'y a pas très longtemps, je faisais courir le bout des doigts sur chaque ligne musclée avant que ma bouche ne suive le même chemin, ayant besoin d'en goûter le moindre centimètre.

Le mouvement de ma langue qui sort pour venir humecter mes lèvres attire son regard. Il n'en faut pas plus pour que ses iris se dilatent, faisant disparaître ses pupilles dorées. Puis, sans crier gare, il tourne les talons et se met à descendre le couloir. Je pousse un soupir tremblant alors qu'un essaim de papillons agités explose dans mon ventre. Je le suis à contrecœur, forçant difficilement mes pieds à avancer.

C'était une erreur.

Une des nombreuses erreurs que j'ai commise avec Ford.

Je me reproche intérieurement de ne pas avoir refusé sa proposition. J'aurais dû faire semblant d'avoir oublié quelque chose et revenir dans la sécurité de l'appartement avant d'attendre qu'il disparaisse dans le couloir.

Même si ça veut dire que j'arriverais en retard en cours... À présent, je suis coincée là jusqu'à ce qu'on se sépare sur le campus. Les dix prochaines minutes vont être atroces.

Enfin... plus atroces que ce que ma vie est déjà.

Alors que j'atteins l'ascenseur, la sonnerie retentit, signalant l'arrivée de la cabine.

Dieu merci.

Il m'adresse un regard et tient la porte en métal afin qu'elle ne se referme pas.

Je fais un bond et me cale aussi profondément que je peux dans le coin afin de pouvoir placer le plus de distance physique entre nous que possible. Ford me suit avant d'appuyer énergiquement sur le bouton marqué d'un V comme vestibule. Les portes se referment, nous enfermant dans l'espace confiné... ensemble.

Très vite, l'atmosphère devient claustrophobe.

Son regard se glisse vers le mien où il reste braqué. Comme il refuse de détourner le regard, mon cœur commence à trembler sous son examen intense et mes paumes deviennent moites. Alors que l'appareil se met en mouvement, il abat la main contre le gros bouton rouge d'arrêt et une sonnerie assourdissante retentit, remplissant l'espace.

Les yeux écarquillés, je me plaque contre le mur.

— Qu'est-ce que tu fais ?

— Action ou vérité ?

Je cligne des paupières, surprise par la question.

— Quoi ?

Il incline la tête et plisse les paupières. Malgré la distance qui nous sépare, je sens qu'il émane de lui de puissantes vagues de colère. Elles suffisent presque à m'étouffer.

— Tu m'as bien entendu. Action ou vérité.

Je détourne le regard avant d'aspirer ma lèvre inférieure dans ma bouche pour la mordiller.

Impossible de choisir vérité.

J'ai terriblement peur de ce qu'il va demander.

Parce que je ne peux pas mentir… Je refuse de lui faire plus de mal que je l'ai déjà fait.

Quant à action…

Cette possibilité m'effraie davantage. J'ai désespérément envie de sentir ses mains glisser sur moi. Ça ne fait qu'une semaine, mais j'ai l'impression que ça représente plutôt une éternité.

— Action, murmuré-je sans pouvoir me retenir.

J'ai simplement besoin de rester forte. Je peux lui tenir tête pendant quelques minutes.

Non ?

Il parcourt la distance qui nous sépare jusqu'à ce que je sois contrainte de lever le menton pour soutenir son regard d'acier.

— Je te défie de m'embrasser.

Oh, mon Dieu.

— Tu penses vraiment que c'est une bonne idée ?

— Certainement pas.

Il incline la tête.

— Mais si tu n'as pas de sentiments pour moi, alors ça ne devrait pas compter, n'est-ce pas ? C'est juste un baiser.

C'est ce qu'il croit ?

Que je ne ressens rien pour lui ?

Ce serait plus facile si c'était le cas.

— Tu sais que j'ai des sentiments pour toi, j'admets, incapable de contenir ces mots.

Un sourire moqueur danse au coin de ses lèvres.

— Ah oui ?

— Bien sûr. J'en aurai toujours. Il faut que je trouve comment me sortir du trou dans lequel je me suis fourrée.

Il s'approche puis baisse la tête à quelques centimètres seulement de la mienne. L'intensité enflamme son regard. Ce serait trop facile de me noyer dans ses profondeurs vibrantes et mielleuses ainsi que dans toute l'émotion qui y tourbillonne. Je suis vraiment tentée de lever la main pour caresser du revers des doigts la courbe de sa joue mangée par la barbe, pour en tracer les lignes acérées. Au lieu de céder à cette impulsion, je serre fort les poings contre mon corps.

— Parce qu'on est parents ?

Sa voix dénote un tranchant qui a l'air aussi létal qu'une lame de rasoir. Aiguisée et douloureuse. Il ne sait pas que je ne suis pas capable de me protéger de lui.

— Oui.

— Ce n'est pas ce que je veux de toi, Carina.

— C'est tout ce que je peux me permettre de donner.

— Peut-être.

Son expression se fait aussi désinvolte que le mot qu'il vient de prononcer.

— Cela dit, peut-être pas.

Une main vient s'enrouler autour de ma nuque avant de m'attirer assez près pour que je sente la chaleur de son souffle caresser mes lèvres entrouvertes. Il brasse l'air autour de nous, le rendant électrique. Le duvet de mes bras se hérisse alors qu'un frisson descend le long de ma colonne vertébrale.

En cet instant, je sais que j'ai besoin de sortir de là. Je ne serai pas capable de supporter cette offensive pendant très longtemps.

— L'heure tourne, gronde-t-il d'une voix qui donne l'impression de provenir du fond de l'océan. On n'a pas beaucoup de temps.

L'alarme continue de résonner alors que nos regards continuent de s'accrocher. Je suis incapable de détourner le regard. Avant que je m'en rende compte, mes doigts s'enfoncent dans le tissu de son sweat à capuche et je l'attire encore plus près jusqu'à ce qu'il ne reste plus un souffle d'air entre nous. La chaleur qui émane de lui est absolument intoxicante. Dès que je me place sur la pointe des pieds, ma bouche entre en collision avec la sienne. Dans un retournement de situation surprenant, il garde les lèvres fermement pincées. Ma langue hésitante parcourt la commissure de ses lèvres.

Ai-je déjà eu du mal à attirer l'attention de Ford ?

Le feu reprend vie à l'intérieur de moi alors que je redouble d'efforts.

Une fois.

Deux fois.

Trois fois, ma langue caresse sa bouche, demandant le droit d'entrer.

Alors que sa bouche demeure résolument fermée, je m'écarte juste assez pour la fusiller du regard avant d'enfoncer les dents dans sa lèvre inférieure et de tirer dessus. Un sifflement rapide lui échappe et il ouvre la bouche. Un grondement bas vibre dans sa poitrine alors que ma langue plonge à l'intérieur afin de me mêler à la sienne. Son haleine mentholée envahit mes sens, accompagnée par un goût qui n'appartient qu'à Ford.

Ça m'a tellement manqué.

Il m'a tellement manqué.

Mes paumes s'aplatissent sur ses pectoraux puis s'élèvent pour s'enrouler autour de son cou musclé. Il pose les mains sur mes fesses, en pressant les muscles alors qu'il me rapproche suffisamment de lui pour me faire sentir l'épaisse saillie de son érection contre mon bas-ventre.

Il n'en faut pas plus pour que mon intimité réagisse en devenant humide. Quand on parle de la queue de Ford, je suis comme un de ces chiens de Pavlov parfaitement entraînés. Sentir son érection suffit à m'exciter.

Sa bouche conquiert la mienne. Nos dents raclent, les langues lèchent, les lèvres dévorent. Le pincement acéré du désir se répercute dans mon corps tout entier. Il me donne l'impression que je ne serai plus jamais satisfaite.

Pile au moment où je pense qu'il va m'engloutir totalement – ou peut-être est-ce le contraire –, sa main s'écarte de mon dos et il se libère de l'enchevêtrement de mes bras pour battre en retraite d'un pas rapide.

Je pousse des petits halètements alors que je me plaque contre le mur afin de rester debout. Je suis à deux doigts de me laisser glisser à terre, le corps tremblant de désir et d'hormones en délire.

Ses yeux se font tempétueux alors qu'il se sert de son pouce et de son index pour essuyer les coins de sa bouche. Sans détourner le regard, il tend le bras et appuie sur le bouton, précipitant à nouveau la cabine en mouvement. La sonnerie cesse de retentir tandis que l'ascenseur poursuit en silence sa descente vers le vestibule. Mon cœur bat douloureusement dans ma poitrine.

Quand son goût envahit mes sens, mon cerveau fait des bonds.

J'ai besoin de dire quelque chose.

Quelque chose qui va changer la trajectoire de notre relation.

Mais je suis à bout de forces.

Au final, aucun son ne m'échappe.

La déception s'empare de son visage, rapidement dissimulée sous un masque d'indifférence. Il détourne les yeux et regarde devant lui comme si je n'étais plus là.

Si je pensais que mon cœur ne pouvait pas se briser davantage, j'avais tort. Il se brise en un million d'éclats qu'on ne sera plus jamais capables de recoller.

J'enroule les bras autour de ma taille pour tenter de conserver cette douleur à l'intérieur de moi afin qu'elle n'ait pas l'opportunité de sortir. Afin qu'il ne voie pas à quel point cet événement – ainsi que sa finalité – m'a détruite.

Tout ce que je sais est que je ne serai plus jamais la même.

Ma vie est à présent marquée par deux périodes distinctes de ma vie.

Avant Ford.

Et *après*.

Je ne sais pas comment je vais survivre à l'*après*.

38

Carina

Le soleil est au zénith quand j'engage la BMW dans la longue allée et me gare près de la porte d'entrée. Je pousse un soupir de soulagement alors que je parcours du regard l'allée en briques vieillies et vois que l'Audi de ma mère n'est pas là. Cela dit, trois autres voitures sont garées sur le côté.

Puisqu'on est au milieu de la semaine, j'imagine que des assistants bossent sur la stratégie politique de Crawford. Il est généralement entouré de cinq ou six personnes à la fois.

À moins que Pamela ne soit présente.

Je coupe le moteur, prends le sac de bouffe à emporter que je suis allée acheter et me glisse hors du véhicule avant de gravir les marches du perron en direction de la porte d'entrée. Pendant les six premiers mois où j'habitais là, je n'ai pas pu m'empêcher de sonner à la porte. Enfin, Crawford m'avait prise entre quatre yeux et m'avait dit que ce n'était pas nécessaire, que cette maison était autant la mienne que la sienne. Il n'a jamais manqué de me faire sentir la bienvenue.

C'est avec une boule au ventre que je tourne la poignée en argent et m'avance dans l'immense vestibule. L'endroit a beau avoir été décoré professionnellement il y a plusieurs années, l'intérieur a une chaleur qui me fait instantanément me sentir chez moi.

C'est la première fois qu'on se voit depuis *l'incident*. C'est ainsi que je l'ai appelé dans ma tête.

Je sais d'avance que notre conversation va être maladroite.

Comment pourrait-il en être autrement ?

Mais je ne peux pas permettre à cette situation de s'éterniser entre nous. Il faut qu'on en discute et qu'on résolve le problème. Ne pas parler avec Crawford a laissé un gros trou dans ma vie comme ça l'a fait avec son fils. Si je ne parviens pas à réparer ma relation avec Ford, le moins que je puisse faire est d'aplanir les choses avec son père.

Je dois également m'assurer qu'ils se reparlent. Je suis capable d'endosser la responsabilité de ce qu'il s'est passé. Quoi que je doive faire pour réparer les choses entre eux, je le ferai.

Des conversations en provenance du bureau de Crawford sont audibles depuis le hall d'entrée. Des voix s'expriment toutes en même temps, tentant de se faire entendre au-dessus des autres. J'aurais dû m'attendre à ce qu'il soit occupé.

Cette visite impromptue n'était pas une très bonne idée, après tout. Je n'ai vraiment pas envie de l'interrompre. Je dépose la nourriture dans la cuisine et il pourra piocher dedans quand il aura le temps.

Alors que je me tourne vers l'arrière de la maison, une voix profonde me fait piler net.

— Carina ?

Je regarde par-dessus mon épaule et découvre Crawford dans l'encadrement de la porte de son bureau.

— Qu'est-ce que tu fais ici ?

Avant que je puisse réagir, il affiche un air inquiet.

— Tout va bien ? Tu ne passes jamais à la maison en plein milieu de la journée.

Je me force à sourire.

— Désolée. J'aurais probablement dû téléphoner d'abord pour voir si tu étais occupé.

Son regard se pose sur le grand sac en papier dans ma main.

— Tu as apporté à déjeuner ?

— Oui, mais je peux tout laisser sur le comptoir pour plus tard.

Je jette un œil vers la pièce derrière lui qui continue de résonner du vacarme des voix.

— Il y en a plus qu'assez pour nourrir au moins cinq personnes. Tu peux te faire un déjeuner d'affaires, si tu veux.

— C'est gentil de ta part.

Il jette un œil à la grosse Rolex en argent qui lui entoure le poignet gauche.

— On bosse depuis déjà deux heures. Le moment est parfait pour prendre une pause bien méritée. Ils sont libres d'aller s'acheter quelque chose pendant qu'on profite – il s'interrompt pour renifler – d'un Chinois, si je ne m'abuse.

Je lui réponds par un léger sourire.

— Oui. Des rouleaux de printemps, des dumplings de porc, du riz frit au poulet et du poulet kung pao. C'est beaucoup. Ça ne me fait rien de partager avec tes employés.

Il fit un geste de la main.

— Non. Ils peuvent se débrouiller tout seuls cet après-midi.

Dix minutes plus tard, on a disposé notre repas sur la table en verre de la cuisine qui donne sur le jardin de derrière. La vue ravissante ne manque jamais d'apaiser mon âme quand quelque chose me dérange.

Ou c'est peut-être juste l'endroit.

C'est devenu un refuge sûr.

Ce n'est pas un sentiment que je connaissais avant d'avoir rencontré Crawford.

On se sert d'un peu de tout avant de commencer à manger. Cela dit, comme le soir où nous sommes venus dîner, mon appétit décide de disparaître. J'étais convaincue que l'odeur géniale de mon repas à emporter préféré titillerait mon intérêt.

Après un cours de danse épuisant de deux heures, je devrais être affamée.

Toutefois, il n'y a rien.

Rien qu'un vague malaise.

Il désigne mon assiette avec la pointe de sa fourchette.

— Tu m'as apporté toute cette nourriture et je ne pense pas que tu en as avalé une seule bouchée. Tu voulais me parler de quelque chose ?

Je souffle et repousse le plat avant de baisser les yeux vers mes mains. La raison pour laquelle j'ai décidé de passer était pour tirer les choses au clair. Il a besoin de savoir que ce qu'il se passait avec Ford est à présent terminé.

Cette pensée me serre le cœur.

Mais je fais ce qu'il vaut mieux pour la famille, n'est-ce pas ?

C'est ce qui compte.

À l'avenir, Ford et moi pourrons aplanir notre relation et oublier qu'on a été ensemble. Ce n'est pas comme si ça avait duré très long-temps. Ce sera un moment de folie dont on pourra se gausser dans un futur distant.

Le futur *très* distant.

Alors on pourra continuer à être une famille.

Comme je garde le silence, essayant de trouver comment formuler le tout, il dit :

— As-tu parlé à ta mère ?

Il ne me fournit pas l'occasion de répondre avant que sa voix ne baisse d'intensité.

— C'est ça le problème ?

Cette question me désarçonne pendant quelques secondes.

— Maman ?

Je ne lui ai plus parlé depuis notre conversation dans la pièce commune. Je crois que je n'avais rien à ajouter après ça.

— Non. Il s'est passé quelque chose ?

Son regard se détourne alors que ses épaules généralement fermes s'affaissent.

— Pamela a décidé qu'elle ne veut pas qu'on se remarie, après tout.

Les yeux écarquillés, j'en reste bouche bée.

— Tu plaisantes ?

Cela dit, je doute qu'il plaisante à propos d'un tel sujet.

— Non.

Il pose sa fourchette et redresse le dos sur la chaise comme s'il essayait de faire bonne figure.

— J'espérais la faire changer d'avis, mais elle a réservé une croisière de dernière minute aux Bahamas et est partie ce matin.

La bombe qu'il vient de lâcher explose dans mon cerveau, détruisant tout sur son passage.

Je n'arrive pas à croire que Pamela ait fait ça.

Enfin… pas exactement. Je le crois complètement.

Je ne peux pas m'empêcher de me demander si ça a quelque chose à voir avec sa décision d'annuler le mariage. Je regarde Crawford assis de l'autre côté de la table avec une certaine culpabilité.

Cela dit, c'est exactement ce que fait ma mère. J'ai beau être secrètement soulagée par la tournure qu'ont prise les événements, il est évident qu'il souffre. Crawford a toujours vu le meilleur en elle.

Même lorsqu'il n'aurait pas dû.

— Je suis désolée.

J'invoque tout mon self-control pour ne pas admettre qu'il est mieux sans elle.

Il affiche un sourire forcé que son regard ne reflète pas avant de hausser les épaules.

— J'aurais dû le voir venir. La seule chose que ta mère n'aime pas est de se sentir attachée. Elle a envie de pouvoir partir quand l'envie lui prend et ce n'est pas une chose que je peux faire présentement.

— Ça n'excuse pas son comportement, grommelé-je sans pouvoir me retenir.

— Je sais, dit-il en poussant un lourd soupir. On ne choisit pas qui on aime, n'est-ce pas ?

Ma plus grande peur se tapit comme un monstre dans l'obscurité au fond de mon cerveau. La question m'échappe avant que je puisse la contenir.

— Je ne suis pas comme elle, n'est-ce pas ?

Il cligne des paupières comme s'il essayait de comprendre.

— Comme Pamela ?

J'acquiesce, redoutant presque sa réponse. Je serais dévastée si Crawford pensait que je suis une copie conforme d'elle.

Comme il garde le silence et scrute mon regard, j'admets doucement :

— Je n'ai pas envie de l'être.

Il comprend enfin, tend le bras en travers de la table et pose sa grande main sur la mienne.

— Seulement pour ses meilleurs côtés, Carina. Ta mère a une personnalité pétillante et toi aussi. Elle est extravertie.

Il m'adresse un clin d'œil.

— Tout comme toi. Pendant de nombreuses années, elle s'est démenée pour que tu aies un environnement sûr où habiter. Elle faisait souvent des heures supplémentaires pour s'assurer que tu aies tout ce dont tu avais besoin.

Je me sens coupable parce qu'il a raison. Parfois, elle s'est privée de chaussures confortables pour le travail afin que je puisse intégrer un cours de danse ou me permettre d'acheter une nouvelle tenue pour un récital.

— C'est une des raisons pour lesquelles j'étais tombé amoureux d'elle. J'ai parfaitement conscience qu'à notre époque, une femme n'a pas besoin de quelqu'un pour s'occuper d'elle, mais je voulais lui rendre la vie plus facile. Meilleure. Et pendant un moment, on a été vraiment heureux.

Son regard se fait distant.

— Je n'aurais pas cru cela possible après la mort de Sandra. Ce que j'ai appris au fil des années est que parfois, les relations ou les gens ne sont dans ta vie que pendant un court moment et ils ne durent pas éternellement. Tu dois en profiter au maximum tant que tu le peux. Rien n'est jamais garanti.

Il braque à nouveau son attention sur moi avant de se pencher en avant et de capturer mon regard.

— Mais toi, ma chérie, tu es là pour plus longtemps. Quoi qu'il se passe avec Pamela, je serai toujours ton père.

Je me rends compte que des larmes se sont rassemblées dans mes yeux quand l'une d'elles roule le long de ma joue. Je bondis de mon siège et vole autour de la table circulaire afin d'enfoncer mon visage contre son torse large alors que je continue de suinter.

Une fois que les vannes se sont ouvertes, on ne peut apparemment pas les arrêter. Je ne me souviens pas de la dernière fois où j'ai autant pleuré. Alors que l'émotion continue de se déverser hors de moi, ses bras se resserrent comme s'il n'allait jamais me lâcher.

— Je suis désolé, Carina, murmure-t-il. J'aurais peut-être dû te dire tout ceci il y a longtemps. J'ai toujours pensé que tu comprenais mes sentiments.

— Tu me promets que tu vas ressentir ça pour toujours, quoi qu'il arrive avec elle ?

J'ai besoin qu'il prononce ces paroles.

Juste une fois.

À haute voix.

— Oui. Tu es ma fille de toutes les façons possibles et rien ne pourra jamais y changer quoi que ce soit. *Rien.*

J'essuie mes larmes alors que je m'écarte juste assez pour m'installer sur le siège près de lui.

— J'avais peur qu'après m'avoir trouvée avec Ford, tu penses le contraire.

Il secoue la tête.

— Jamais. Certes, ce que j'ai surpris m'a choqué, mais ce n'était rien de plus que de la surprise.

Il expire profondément.

— Je n'ai jamais voulu que Ford profite de toi ou fasse pression pour te contraindre à quelque chose pour laquelle tu ne serais pas prête.

— Ça n'a jamais été comme ça entre nous, lui dis-je.

— Quand j'ai découvert que tu allais en douce dans sa chambre pour y passer la nuit, je me suis assuré que ça s'arrête. J'étais vraiment déçu de son comportement.

— Attends un peu… quoi ?

Déboussolée par cette révélation, je cligne des paupières afin de sécher mes larmes.

— Tu parles du lycée ?

— Oui. En entrant un matin, je t'ai vue blottie contre lui. Après ça, j'ai pris Ford à part pour lui faire bien comprendre qu'il ne devait pas y avoir de relations sexuelles entre vous deux.

Il passe en revue les émotions dans mon regard alors que le doute s'infiltre dans ses yeux ambrés.

— Tu étais trop jeune. Trop impressionnable. Même à l'époque, je voyais que tu étais très amourachée.

Il redevient silencieux avant de demander d'une voix plus douce :

— J'ai pris la bonne décision, n'est-ce pas ?

Mes souvenirs me ramènent à la terminale, quand nous sommes devenus très proches. Et c'est comme ça que mon cœur s'est brisé quand il m'a repoussée. Dans ce moment de clarté, la totalité de notre histoire se modifie et change, se transformant en quelque chose de différent. Il ne m'a pas écartée parce qu'il s'est lassé de moi.

Il a gardé ses distances parce que son père a insisté.

— Je l'aime, avoué-je.

— Oui, c'est ce que je me suis dit, répond-il en haussant légèrement la tête. Et je ne pense pas que Ford ait jamais cessé de le faire. À l'époque, il a affirmé qu'il t'aimait et je lui ai dit qu'il était bien trop jeune pour faire ce genre de déclaration. Particulièrement alors que ta mère et moi étions mariés et que nous étions une famille.

Mon cœur se serre quand je me rends compte que Ford a toujours eu des sentiments pour moi.

Même lorsqu'il me taquinait et me foutait en rogne.

Sans parler de faire fuir les autres mecs.

— Il s'est arrangé pour que vous ayez des appartements voisins afin de pouvoir garder un œil sur toi et s'assurer que tu sois en sécurité.

Et moi qui pensais que c'était juste un autre coup du sort ! Je me sens idiote de n'avoir pas vu ce qui était sous mes yeux durant tout ce temps.

— Je lui ai fait du mal, murmuré-je plus pour moi que pour Crawford. Je l'ai repoussé. Je ne sais pas s'il va me pardonner après la façon dont j'ai mis un terme à notre relation.

Son expression se fait compréhensive.

— Il n'y a qu'une seule façon de le savoir, n'est-ce pas ?

Consciente de ce que j'ai à faire, je hoche la tête et me redresse rapidement.

Son regard reste collé au mien alors qu'il tend le bras pour me prendre la main.

— J'ai voulu te protéger comme si tu étais à moi parce que dans mon cœur, tu l'étais. *Tu l'es*, se corrige-t-il rapidement.

— Je n'ai jamais connu mon père biologique. Il s'est cassé dès qu'il a découvert que Maman était enceinte. En ce qui me concerne, c'est toi, Crawford. C'est toi qui as toujours été là pour moi. Quoi qu'il arrive.

— C'est ça, le sens de la famille. On est là non seulement pour les bons moments, mais aussi pour les mauvais. Et c'est ce que nous sommes, Carina. Une famille. Nous serons toujours une famille.

— Oui.

Le poing fermement serré autour de mon cœur se contracte juste assez pour me laisser inspirer profondément, peut-être pour la première fois depuis des années. Quand il me lâche la main, je fais un pas vers l'entrée avant de piler net.

— Je ne veux rien faire qui puisse porter préjudice à ta carrière.

Le coin de ses lèvres tressaute.

— Ce qui est important pour moi est que Ford et toi soyez heureux. Et si c'est en couple, alors nous gérerons les ramifications et présenterons un front uni en tant que famille.

Il n'en faut pas plus pour que le reste de mes réserves et de mes doutes se dissipent. Je me précipite vers lui, jette mes bras autour de son cou et le serre fort contre moi comme si je n'allais jamais lâcher prise.

— Je t'aime, Crawford.

— Je t'aime aussi.

Il me tapote le dos avant de me libérer.

— Allons, va régler les choses avec mon fils.

Ford

— Hamilton, hurle l'entraîneur. Sors ta putain de tête de ton cul et fais attention au jeu, sans quoi tu vas te retrouver sur la touche.

Alors que je tourne les yeux vers les entraîneurs, quelqu'un m'emboutit et je m'écroule sur les fesses. Dès que je heurte la glace, tout l'air me sort des poumons. Les larmes aux yeux, je tente de reprendre ma respiration, mais c'est douloureux. Toujours étendu sur la glace, je lève le regard vers le visage souriant de Garret Akeman.

Connard !

— Tu aurais dû regarder où tu allais, Hamilton. T'as pas appris ça quand t'étais petit ?

Je mets un moment à me redresser sur mes patins.

— Tu es un vrai connard, dis-je d'une voix sifflante.

Il rit comme si je plaisantais.

Mais je ne plaisante pas. Ce mec est un connard complet.

Le roi des connards, en ce qui me concerne.

Il ne rate jamais l'opportunité de ridiculiser un coéquipier si ça le fait bien voir par Coach Philips.

Je me rapproche, plus que disposé à en venir aux mains avec lui. À ce point-là, qu'est-ce que j'ai à perdre ?

Pas grand-chose. Ma vie a implosé.

Alors que je m'apprête à lui bouffer le nez, Hayes et Colby pilent net, projetant des éclats de glace alors qu'ils me repoussent par les épaules et me forcent à reculer.

— Sors d'ici, Akeman, lâche Colby en crachant son protège-dents.

Normalement, il est le plus calme de l'équipe. Mais pas en ce qui concerne Garret. Après avoir joué ensemble pendant presque quatre ans, on en a tous plus qu'assez de ces conneries.

— Trou du cul, marmonne Hayes.

Avec un geste de la main, Garret patine jusqu'à son côté de la glace pour prendre sa position de défenseur.

Colby l'observe avant de secouer la tête.

— Quand tu penses qu'un mec ne peut pas être plus con, il s'enfonce assez profond pour pouvoir trouver du pétrole.

— Oui, en convins-je en continuant de le fusiller du regard.

Hayes m'étudie.

— Que se passe-t-il ? Ça ne te ressemble pas de te faire projeter sur le cul. Particulièrement par lui, achève-t-il en pointant le menton vers Akeman.

— Rien, marmonné-je sans vouloir admettre qu'il y a un problème.

Je joue comme un pied depuis que Carina m'a jeté. C'est comme si je ne parvenais pas à me concentrer sur quoi que ce soit.

Ça ne m'est jamais arrivé.

Et à présent que c'est fini, j'ai l'impression d'être un con d'avoir pensé que c'était quelque chose de plus que de la baise.

Parce que clairement, pour elle, ce n'était rien de plus.

Une queue entre deux copains.

Colby arque un sourcil et Hayes lève les yeux au ciel derrière la cage.

— Oui, dit Colby.

— Je crois que ça a rapport à Carina, lance Hayes en m'observant de près.

J'affiche un regard noir avant de grommeler :

— Ça n'a rien à voir avec elle. J'ai beaucoup de problèmes en ce moment.

— Oui, c'est ça, dit Colby en reniflant. Je crois que ça a tout à voir avec elle.

— C'est évident qu'il se passe quelque chose entre vous, ajoute Hayes.

Je pince les lèvres et refuse de réagir. J'ai déjà l'impression d'être un loser. Il n'y a aucune raison pour mes coéquipiers de savoir à quel point.

Colby braque la tête vers les gradins.

— C'est pour ça qu'elle est là ?

Ah ! S'il croit que je vais me laisser prendre à un truc aussi con ?

Hayes tourne les yeux vers les gradins avant de sourire et d'agiter la main.

J'invoque toute ma retenue pour ne pas tourner la tête et parcourir le centre sportif du regard. Mais je sais exactement ce qui m'attend.

C'est-à-dire un autre coup de pied au cul.

Aussi difficile que ce soit, j'ai gardé mes distances même si j'ai terriblement envie d'aller tambouriner à sa porte pour y pénétrer de force. J'ai envie de prendre sa bouche et de l'embrasser jusqu'à ce qu'elle admette enfin que notre relation n'était pas simplement physique.

Juste un divertissement...

Rien que songer à ce commentaire décomplexé me fiche en rogne. Nous n'avons *jamais* été un simple divertissement.

Dès le début, c'était plus.

Elle était mon tout.

Me glisser au plus profond de la chaleur de son corps me donnait une sensation de plénitude.

Songer que je ne le ressentirai plus jamais me déchire le cœur.

— Les garçons, vous voulez un peu jouer au hockey ou bien vous allez rester là à jacasser ? crie l'entraîneur depuis le banc où il est avachi avec trois de ses assistants.

Au lieu de réagir, on se disperse pour aller prendre position. La dernière chose qu'on veut est de faire des sprints.

Pas question !

Alors que j'attends que la mêlée se poursuive, un éclat argenté attire mon attention à l'angle de ma vision et je tourne brusquement la tête dans cette direction. Au moment où je la vois assise dans les gradins, tous mes muscles se tendent au maximum.

Nos regards se soutiennent pendant un moment.

Puis un autre.

Hayes et Madden qui se battent pour le palet me tirent de ma transe. Madden le passe rapidement à Colby qui file vers le but. J'enfonce les lames de mes patins dans la glace une seconde ou deux trop tard et je pousse un juron étouffé alors que je me concentre sur le jeu qui se déroule autour de moi et non sur la fille qui envahit toutes mes pensées.

Tous mes rêves, aussi.

C'est comme si je ne pouvais pas lui échapper.

Malgré tous mes efforts.

Ryder et Bridger font aller et venir leurs crosses devant eux, attendant de voir ce qu'il va faire. Colby passe le disque noir à Hayes qui l'amène au milieu de la patinoire avant de se retrouver au milieu d'une mêlée et de me le repasser. Ryder accélère alors que je file vers le filet, simulant une passe à Hayes avant de viser entre les jambes du gardien et de projeter le palet.

Wolf tombe à genoux et l'attrape d'une main gantée avant d'afficher un sourire paresseux.

— Bien tenté, Ducon. Tu auras plus de chance la prochaine fois.

Je fais le tour du filet et me dirige vers mon côté de la glace. C'est exactement ainsi que se passent les trente minutes d'entraînement suivantes. J'ai beau essayer de ne pas me laisser distraire par Carina, toutes les cellules de mon corps ont intensément conscience d'elle.

Cela dit, ça a toujours été comme ça.

Même au lycée, lorsque j'essayais de prendre mes distances avec elle et de tourner la page.

J'étais incapable de le faire.

Le temps que l'entraînement se termine, je suis couvert de sueur. Je me dirige vers le vestiaire et prends mon temps pour me doucher.

Alors que je me tiens sous le jet chaud, il me vient soudain à l'esprit qu'elle est peut-être ici pour voir un autre mec. Tous mes muscles se contractent et cette pensée tournoie sauvagement dans ma tête. Si c'est le cas, je jure devant Dieu que je vais tordre le cou de ce mec.

Depuis le premier jour de la première année, j'ai fait clairement comprendre aux autres que personne ne devait la toucher. Je ne veux même pas que ces connards lui coulent le moindre regard. Si elle s'est rendu compte que je l'ai placée hors limites, elle n'en a jamais dit un mot.

Je finis de me doucher et m'habille rapidement. Puis je mets du déodorant avant de fourrer mes pieds dans des tatanes. À présent que l'entraînement est terminé et que la pression retombe, je suis entouré par des rires et des conneries qui fusent partout autour de moi. Mais je ne peux pas me concentrer sur ces choses tant que Carina est là.

Le doute continue de s'immiscer dans mon cerveau.

Après la façon dont elle a rompu, que nous reste-t-il à dire ?

Absolument rien.

J'ai presque *peur* d'entendre ce qu'elle a à dire.

Ça ne présage rien de bon.

Un rire sans humour bouillonne dans ma gorge.

De combien de façons cette fille va-t-elle me donner un coup de pied dans les bourses ?

Voilà ce que j'aimerais savoir.

Riggs, Wolf et Maverick jettent leur sac sur leurs épaules avant de se diriger vers la porte.

Mav m'adresse un dernier regard.

— Tu viens ou quoi ?

— Oui, j'arrive dans une minute.

Wolf hausse les épaules.

— Comme tu veux. Ne t'inquiète pas pour Carina. Je lui tiendrai compagnie jusqu'à ce qu'il te pousse une paire de couilles.

Alors que je lui adresse un doigt d'honneur, il sourit et franchit la porte de métal qui mène à la patinoire. Maverick le suit en secouant la tête comme si j'étais trop pathétique pour pouvoir l'exprimer.

Vu que c'est un junior, ça fait mal.

Ne pouvant pas attendre plus longtemps et le vestiaire s'étant vidé, je ramasse mon sac et me dirige vers la porte. Dès que je pénètre dans la grande salle, mon regard parcourt les gradins, mais je les découvre vides.

Mon cœur se serre douloureusement.

Apparemment, elle était là pour quelqu'un d'autre.

Je passe ma main à travers mes cheveux mouillés, essayant de comprendre si je suis soulagé ou bien déçu qu'elle n'ait pas pris la peine d'attendre.

Ou pire… Elle est partie avec un autre mec.

— Hé.

Quand je me tourne, je vois Carina qui se tient à quelques pieds de là. Mon regard lèche son corps, absorbant le moindre détail. Il n'en faut pas plus pour que le désir s'abatte sur moi. Elle est super fraîche avec sa doudoune argentée qui souligne sa taille et un bonnet blanc en laine orné d'un pompon. Un caleçon noir moule ses courbes délectables.

J'ai l'impression que ça fait une éternité qu'on ne s'est pas retrouvés aussi proches.

Assez pour que j'inspire son délicieux parfum floral.

Mon esprit revient à la scène de l'ascenseur, quand je lui ai proposé de la ramener à l'école. Bêtement, j'avais songé à la convaincre par un baiser qu'elle me désirait au moins à moitié autant que je la désirais.

Malheureusement, ça m'a explosé en plein visage.

Ma langue sort pour venir humecter ma lèvre inférieure comme si je pouvais toujours y goûter sa douceur.

Merde.

J'ai juste envie de tendre la main et de la prendre dans mes bras. J'ai envie de l'étreindre pour la protéger. Plus encore, je veux que cette fille m'appartienne pour toujours.

Je fais un pas rapide en arrière, conscient que ça n'arrivera pas. Elle m'a éjecté et n'est pas intéressée.

J'ai besoin qu'elle me dise ce pour quoi elle est venue afin de pouvoir poursuivre le cours de ma vie. Même si mon père n'approuvera pas cette décision, il faut qu'on interrompe nos dîners hebdomadaires pendant un moment. Je ne peux plus le faire. Je ne pourrai pas être avec elle tant que le désir qui court vicieusement dans mes veines n'est pas maîtrisé.

Détail à savoir : ça risque de ne jamais arriver.

Il est parfaitement possible que la douleur qui me remplit ne disparaisse jamais. Pas complètement. C'est comme si quelqu'un avait plongé la main dans ma poitrine et arraché mon cœur avant de le laisser tomber à mes pieds.

Avant de l'écraser du pied définitivement.

Ce qui est pire là-dedans est que cet organe risque de ne plus jamais m'appartenir. Je l'ai donné à quelqu'un qui n'en voulait pas et je ne pourrai jamais le récupérer.

Au lieu de lui rendre son salut et d'essayer d'aborder la situation avec décontraction, je me comporte comme un con.

— Qu'est-ce que tu fais ici ?

La froideur acérée de ma voix me fait grimacer.

Elle se balance d'un pied sur l'autre avant de prendre une inspiration tremblante qu'elle relâche au prix d'un immense effort.

— J'espérais qu'on puisse parler.

Elle a complètement perdu la tête ?

Je plisse les paupières et retrousse la lèvre supérieure.

— Que puis-je dire d'autre ?

Une rougeur soudaine s'empare de ses joues alors qu'elle mordille sa lèvre inférieure entre ses dents blanches tranchantes.

— Beaucoup de choses.

Je croise les bras devant ma poitrine.

— Ah oui ? Comme quoi ?

— J'ai une question pour toi.

Une question ?

À quoi est-elle en train de jouer ?

— Très bien. Vas-y.

— Action ou vérité ?

Je cligne des paupières, me demandant si je l'ai bien entendue parce que généralement, c'est *ma* réplique.

Une façon de la pousser à faire ce que je veux.

Comme de m'embrasser.

Ou de me toucher.

Ou de danser nue pour moi.

Toutes les choses que j'avais trop peur de demander. Alors, j'ai utilisé ce jeu comme excuse.

Comme je garde le silence, elle répète doucement :

— Action ou vérité ?

— Action.

Elle carre les épaules et pointe le menton.

— Je te mets au défi de m'embrasser.

Mes muscles se figent alors que ses mots explosent dans mon esprit.

Un moment s'écoule.

Puis un autre.

— Ne me force pas à t'adresser un autre défi, murmure-t-elle.

C'est là que je me rends compte que je suis terrifié. Terrifié à l'idée de ne pas pouvoir m'arrêter une fois que mes lèvres effleureront les siennes. Parce que quand on y réfléchit bien, elle a toujours été destinée à m'appartenir.

— Ford ?

J'ai l'impression qu'elle a eu du mal à prononcer mon nom, comme si elle était tout aussi terrifiée que moi.

Nul besoin d'encouragement pour franchir la distance entre nous, tendre le bras et glisser mes doigts sous son menton.

— Le truc, c'est qu'une fois que je commence, je ne peux plus m'arrêter.

— Je n'ai pas envie que tu arrêtes.

Ses yeux cherchent les miens.

— Jamais.

Ses paroles s'abattent sur moi comme une lame puissante, menaçant de m'entraîner au fond de l'océan. Ma voix baisse d'un ton, devenant plutôt un râle alors que mes doigts se resserrent sur son menton, s'enfonçant dans la chair souple.

— Comprends-tu ce que je dis, Carina ? Si je pose les lèvres sur toi, alors tu m'appartiens. *Tu es à moi.*

Le besoin de la posséder court dans mes veines.

— Je ne voudrais pas qu'il en aille autrement. Je t'aime. Et je suis désolé de t'avoir repoussée. Jamais je…

Incapable de résister une seconde de plus, j'abats mes lèvres sur les siennes, ravalant ce que je m'apprêtais à dire. Rien ne compte, à part l'entendre dire qu'elle m'aime.

Notre premier contact affecte toujours ma queue.

Comme à l'ordinaire.

Alors que ma bouche conquiert la sienne, je perds toute notion du temps et de l'espace. Quand je m'écarte enfin, on respire tous les deux fort. Le besoin de poser mes mains sur elle vibre en moi et je plaque mon front contre le sien, me plongeant dans ses magnifiques yeux bleu-gris. Je m'y noierais volontiers.

— Tu le penses vraiment ? Tu m'aimes vraiment ?

— Oui. Si je suis entièrement honnête, ça fait un moment.

Il y a un temps d'arrêt alors qu'elle passe en revue les émotions dans mes yeux.

— J'ai parlé à Crawford plus tôt dans la journée. Il a avoué qu'il nous avait découverts au lit ensemble en terminale et qu'il t'avait parlé.

Mes épaules se détendent à présent que la vérité est dite.

— Je suis désolé. J'aurais peut-être dû t'en parler, mais il m'a fait me sentir terriblement coupable. Comme si je tirais profit de toi ou de la situation.

Il y a une note de tristesse dans ses yeux.

— Ce n'était pas le cas. À l'époque, notre connexion était plus émotionnelle que physique. Nous n'avons jamais rien fait. Pas vraiment.

Non, c'est vrai. On s'est simplement embrassés et pelotés.

Mais j'en avais envie.

J'en avais vraiment envie.

Je voulais la faire mienne de toutes les façons possibles. Si mon père ne s'était pas immiscé, je l'aurais fait.

J'aurais bien fini.

— J'avais essayé de le lui dire, mais à l'époque, il ne m'a pas cru, murmuré-je. Et je suis certain qu'il ne voulait pas faire quoi que ce soit qui aurait contrarié Pamela.

Le besoin de l'étreindre court dans mes veines et je la reprends dans mes bras jusqu'à pouvoir poser le menton au sommet de son crâne. J'ai presque peur de perturber la paix qu'on vient à peine de trouver.

— Il faudra le leur dire, tu sais. Je ne peux plus garder d'autres secrets. Si on veut donner une véritable chance à cette histoire, j'ai besoin de ne plus vivre dans le secret. Je ne me cacherai pas.

Je marque un temps d'arrêt avant d'ajouter :

— Je ne serai pas ton petit secret coquin.

Elle se libère suffisamment pour croiser mon regard.

— Je suis désolée de t'avoir fait ressentir cela.

Je hoche sèchement la tête.

— On ne s'y est pas pris correctement, tous les deux, et on a commis des erreurs. Mais c'est l'occasion de les rectifier.

— Tu as raison. Crawford t'a dit que Pamela s'est cassée ?

Cette nouvelle me fait ouvrir de grands yeux.

— Tu es sérieuse ?

— Ouais.

Je scrute son regard, essayant de déchiffrer tout ce que j'y vois passer.

— Ça te soulage ?

La culpabilité s'empare de son visage.

— Aussi terrible que cela puisse paraître. Oui. Crawford mérite quelqu'un qui sera une véritable partenaire pour lui dans tous les sens du terme, et ce n'est pas ma mère.

Je l'embrasse pour la deuxième fois, souhaitant simplement que son goût envahisse mes sens.

— Tu m'as tellement manqué !

— Tu m'as manqué aussi. Plus que je l'aurais jamais cru possible. Je suis désolé de t'avoir repoussé et de t'avoir fait du mal.

— Tout va bien, ma jolie. Tant que tu te rends compte que ta place est ici, dans mes bras, alors, tout ce qu'on aura subi en aura valu la peine après tout.

— Je n'ai aucun doute, dans mon esprit ou dans mon cœur, que j'ai toujours été destinée à être ici avec toi.

Je mordille sa lèvre inférieure.

— C'est bien. Sortons d'ici. Tel que je vois les choses, tu me dois une bonne dose de sexe afin de nous réconcilier.

Un ricanement rauque lui échappe.

— Oh, tu le penses vraiment ?

— Ouais.

— Et qu'as-tu à l'esprit, exactement ?

Je lui adresse un grand sourire alors que toutes les possibilités courent follement dans mon cerveau. On a beau être seuls, je la serre contre moi et murmure la réponse à son oreille. Elle s'écarte juste assez pour étudier mon regard alors que ses pupilles se dilatent, le noir empiétant sur les prunelles bleu-gris.

— Je suis certaine de pouvoir exaucer ton vœu.

Sur ce, je referme ma main sur la sienne et regagne l'appartement à toute vitesse.

Pour la première fois de la semaine, tout dans ma vie me fait l'effet d'être à sa place, et ça a tout à voir avec la fille à côté de moi.

Celle à qui je ne permettrai plus jamais de m'échapper.

Carina

Les bras de Ford sont enroulés autour de moi, me tenant fort contre lui comme s'il n'allait jamais me lâcher. Et je ne voudrais pas qu'il en aille autrement. Ça fait des semaines qu'on a mis les choses à plat et j'ai déjà l'impression qu'on est ensemble depuis toujours. Si je pensais recevoir des regards ou des commentaires bizarres parce qu'on faisait autrefois partie de la même famille, ça n'a pas été le cas. C'est presque comme si tout le monde s'était rendu compte avant nous de ce qui allait arriver.

Il plaque les lèvres contre mon cou alors que je porte la lime seltzer à ma bouche et en avale une lampée, vidant la cannette. Ce soir, les Wildcats ont remporté un autre match et le campus tout entier a fait le déplacement pour fêter ça.

Slap Shotz est absolument bondé. Il n'y a que des places debout. Ce qui signifie qu'on est en plein milieu du karaoké. Sur la scène, les gens poussent la chansonnette. Certains sont terribles et ils le savent. Ils en plaisantent. Mais quelques-uns sont sérieusement impressionnants. Quand ils chantent, le bar devient si silencieux qu'on pourrait entendre une mouche voler.

De l'autre côté de la table, Juliette attire mon attention et articule le mot *toilettes*. Je lui adresse un signe de la tête avant de me tourner vers Ford.

— Je vais passer aux toilettes puis je m'arrêterai au bar pour acheter une autre tournée.

Ses mains se resserrent.

— Ne pars pas trop longtemps, sans quoi je serai forcé de venir te chercher.

Un frisson danse le long de mon dos alors qu'un sourire étire le coin de mes lèvres.

— Tu me menaces de passer du bon temps ensemble ?

Il s'étrangle sur un éclat de rire.

— Toujours, ma jolie.

Quand je me redresse, il tire sur mes doigts. Le mouvement me fait retomber sur ses genoux. Ses lèvres entrent en collision avec les miennes, sa langue courant le long de la commissure de mes lèvres avant d'envahir ma bouche. Alors que je me perds dans la caresse, on me tapote l'épaule.

Je m'arrache de lui et aperçois Juliette, debout à côté de lui, tout sourire.

— Tu es prête ?

Je hoche la tête alors que ma langue sort goûter Ford sur mes lèvres. Il baisse les yeux vers le mouvement et l'intensité rend ténébreux ses yeux dorés. Je sais déjà ce qu'il va se passer quand on arrivera à mon appartement.

Et je suis totalement d'accord.

Juliette coule un regard à mon nouveau petit ami qui continue de se prélasser sur la chaise longue, les yeux braqués sur les miens.

— Vous devriez passer la nuit chez toi à l'occasion. J'aimerais pouvoir dormir un peu de temps en temps. Vous êtes toujours super bruyants.

Je lui claque le bras alors qu'une large banane s'empare du visage de Ford. C'est comme s'il était fier d'être capable de me faire jouir à tue-tête.

Qu'est-ce que je dis ?

Bien sûr qu'il en est fier.

Particulièrement depuis qu'il est capable de durer pendant plus qu'une dizaine d'allées et venues. Parfois, il me fait jouir deux fois avant de perdre enfin le contrôle et de basculer au-dessus du précipice en même temps que moi.

Juliette passe son bras dans le mien alors qu'on traverse la foule dense vers les toilettes. Il y a un peu d'attente. On discute de ce que le mois prochain nous réserve, ainsi que des examens et de Noël qui s'approchent à grands pas.

L'année file à toute vitesse.

Sans qu'on s'en rende compte, la cérémonie des diplômes se profilera bientôt à l'horizon.

Une fois qu'on a fini, on se dirige vers le bar afin de commander une autre tournée. Alors que je paye le barman, quelqu'un me serre le bras. Je me tourne et vois Fallyn avec son amie Britt. Je ne les ai pas vues depuis un moment. Toutes les quatre, on se prend dans les bras et on discute des dernières nouvelles.

— Dernière chanson de la soirée, s'exclame Sully de l'autre côté du bar.

Je m'apprête à reprendre la conversation quand Wolf quitte son siège et monte sur scène d'un pas bondissant.

Je coule un regard à Juliette et hausse les sourcils.

— Tu l'as déjà vu monter là-dessus ?

Elle secoue la tête, l'air tout aussi surprise que moi par la tournure des événements. Les deux autres filles se font tout aussi silencieuses alors que, toutes les quatre, on le regarde choisir une chanson avant de s'emparer du micro. Son regard passe lentement sur la foule comme s'il cherchait quelqu'un en particulier.

Mais qui ?

À ma connaissance, il n'a jamais eu de copine. Cela n'empêche pas les groupies de se jeter constamment sur lui. Et plus il les tient à l'écart, plus elles se battent pour obtenir son attention.

Dès que le tempo enjoué commence, je reconnais la chanson.

Mr. Brightside par The Killers.

Wolf rapproche le micro de sa bouche alors que son regard se pose sur quelqu'un.

En me tournant, je me rends compte qu'il regarde Fallyn.

Même dans la pénombre du bar, ce serait impossible de ne pas remarquer qu'elle devient cendreuse. Elle garde le regard braqué sur lui comme si elle était incapable de détourner la tête.

Il a une voix rauque et profonde.

Elle me donne des frissons dans le dos.

Il y a quelques semaines, j'ai demandé à Fallyn si elle connaissait Wolf et elle a dit que non. La façon dont il reste braqué sur elle me révèle le contraire.

— J'ignore ce qu'il se passe, mais c'est vraiment torride, dit Juliette.

J'arrache le regard de Wolf et la contemple avant d'acquiescer. J'ai l'impression d'avoir besoin qu'on m'arrose avec un tuyau.

Ou mieux encore, de trouver mon homme pour qu'il s'occupe de moi.

Puisqu'on en parle, j'y vais de ce pas.

Une fois que les dernières notes s'estompent, je me tourne vers Fallyn à la recherche de réponses, mais je découvre qu'elle a disparu. Wolf regarde l'issue à l'arrière du bar alors que des applaudissements et des sifflements qui demandent un rappel résonnent à travers l'espace.

Un pli barre son front tandis qu'il bondit gracieusement de la scène et traverse la foule. Il ne prend pas la peine de répondre aux filles qui crient son nom et tentent de lui faire signe de revenir.

Juliette et moi disons au revoir à Britt qui part chercher Fallyn avant de prendre nos boissons et de nous diriger vers la table. Dès que je pose les verres, Ford me reprend sur ses genoux.

— Tu es prête à y aller ? demande-t-il alors que son souffle chaud caresse la peau sensible derrière mon oreille.

J'acquiesce avant de me blottir plus près de lui et de plaquer mes lèvres contre les siennes.

— Ouais.

Les bras enroulés autour de moi, il se redresse.

— C'est bien, parce que j'en ai assez de te partager pour la soirée. J'ai besoin de t'avoir pour moi tout seul.

Un soupir de contentement m'échappe parce que je ressens la même chose.

J'ai besoin d'avoir Ford pour moi toute seule.

Et si je me débrouille bien, ce sera pour le reste de ma vie.

$$\rule{6cm}{0.4pt}$$

Épilogue
FORD

$$\rule{6cm}{0.4pt}$$

Deux ans plus tard…

J'ouvre la porte de l'appartement d'un coup de pied tout en défaisant ma cravate. Pendant les journées de travail lambda, je visite des chantiers, regarde des plans et vérifie les équipes pour m'assurer qu'on fasse des progrès. Cet après-midi, j'ai rencontré un client potentiel. Alors, c'était nécessaire de m'habiller correctement.

Un costume.

Une chemise parfaitement repassée.

Une cravate.

Bonus : Carina aime que je me mette sur mon trente-et-un.

Elle trouve que je ressemble à un mannequin.

Cette pensée suffit quasiment à me tirer un ricanement.

Plus que ça, elle aime quand je retire la ceinture en cuir brillant, l'enroule autour de ses poignets et la noue à la tête de lit avant de la faire s'étendre, nue. La cravate en soie cossue se retrouve enroulée autour de ses yeux afin qu'elle ne voie pas toutes les choses délicieuses que je lui fais.

Elle ne peut que les ressentir.

Il me suffit de songer à elle attachée et à ma merci pour me rendre aussi dur que l'acier.

— Où es-tu, ma jolie ? appelé-je depuis le vestibule. J'ai envie de ma femme et j'en ai envie tout de suite.

— Dans la cuisine, dit-elle en levant la voix.

Je file vers la pièce spacieuse et la découvre penchée alors qu'elle glisse quelque chose dans le four. Mon regard tombe sur ses fesses en forme de cœur.

Carina a le plus beau cul du monde entier.

Il remplit parfaitement mes mains.

Et elle est tout aussi musclée que lorsqu'elle était au collège. Elle travaille douze heures par jour au studio qu'elle a ouvert l'année dernière. C'est le mélange parfait entre sa passion et ses études.

Les soirs où je ne coache pas l'équipe du lycée local, je passe en fin de journée pour m'asseoir par terre et la regarder danser. Je ne devrais probablement pas mentionner qu'on a baptisé toutes les pièces de l'endroit.

À de multiples reprises.

Alors qu'elle se tourne pour me saluer, un sourire illumine mon visage.

— Salut, bébé.

— Salut, toi aussi.

Mes doigts s'enroulent autour des moulures qui encadrent l'entrée alors que je me penche en avant.

Elle glisse les yeux sur moi.

— Je t'ai déjà dit à quel point ça m'excite quand tu portes un costume ?

J'affiche un sourire narquois.

— Non, je ne pense pas.

— Menteur, dit-elle en inclinant la tête. Parfois, je pense que tu le portes exprès juste pour pouvoir l'arracher de ton corps.

Coupable ! J'adore quand elle fait de moi ce qu'elle veut.

Je m'écarte du chambranle pour entrer dans la cuisine, la suivant autour de l'îlot en marbre.

— Je crois que tu préfères quand je t'attache au lit.

— Oui.

Sa voix se fait haletante alors qu'elle bat en retraite de plusieurs pas, me forçant à la pourchasser. Il n'y a rien que j'aime plus que de la rattraper.

— Je sais. J'aime t'attacher. Chaque fois que mes doigts frottent contre ma cravate ou bien le cuir de ma ceinture, je t'imagine nue. J'ai eu une érection toute la sainte journée.

Elle affiche une moue boudeuse.

— Ah, mon pauvre bébé. Ça a l'air terrible.

— Je suis certain qu'elle est enflée et a besoin d'un peu d'amour, dis-je avec un sourire en coin.

— Tu parviendras peut-être à me convaincre de m'en occuper pour toi.

— Ah oui ? C'est juste une possibilité ?

Quand ses reins heurtent le comptoir et qu'il ne lui reste nulle part où aller, un sourire lent s'empare de mon visage et je plaque mon corps contre ses courbes délicates. Elle pointe le menton comme si elle m'offrait sa bouche. Je lui lèche les lèvres avant de mordiller sa lèvre inférieure pulpeuse. Je les préfère quand elles sont gonflées par mes baisers.

Ou après avoir sucé ma queue.

Elle fait les meilleures pipes du monde. J'aime enfoncer mes doigts à travers ses longs cheveux blonds et regarder mon gourdin disparaître entre ses lèvres. Particulièrement lorsqu'elle me regarde dans les yeux.

Mes mains s'enroulent autour de sa taille puis je la soulève sur le comptoir reluisant. Je me glisse entre ses cuisses avant de remonter le sweatshirt sur son corps et le jeter sur le carrelage à mes pieds. Le soutien-gorge est le prochain article qui disparaît. Une fois retiré, mon regard s'abaisse sur ses seins nus.

Ils sont si parfaits !

J'en saisis la douceur entre mes paumes avant de jouer avec ses mamelons, les tiraillant jusqu'à ce qu'ils soient bien durs. Un gémissement lui échappe alors que ses yeux se dilatent de plaisir. Une fois que j'ai suffisamment joué avec eux, je fais glisser son collant sur ses hanches et ses cuisses, m'assurant que son string soit retiré jusqu'à ce qu'elle se retrouve complètement nue.

Je me redresse de toute ma taille et fais un pas en arrière afin de mieux la regarder.

Elle est si magnifique !

Ma queue palpite déjà dans mon caleçon. J'aurais probablement dû me branler avant de quitter le boulot.

On est ensemble depuis à présent deux ans et, très souvent, c'est exactement ainsi que ça se passe entre nous. Elle m'excite comme personne ne l'a jamais fait.

Ou aurait pu le faire.

— Tu es si belle, ma jolie.

— Tu n'es pas si mal toi-même, murmure-t-elle pour toute réponse.

— Maintenant, écarte les jambes et dévoile-moi exactement ce qui m'appartient.

Sans hésitation, elle recule afin que le dessous de ses pieds se retrouve à plat contre le comptoir avant de permettre à ses jambes de s'écarter jusqu'à ce qu'elle se retrouve complètement écartelée. Dans cette position, je suis en mesure d'observer chaque centimètre émouvant.

Un grognement torturé vrombit au plus profond de ma poitrine.

Il faut qu'on me dise comment j'ai fait pour avoir autant de chance.

C'est la question que je me pose quotidiennement.

Incapable de résister une seconde supplémentaire, je dévore la distance entre nous avant de faire courir un doigt depuis le haut de sa fente jusqu'en bas avant de remonter. Pour toute réponse, elle cambre le dos afin de tenter de se rapprocher.

Carina a toujours été d'une nature sexuelle et ça n'a pas changé.

Dieu merci !

Elle n'a pas peur de me dire exactement ce qu'elle veut ou ce dont elle a besoin.

C'est une autre chose que j'aime chez elle.

Je continue de caresser sa douceur jusqu'à ce qu'elle se tortille. Alors seulement, j'enfonce le doigt à l'intérieur de sa chaleur étroite. Mon regard reste braqué sur son sexe. J'aime la façon dont son corps réagit à moi. La moiteur qui recouvre ses lèvres. Les ondulations de ses hanches, m'implorant en silence de lui en donner plus.

Quand je l'ai suffisamment tourmentée, je me baisse jusqu'à ce que mes yeux parviennent à la hauteur de son intimité. Alors que mon doigt s'enfonce et se retire lentement, j'abats de légers coups de langue sur son clitoris, exactement comme elle l'aime.

Elle ne met pas plus de quelques secondes avant de se décomposer. Son intimité se contracte autour de mon doigt alors que je lèche chaque goutte de sa douceur. Ce n'est que lorsque mes muscles se décontractent et que ses cris s'estompent que je plaque un baiser contre son intimité et me redresse de toute ma taille.

Son expression se fait confuse.

Et j'adore ça.

J'aime être celui qui l'a provoquée.

Je suis le seul homme qui la provoquera jamais.

— Tu es prête à te faire baiser, ma jolie ?

— Ça dépend. Tu vas m'attacher ?

Un sourire s'empare de mes lèvres.

— Comptes-y.

Lorsque je m'enfonce entre ses cuisses écartées, elle les enroule autour de ma taille. Mes mains s'installent sur ses fesses, l'attirant vers le rebord du comptoir alors que je la soulève contre moi. Puis je nous fais tourner et nous dirige vers la chambre. Elle gémit alors que ma verge durcie frotte contre son intimité écartelée.

Alors que je franchis le seuil, elle grogne :

— J'aime quand tu as des meetings.

Même si je suis à deux doigts de jouir dans mon calbut, un ricanement rude m'échappe.

— Je t'aime, tout simplement.

Ses bras se resserrent autour de mon cou tandis qu'elle dépose un baiser sur mes lèvres.

— Je t'aime aussi.

C'est avec précaution que je la dépose au centre du lit deux places. Elle se cale sur les coudes et regarde mes doigts glisser sur la ceinture de cuir brun. Ses pupilles se dilatent et sa respiration reste coincée dans sa gorge alors que je déboucle la ceinture en argent, tirant dessus pour qu'elle glisse facilement hors des passants en tissu. Ses lèvres s'ouvrent en une invitation silencieuse, m'offrant une vision captivante du paradis. J'ai beau y avoir été fourré il y a quelques minutes à peine, ça ne compte pas.

Je ne crois pas pouvoir me lasser d'elle un jour.

Tout ce que je puisse dire est Dieu merci, ça n'arrivera jamais !

Carina est à moi.

Elle le sera toujours.

Tout comme elle l'a fait depuis notre rencontre.

Maintenant, si vous voulez bien m'excuser, je vais faire l'amour à ma fiancée.

Et oui, je la ferai probablement crier à plusieurs autres reprises avant de pouvoir enfin connaître mon propre plaisir.

C'est comme ça !

Et je n'aimerais pas qu'il en aille autrement.

***

Merci d'avoir lu *Ma liste de règles* ! Envie d'en savoir plus sur Carina et Ford ? Inscrivez-vous à ma lettre d'information pour obtenir un épilogue bonus !

La série des Western Wildcats continue avec *Mon bien le plus précieux*.

Wolf Westerville.

Autrefois, mon univers tournait autour de lui, et j'ai bêtement cru qu'il aurait toutes mes premières fois. Ces rêves ont volé en mille éclats quand l'impensable s'est produit.

Cinq ans plus tard, nous fréquentons tous les deux la même fac. Il est gardien de but

pour l'équipe des Western Wildcats, en lice pour intégrer la ligue nationale. Moi, j'essaie seulement de terminer mes études tout en faisant de mon mieux pour l'éviter.

Wolf a décidé qu'il était temps pour nous de nous réconcilier, mais en ce qui me

concerne, il peut se fourrer cette idée là où le soleil ne brille jamais.

D'ailleurs, il peut même se pencher en avant et je me ferai un plaisir de le faire à sa

place.

Il n'en a peut-être pas conscience, mais ma vie est en train de craquer sous toutes les

coutures. Mes parents ont tout perdu et sont incapables de payer mes frais d'inscription

pour le second semestre, alors je vais devoir trouver quelque chose.

Et vite.

Sinon, je n'aurai d'autre choix que de tout abandonner pour rentrer chez moi la

queue entre les jambes.

Refusant de me laisser abattre, je décide de vendre mon bien le plus précieux.

Ma virginité.

Commandez votre exemplaire dès aujourd'hui !
Mon bien le plus précieux

Tournez la page pour avoir un aperçu d'une autre romance sportive.

Maintenant ou jamais
MIA

L'été avant la première année d'université

— Ramène tes fesses ici ! s'exclame ma meilleure amie depuis la fenêtre où elle s'est assise comme une sentinelle. Tu *dois* voir ça !

Négatif, *Ghost Rider*. Je passe mon tour. Je n'ai aucune envie d'espionner une cour pleine d'étudiants ivres qui font la fête chez mon voisin. À contrecœur, je lève les yeux de mes orteils que je suis en train de recouvrir d'un vernis rose pâle. *Coney Island Cotton Candy*, pour être précise.

Quand nos regards se croisent, Alyssa me fait signe. Elle est tellement surexcitée. Un peu comme un schnauzer.

— Tout le monde est là-bas !

— C'est faux, murmuré-je en peignant mon petit orteil d'une main d'experte. Nous sommes ici, nous.

Et j'ai l'intention de le rester.

— Oui, c'est le problème.

Elle joint ses mains avant de les agiter devant moi.

— S'il te plaît ? supplie-t-elle. On ne peut pas y aller juste un petit moment ? Juste un peu ? C'est tout ce que je demande.

C'est tout ce qu'elle demande… ah !

Je sais que ce sont des conneries.

Alyssa sait très bien que je préférerais me manger le bras plutôt que de m'incruster à une des soirées de Beck Hollingsworth. Je ne lui avais pas dit, mais Beck m'avait envoyé un message avec toutes les informations. Si elle avait suspecté le fait qu'on avait été invitées, elle m'aurait traînée sur la pelouse qui sépare nos propriétés dès l'arrivée du premier invité dans l'allée.

Non, merci.

Il est évident, d'après l'agitation qui règne chez nos voisins, que toute la classe de terminale est présente pour fêter notre diplôme. Si nous ne vivions pas dans un cul-de-sac tranquille, dans un lotissement fermé, j'espèrerais que la police ferait une visite surprise et mettrait fin aux festivités.

Sauf que personne ne veut déranger le père de Beck, Archibald Hollingsworth. C'est un avocat hors de prix, qui a énormément d'employés à son service. C'est l'un de ces types trop bronzés au teint d'une pureté aveuglante que l'on voit à la télévision. Il scande que, si on a un souci, il faut les appeler et qu'il se bat pour le peuple. Ce type est partout. Sur les panneaux d'affichage. Dans les publicités. Dans les pubs des journaux et sur les magazines.

La police locale a eu affaire à Archibald plusieurs fois au fil des ans parce que son fils est un aimant à problème. Voyons voir, il y a eu la fois – ou les cinq fois – où il a été arrêté pour avoir bu de l'alcool avant l'âge légal. À quinze ans, Beck a *emprunté* la toute nouvelle Range Rover de ses parents pour faire un peu de tout-terrain. Et la police est intervenue quand il a mis de la super glu dans les serrures des portes du lycée pour la première journée des *pranas* des terminales.

Au lieu de conduire Beck au poste chaque fois qu'il était interpelé, ils le déposaient devant sa porte sans prendre la peine d'en informer Archibald. Beck tutoie un certain nombre de personnes dans la police. Quelques-unes sont même venues à sa fête de remise des diplômes, en juin.

Il n'est pas surprenant que Beck trouve toujours le moyen de contourner les obstacles qui se dressent sur son chemin. Ses parents. L'école. La loi. C'est aussi irritant qu'impressionnant. Peut-être qu'un de ces jours, il utilisera son pouvoir pour faire le bien, et non pour faire n'importe quoi.

— Allez, Mia, supplie Alyssa tout en m'adressant un regard de chien battu.

Double coup dur.

Ma meilleure amie sait que j'ai du mal à résister à ses yeux de chien battu.

Je pose mes orteils sur le sol et marmonne :

— Je ne peux aller nulle part tant que mon vernis n'est pas sec.

Je fais de mon mieux pour ne pas m'approcher de Beckett Hollingsworth. Ce type me rend complètement dingue.

Et c'est un euphémisme.

— Génial ! Alors… on part dans cinq minutes ?

Elle s'éloigne avant de plaquer son visage contre la vitre, sa voix se faisant rêveuse.

— Je parie que Colton est déjà là.

Eurk.

Colton Montgomery est le bras droit de Beck, donc je ne suis pas sûre de vouloir qu'elle ait raison.

Même si je l'ai prévenue, Alyssa craque pour Colton depuis plus d'un an. Non seulement il est populaire, mais en plus, c'est un joueur de football. J'insiste bien sur la partie « joueur ». Si Alyssa était intelligente, elle se trouverait un mec bien duquel tomber amoureuse, or elle est focalisée sur le tombeur aux cheveux blonds et aux yeux bleus.

Colton a tout pour lui : un cerveau, des muscles et très certainement un aller simple pour la NFL[1] après l'université.

Le seul problème, c'est qu'il est conscient de son charme. Son ego est si imposant. C'est du moins ce qu'on dit de lui.

Et ce n'est pas l'avis d'Alyssa puisqu'il refuse de coucher avec elle. Je n'arrive pas à savoir si la situation est amusante ou triste. Plus Colton garde Alyssa à distance, plus elle est déterminée à le conquérir.

Lors de la dernière saison de football, Alyssa m'a traînée à chaque match. Même ceux qui se jouaient à l'extérieur. Ma plus grande crainte était que Beck suppose que j'étais là pour le soutenir. Son fan-club est déjà légendaire sans que je vienne grossir les rangs.

En ce qui concerne les femmes, Beckett fait passer Colton pour un puceau. Il change de fille comme on change de sous-vêtements. En parlant de culottes, les filles de notre lycée sont toujours heureuses – je dirais même ravies – de faire tomber les leurs pour lui.

C'est ridicule.

C'est un profiteur invétéré.

On devrait lui coller une étiquette de prévention sur son front.

« Attention. Toxique pour les femmes. »

Mais vous savez quoi ?

Cela n'empêcherait pas ces filles sans cervelle d'écarter les jambes pour lui. J'ai arrêté d'essayer de comprendre pourquoi. D'accord, je sais qu'il est très séduisant. J'ai beau tenter de prétendre que je suis immunisée à ses charmes, mais ce n'est pas le cas. Je suis juste très douée pour enfouir ce que je ressens pour que ça ne remonte jamais à la surface. Si je ne le faisais pas, Beck me briserait le cœur en un clin d'œil, et je n'ai aucune envie de figurer sur la liste de ses conquêtes.

Si j'avais le choix, je préférerais regarder un film sur Netflix plutôt que de me laisser embarquer à la fête de Beck.

Ne vaut-il pas mieux s'asseoir en pyjama et se gaver de pizzas que de regarder ses camarades de classe se saouler, se draguer et vomir partout avant de faire un coma éthylique ? Je ne prendrai pas la peine de poser la question à Alyssa. Il n'y a aucune chance pour qu'elle choisisse volontairement de rester à la maison si elle peut aller voir son *crush*.

Vous voulez deviner ce que Colton fera quand j'essuierai la bave du menton d'Alyssa ?

Vous l'avez deviné : il flirtera avec chaque personne possédant un vagin s'il pense avoir une chance de finir avec ce soir.

Honnêtement, c'est l'une des choses les plus masochistes

qu'Alyssa puisse faire. Je n'ai aucune idée de la raison qui la pousse à s'infliger ce genre de supplice.

Visiblement, mon rôle de meilleure amie est de soutenir sa décision de s'infliger une multitude d'angoisses. Je lui donnerais une gifle si je pensais que ça pouvait la raisonner.

Ma prédiction pour la soirée est la suivante : Alyssa va boire quelques verres, s'extasier devant Colton, puis se transformer en une flaque de larmes pendant que ce salaud embrassera d'autres filles devant elle. Ensuite, je la traînerai jusqu'à la maison où elle finira par engloutir une glace aux trois chocolats.

Mais c'est à ça que servent les amis, n'est-ce pas ?

Ne vous inquiétez pas, j'ai déjà accepté cela.

— Très bien, grommelé-je en espérant qu'elle comprenne à quel point je suis réticente. Mais sache que je ne resterai pas plus d'une heure. Alors, tu ferais mieux de faire bon usage de ton temps, meuf.

Elle pivote pour me faire face, sautillant sur la pointe des pieds en applaudissant d'excitation.

— Youpi !

Dès que j'accepte, elle se dirige vers mon placard qui fait la moitié de ma chambre.

J'ai le genre de dressing dont la plupart des filles de mon âge ne peuvent que rêver. Chaussures, sacs à main, vêtements et bijoux. Tout est là et bien rangé.

— Je vais trouver quelque chose de sexy à mettre ! s'exclame-t-elle.

— Ce que tu as sur toi est très bien, soupiré-je en roulant des yeux. C'est déjà assez pour moi, hein ?

Un grognement me répond des profondeurs de mon dressing.

Pendant les dix minutes suivantes, j'assiste à un défilé de mode improvisé. Au rythme où va Alyssa, nous ne sommes pas près de nous rendre à la fête.

Prends ton temps, meuf. Je suis totalement partante pour ça.

Après une douzaine d'essayages, Alyssa opte pour un débardeur noir, tricoté, et une jupe blanche qui met en valeur ses jambes bronzées. Alyssa suit des cours de danse depuis qu'elle a trois ans. Elle est tonique, et ses muscles sont développés et minces.

— Wouah, meuf, tu es sexy.

Je dis ça au cas où son *crush* n'apprécie pas l'effort. Alyssa a besoin de passer à autre chose. Je pense qu'un programme en douze étapes l'aiderait à se débarrasser de son obsession pour Colton Montgomery.

— Je vivrais dans ton placard avec plaisir si tu me laissais faire.

Elle sourit en faisant une pirouette.

— C'est mon paradis.

Un sourire sceptique étire mes lèvres.

Ma mère est une accro du shopping, et ses factures Amex Black Card en témoignent. Elle achète des vêtements comme si notre maison avait brûlé et que rien n'avait pu être sauvé. Même si j'ai de la place, ma garde-robe est pleine à craquer. Les trois quarts de ces vêtements n'ont jamais vu la lumière du jour. Alyssa a de la chance que nous fassions presque la même taille et qu'elle puisse emprunter tout ce qu'elle souhaite.

Maintenant qu'elle est habillée et prête à rejoindre la foule, ses yeux se plissent et elle me fixe avec insistance. Sans un mot, elle pivote et se précipite dans mon dressing avant de revenir quelques minutes plus tard.

— Voilà, déclare-t-elle en jetant deux vêtements au pied de mon lit.

Je jette un coup d'œil au débardeur doré, brillant, et à la jupe en jean foncé qui ressemble à une serviette pliée. La jupe est très mignonne, mais je déconseille fortement de la porter pour une mission commando, à moins de vouloir montrer à tout le monde ce que vous avez dans le ventre.

Comme ce n'est pas dans mon style, l'étiquette pend toujours de la poche. Je n'ai aucune idée de ce que pensait ma mère en la prenant.

Ne sachant pas pourquoi elle me présente des vêtements, je pointe la petite pile.

— C'est pour quoi ?

— Tu dois te changer.

Elle me lance un regard qui veut dire « eurk » avant d'applaudir.

— Allez, allez !

Changer de tenue ne faisait pas partie du plan. J'étais à l'aise avec l'idée d'y aller en pyjama. Ce n'est pas comme si je cherchais un prétendant. Ou quoi que ce soit d'autre, d'ailleurs.

Je secoue la tête et croise mes bras sur ma poitrine.

— Non, merci.

Son regard me détaille, et elle désigne mon T-shirt.

— C'est une tache de café sur ton sein ?

En fronçant les sourcils, je jette un coup d'œil à ma poitrine et inspecte la tache sombre sur le tissu qui recouvre mon sein droit. À mon avis, elle a raison. Un caramel Macchiato, pour être exacte.

— Peut-être.

Elle pince les lèvres.

— Je refuse d'aller où que ce soit avec toi habillée comme *ça*.

— Super !

Je m'étire avant de poser mes mains derrière ma tête.

— Quel genre de film te plairait ? Comédie romantique ? Film d'horreur ? Thriller psychologique ? Film angoissant ?

Un sourire bienveillant étire mes lèvres.

— Tu peux choisir.

Alyssa tape du pied sur la moquette.

— Mia ! s'exclame-t-elle d'un ton pouvant faire exploser les tympans.

Quelques chiens du voisinage hurlent en réponse.

— *Tu as promis !*

Promis ?

Non, je ne pense pas.

Je plisse le nez et pose un doigt sur mes lèvres.

— Je ne crois pas avoir *promis* quoi que ce soit. *Accepté à contrecœur* ? Oui. *On m'a forcée à capituler* ? Certainement. Mais *promis* ? Pas dans cette vie.

Lorsqu'elle se redresse, je gémis, sachant exactement ce qui va se passer.

— *Mia Evelyn Stanbury !* Dois-je te rappeler qui était là quand… ?

Arf.

Nous arrivons au moment de la soirée où Alyssa énumère tout ce qu'elle a fait pour moi jusqu'à ce que je cède. Et elle commence par Harper Hastings. Une fille qui m'a harcelée sans relâche en cinquième parce que Xander Rossi m'avait invitée au cinéma à sa place. Après des mois de piques mesquines de la part de Harper, Alyssa l'avait attendue après l'école. Ma meilleure amie lui avait fait savoir que, si elle n'arrêtait pas, elle ferait courir la rumeur qu'elle bourrait ses soutiens-gorges. Cela devait être vrai, car Harper avait immédiatement battu en retraite et je n'avais plus jamais entendu parler d'elle.

— Oui, oui. Harper Hastings, marmonné-je, n'appréciant pas la direction que prend cette conversation.

Alyssa croise les bras sur sa poitrine et un sourire suffisant étire ses lèvres.

— Harper Hastings n'est que le début, mon amie, m'apprend-elle en arquant les sourcils. Dois-je continuer ?

Nous nous regardons en silence avant que je ne m'effondre comme un château de cartes.

— Très bien, je vais me changer.

Je me redresse avant de saisir la jupe et le haut et de les lui montrer en les secouant.

— C'est seulement parce que je t'aime et que tu es ma meilleure amie que j'accepte d'aller chez les voisins.

Un sourire angélique illumine son joli visage avant qu'elle ne m'envoie un baiser.

—Je t'aime aussi. Maintenant, bouge-toi.

— Une heure, rappelé-je. C'est tout ce que tu as.

D'un air indifférent, elle fait un signe de sa main.

— Pas de problème, c'est bien assez pour que ma magie fonctionne.

Ce qu'elle veut dire, c'est que c'est assez de temps pour que Colton l'ignore tout en sortant avec une autre fille. Une part de moi souhaiterait presque qu'il couche avec Alyssa. Peut-être qu'alors les lunettes roses tomberaient et qu'elle réaliserait à quel point ce type est un crétin.

D'un mouvement fluide, je retire le T-shirt taché de mon corps et le remplace par le débardeur doré. Je délaisse ensuite le short confortable dans lequel je me prélassais et enfile le petit rectangle de tissu qui sert de jupe.

Je m'approche de mon miroir qui s'étend du sol au plafond et fixe mon reflet avant d'essayer de descendre la jupe plus bas sur mes cuisses, sauf que c'est inutile. Il n'y a pas un centimètre de tissu en trop.

À quoi ma mère pensait en achetant ce vêtement ? Elle s'est trompée et a pris dans le rayon pour enfants ?

Je me penche, touche mes orteils, avant de jeter un coup d'œil par-dessus mon épaule. C'est exactement ce que je pensais. Mon string est bien visible. En fait, on dirait que je ne porte pas de sous-vêtements puisque le tissu est comme du fil dentaire.

Formidable.

Sans parler du fait que c'est inconfortable.

— Il n'y a pas de deuxième option ?

Mon regard croise celui d'Alyssa dans le miroir.

— Une option où on ne voit pas mon cul ?

— J'ai bien peur que non. J'aime beaucoup le jeu des devinettes pour savoir si tu portes des sous-vêtements ou non, dit-elle en me faisant un clin d'œil. Joue bien tes cartes, et peut-être que tu auras de la chance ce soir.

Je plisse les yeux et pince les lèvres.

— Crois-le ou non, je suis parfaitement satisfaite du fait d'être malchanceuse.

— Ça, ma chère, c'est seulement parce que tu ne sais pas ce que tu loupes.

— Des chagrins d'amour, des MST et la possibilité d'une grossesse non désirée ?

Je papillonne des cils et souris.

— Tu as tout à fait raison.

En ignorant mon commentaire, elle me lance une paire de sandales dorées avant de mettre des sandales en cuir noir qui remontent le long de ses jambes, lui donnant un air de déesse grecque. Elle est superbe. Mais encore une fois, quand est-ce que ce n'est pas le cas ? Alyssa a de longs cheveux blonds et des yeux bleu foncé. Sa peau a un éclat naturel qui s'assombrit sous le soleil d'été.

Cela m'offusque presque que Colton refuse de baiser mon amie. Qu'est-ce qui ne va pas chez lui ?

— Prête à y aller ? demande-t-elle en vérifiant une dernière fois son reflet dans le miroir.

J'enfile les sandales avant de me redresser.

— Autant que possible.

Cinq minutes plus tard, nous traversons la pelouse et marchons sur le côté du manoir Hollingsworth. De cet immense manoir. Inutile de dire qu'Archibald a fait de la négociation un art lucratif.

À chaque pas, le bruit des rires d'ivrognes et les pulsations de la musique s'amplifient, agressant nos oreilles. Dès que la fête est en vue, je me demande pourquoi j'ai laissé Alyssa m'y traîner.

C'est le chaos.

Même si Alyssa souhaiterait me convaincre du contraire, je ne suis pas complètement nulle. J'aime faire la fête, comme n'importe quelle fille. Mais Beck aime passer à la vitesse supérieure. Il ne se contente pas d'une simple soirée durant laquelle les gens s'installent et se détendent. Cette fête est sur le point de devenir l'un de ces films pour adolescents dans lequel l'enfer se déchaîne et dans lequel le propriétaire se réveille nu le lendemain matin dans une benne à ordures, à cinq états d'ici, avec une chèvre.

Sur la gauche, quelques personnes tiennent la tête d'un type en bas pendant qu'il rend tout.

Des chants disant « *bois, bois, bois* » se répandent dans l'air.

Je ne serais pas surprise si l'un de ces idiots ivres était retrouvé dans la piscine demain matin.

On peut se demander pourquoi les parents de Beck le laissent seul, sans surveillance. Il a peut-être dix-huit ans et est techniquement un adulte, cependant, il a besoin de quelqu'un de plus âgé pour le contrôler. Quelqu'un qui peut le stopper quand il va trop loin.

Et ce n'est pas gagné. Son frère aîné, Ari, est à l'étranger pour l'été.

Archibald et Caroline, ses parents, ont dû se rendre compte que c'était inévitable. Chaque fois qu'ils quittent la ville, Beck organise une grande soirée. Selon l'ampleur des dégâts, il est puni quelques jours, voire quelques semaines.

Le menacer en lui disant qu'il y aura des conséquences – voire l'application de ces conséquences – n'a aucun effet dissuasif.

Croyez-le ou non, avant que nos parents ne quittent la ville pour un long week-end à New York, Archie m'a demandé de garder un œil sur son fils.

— Assure-toi qu'il n'y ait pas de mort, m'a-t-il dit.

Comme si j'avais un quelconque contrôle sur Beck.

Parce que, oui, Beck n'écoute personne, et moi encore moins.

Qu'est-ce que je suis supposée faire exactement ?

La commère ?

Faire un *facetime* avec ses parents pour qu'ils puissent voir en direct la déchéance qui va suivre comme au Pandemonium ?

Même si cela me faisait plaisir, cela n'arrivera pas. Je suis peut-être beaucoup de choses – une personne qui suit les règles, bonne à tout faire si vous écoutez Beck –, mais il y a des limites à ne pas franchir, et la délation en fait partie.

Ce sera encore une fois l'occasion pour Beck de s'en tirer à bon compte. Je suppose que c'est la beauté d'être Beckett Hollingsworth. Il se fout de tout ce qui n'est pas du football.

Ce sport néandertalien est sa vie.

Alors que Beck n'est qu'en seconde, il attire déjà l'attention des entraîneurs de l'université Big Ten. Ils sont impatients de l'inscrire sur leur liste. S'il avait pu aller directement en ligue nationale de football après son diplôme, il l'aurait fait. Or ce n'est pas possible. Les joueurs ne peuvent participer qu'à partir de leur deuxième année d'université. Le père de Beck est allé encore plus loin en insistant pour qu'il attende sa seconde année, parce que, je cite : « aucun de mes fils n'abandonnera l'université. »

Beck sera la preuve irréfutable que les compétences permettent vraiment d'obtenir des diplômes.

Alors que mon regard se perd sur la foule d'yeux vitreux, il se heurte à des iris verts et brillants. Un frisson parcourt mes veines lorsque nos regards se croisent. Les muscles de mon ventre se tordent.

Une fois que j'ai compris ce qu'il se passe, je tempère ma réaction. Ma vie a été remplie de milliers de petits moments comme celui-ci. Des moments que j'aime prétendre n'avoir jamais existé.

Pour ce que j'en sais, cela peut être une mauvaise digestion à cause des sushis que j'ai pris à la station-service hier soir.

Il y a plein de possibilités, n'est-ce pas ?

Au lieu de détourner le regard, je le fixe et me renfrogne. Ce que j'ai appris, c'est qu'il fallait faire preuve d'audace dans ces situations plutôt que de tourner les talons et de fuir. L'arc de cupidon parfait de la bouche de Beck se soulève pour former un sourire complice avant qu'il ne courbe le doigt.

Un rire étrange s'élève dans ma gorge.

Je ne pense pas, mon pote.

Je ne suis pas une de ces filles sans cervelle avec qui il joue habituellement. J'ai un cerveau fonctionnel, et j'aime l'utiliser pour prendre des décisions qui ne se retourneront pas contre moi. Contrairement à Beck, j'ai un bon instinct de conservation.

Je serre les lèvres avant de secouer négativement la tête.

Un sourire de prédateur s'étire sur son visage, lui donnant un air séduisant. Avec ses cheveux noirs ébouriffés, ses pommettes saillantes qui témoignent de son héritage russe et ses sourcils épais, il est un danger pour toutes les femmes. Je ne mentionnerai pas le fait que son corps semble être taillé dans la pierre. Des épaules larges et une taille fine complètent l'ensemble.

C'est presque un soulagement quand une fille en bikini s'interpose entre nous, coupant notre connexion. Maintenant, son regard perçant ne me retient plus, et je peux expirer tout l'air de mes poumons.

Alyssa saisit ma main.

— Il est là, murmure-t-elle, excitée par le brouhaha des voix et la musique. Oh mon Dieu, c'est un fantasme vivant.

Je scrute la foule de nouveaux diplômés du lycée avant de trouver Colton.

Bien sûr, je l'admets, il est aussi sexy que Beck. Au lieu d'avoir des cheveux courts et foncés, il a des cheveux blond doré. Il est rasé de près, et ses mèches tombent sur son visage, si bien qu'il les écarte constamment de ses yeux bleus et brillants. Il est grand et musclé. Si je n'allais pas à l'école avec lui depuis le primaire, je le soupçonnerais d'avoir redoublé quelques classes. Même ses muscles sont musclés.

Les filles tournent déjà autour de lui, se disputant son attention. Ce type est comme une rock star qui choisit les groupies avec lesquelles coucher avant la fin de la nuit.

— Il est passable, marmonné-je, voulant minimiser son charme.

— Tu es tellement dans la merde que tu deviens aveugle. Il est plus que passable, et tu le sais.

— Mmmh, rétorqué-je en fronçant le nez. C'est dégueulasse.

— Concentre-toi !

Elle fait claquer ses doigts devant mon visage.

Je fournis un dernier effort pour la convaincre.

— Tu peux avoir mieux que Colton. Il sait exactement à quel point il est sexy et en profite chaque fois qu'il en a l'occasion. Trouve quelqu'un comme… commencé-je en me mettant sur la pointe des pieds et en balayant la masse de corps du regard avant de trouver le gars parfait pour Alyssa, Landon Mathews. Non seulement il est beau, mais en plus il est adorable.

L'expression d'Alyssa devient pensive alors qu'elle détaille le grand type brun comme l'encre et aux yeux bleu-vert et inhabituels. Il se tient debout avec un groupe de joueurs de football, riant à ce que l'un d'entre eux vient de dire.

— Il est vraiment canon, admet-elle.

Pendant un super moment, mon esprit s'emballe. Peut-être qu'elle laissera tomber cette histoire avec Colton Montgomery et ira vers quelqu'un de plus accessible. Landon est un type bien. Il est aussi sexy que ses amis, sauf que ce n'est pas un véritable connard.

Malheureusement, il n'est pas aussi populaire que Colton ni Beck, car il a l'étiquette du « bon gars ».

Je veux dire, pourquoi sortir avec un gentil garçon quand on peut avoir un type qui nous traite comme de la merde ?

Malheureusement, personne.

Sauf que… il semblerait y avoir beaucoup plus de vérité dans cette affirmation que la plupart des femmes ne souhaiteraient l'admettre sans être gênées. Qu'elles le réalisent ou non, ces filles ont été conditionnées pour désirer les abrutis inaccessibles.

C'est troublant à plusieurs niveaux.

— Et l'avantage, poursuivis-je, c'est qu'il sait que tu existes !

— Hmm, excuse-moi, Colton sait que j'existe, grogne-t-elle.

— En es-tu certaine ?

Elle se mord la lèvre alors que nous jetons un coup d'œil à l'homme en question qui – ô surprise ! – est entouré d'une ribambelle de filles peu vêtues et en compétition pour obtenir son intérêt.

Oh, oh.

Alyssa a ce regard. Celui qui me dit de ne pas essayer de la faire changer ses plans.

Et elle me le confirme lorsqu'elle dit :

— Souhaite-moi bonne chance, j'y vais.

Ça valait le coup d'essayer.

— Bonne chance.

L'une des meilleures qualités d'Alyssa est qu'elle n'abandonne jamais. Cette fille peut être aussi tenace et insistante qu'un terrier. Et parfois, aussi hargneuse.

Dans le cas présent, c'est plutôt un mauvais point.

Quand elle s'éloigne, je place mes mains autour de ma bouche et crie :

— Peut-être que tu devrais enlever ta culotte pour lui montrer ta chatte. Comme ça, il saurait que tu es une valeur sûre.

Elle se retourne avec un sourire.

— Excellente idée.

Ma mâchoire se décroche quand elle retire sa culotte et la jette dans ma direction.

— Bon sang, meuf ! Je plaisantais ! C'était du sarcasme.

Je jette un coup d'œil sur le tissu que je serre dans ma main maintenant.

— Qu'est-ce que je suis censée faire de ça ?

Elle hausse les épaules.

— La garder en souvenir ?

Beurk.

— Je ne pense pas.

Je me dirige vers la poubelle et la jette. Quand je me retourne, Alyssa est en train de se frayer un chemin à travers la foule, se rapprochant de plus en plus de Colton et de son harem.

Malgré tout, cela devrait être divertissant. Il me faut un moment pour réaliser que je suis seule à une fête à laquelle je ne voulais pas aller. Je sors mon téléphone de ma poche arrière et y jette un coup d'œil.

Encore cinquante minutes environ.

Cette heure risque d'être la plus longue de ma vie. Peut-être que je devrais rentrer et prendre un verre. Vu le nombre d'idiots bourrés autour de moi, je suppose que l'alcool coule à flots. Je me fraie un chemin à travers la foule et entre dans la cuisine avant d'observer la scène.

Si la mère de Beck voyait tous ces gens poser leur cul sur son meuble en marbre blanc et poli, elle aurait probablement une attaque. Elle est un peu germaphobe. Il y a une fille à moitié nue étendue sur l'îlot, un citron vert entre les dents, alors qu'un footballeur se sert de la tequila dans son nombril.

Je ne suis pas une maniaque de l'hygiène, mais cela ne semble pas vraiment hygiénique.

Quelques personnes me saluent alors que je me dirige vers le tonneau et que je me place dans la file d'attente. Je suis en train de discuter avec une fille du cours de français qui prend une teinte verte peu flatteuse et se précipite vers les toilettes les plus proches, les mains plaquées sur sa bouche. Elle abandonne toute idée de se resservir et se dirige vers le couloir. J'espère vraiment qu'elle arrivera à temps. Caroline sera furieuse si elle découvre que quelqu'un a vomi sur ses sols en marbre.

Une fois que j'ai mon gobelet de bière en main, je me dirige vers le patio pour voir les avancées d'Alyssa.

Suis-je une mauvaise amie d'espérer qu'elle ait échoué et qu'elle jette l'éponge pour la nuit ? Probablement, mais je peux faire avec.

Au lieu de trouver une Alyssa déprimée, qui pleurerait dans un coin, je suis stupéfaite de découvrir qu'elle s'est frayé un passage jusqu'au groupe. Qui sait ? Peut-être qu'elle a une chance d'être choisie parmi les autres.

Cela pourrait changer la donne pour elle.

Je suppose que cela signifie que je suis coincée ici. Je balaie du regard le patio, à la recherche d'un endroit où me poser. La propriété des Hollingsworth fait environ un hectare, comme la nôtre. L'espace autour de la piscine est entouré d'une barrière en fer noir et de grands arbres pointant vers le ciel nocturne. À l'arrière du portail, une chaise longue inoccupée porte mon nom. Je vais y rester quarante minutes avant de traîner le cul nu d'Alyssa jusqu'à ma maison.

Avant que je n'aie pu faire trois pas, une voix grave couvre le vacarme de la fête.

— Bien, bien, bien. Regardez qui a décidé de faire une apparition ce soir.

Je me retourne, sachant pertinemment qui je vais trouver.

Beck.

Même si c'est difficile, j'essaie de ne pas admettre à quel point il est séduisant dans son short écossais qui descend sur ses hanches, dévoilant les lignes de ses abdos qui disparaissent sous la ceinture. Les muscles de ses bras et de son torse suffisent à mettre la plupart des filles à genoux.

Le mot clé dans cette phrase étant « la plupart ».

Mais je ne fais pas partie de ces filles idiotes.

— Venir ici ce soir n'était pas mon idée. J'ai été traînée de force.

— Ouais. J'ai pensé que tu aurais mieux à faire que de traîner avec une bande de connards défoncés.

Un point pour lui.

— Tu me connais trop bien.

La gorge sèche, je porte mon gobelet à mes lèvres. Avant que je ne puisse boire une gorgée, il m'arrache la boisson des mains et la porte à sa bouche. Je regarde sa gorge bouger alors qu'il vide le contenu de mon verre.

— C'est impoli, non ?

Mes poings se calent sur mes hanches.

— Pourquoi tu as fait ça ?

Il hausse les épaules. Même s'il s'agit d'un léger mouvement, ses muscles se contractent, et l'attirance naît au plus profond de moi.

— Tu ne devrais pas boire.

— Pardon ?

Mes yeux s'écarquillent et un rire s'échappe de ma bouche.

— Tu es sérieux, là ?

Je désigne la foule ivre qui nous entoure. Il n'est même pas 23 heures, et les gens comatent déjà sur des chaises longues.

— Regarde autour de toi, mec, tout le monde est bourré.

J'espère qu'il y a quelques conducteurs désignés dans ce groupe, sinon Uber va se faire un sacré paquet d'argent ce soir.

Dès que Beck sourit, je sais que sa réponse est spécialement formulée pour m'énerver.

— C'est possible, mais tout le monde sait que tu es une fille bien. Et les filles bien ne boivent pas. Je ne voudrais pas que la société des bonnes filles révoque ton adhésion. Tu as travaillé si dur pour l'obtenir.

Mes yeux se plissent jusqu'à devenir des fentes. L'attirance qui s'est manifestée si rapidement s'éteint sous l'effet de ses taquineries.

Je déteste qu'il me désigne ainsi. Et il le sait, et c'est précisément la raison pour laquelle il continue. Beck n'aime rien d'autre que de se glisser sous ma peau. Il est comme une éruption cutanée dont je n'arrive pas à me débarrasser, peu importe le nombre d'antibiotiques que j'utilise.

C'est irritant.

— Je ne suis pas une fille bien, grogné-je avant d'enfoncer un doigt dans son torse ridiculement dur. Et tu n'es pas mon chaperon. Je peux boire si je le veux.

D'une voix hautaine, je rappelle :

— C'est à moi qu'on demande de baby-sitter *ton* cul. Pas l'inverse.

Il avance dans mon espace personnel.

Au lieu de reculer, je campe sur mes positions. Je refuse de le laisser m'intimider.

— Tu dois me baby-sitter ? Hmm… J'aurais bien besoin d'une baby-sitter ce soir.

Ses doigts tracent un chemin jusqu'au centre de ma poitrine, s'attardant sur le creux entre mes seins.

— Devrions-nous aller ailleurs pour que tu puisses me montrer tout ce que ton service inclut ?

Sa proximité a un drôle d'effet sur moi et trouble mon jugement. Au lieu de le repousser, je suis tentée de me rapprocher.

Mon corps bouge avant que ma raison ne me revienne en pleine face, et je repousse sa main.

— Va en enfer.

— Tu vois ?

Il s'esclaffe comme si j'avais confirmé son point de vue.

— Une vraie bonne fille.

— Je ne suis pas aussi bien que tu le penses.

Les mots sortent de ma bouche avant que je ne puisse les retenir. Pour être claire, il s'agit d'un mensonge. Je *suis* bien une bonne fille. Probablement bien plus qu'il ne le pense. Je dois l'être.

— C'est vrai ?

Il se rapproche de moi jusqu'à ce que la pointe de mes seins frôle son torse nu.

— Chérie, je donnerais tout pour tester cette théorie, mais nous savons tous les deux que tu seras toujours Mia Stanbury, mademoiselle parfaite.

Et il sera toujours Beckett Hollingsworth. Le gars qui ne contrôle pas ses impulsions et qui ne peut pas marcher dans le couloir du lycée sans s'attirer d'ennuis. Le même qui ne peut pas rester seul chez lui une nuit sans inviter une centaine de ses amis les plus proches pour une soirée imprévue.

Nous sommes des opposés dans tous les sens du terme.

— Tais-toi, Beck.

Je n'avais jamais rencontré quelqu'un qui ait le pouvoir de m'exciter et de m'énerver en même temps. Si jamais il usait de son charme, je serais grillée. Il est capable de faire fondre la culotte d'une fille juste avec un regard bien calculé. Je l'ai vu faire de mes propres yeux. Je refuse d'être l'une de ces femmes ridicules. Je ne veux pas être utilisée et jetée comme un kleenex usagé.

Je ne réalise pas que je suis perdue dans mes pensées jusqu'à ce que ses doigts saisissent mon menton, le soulevant pour que je sois obligée de croiser son regard lumineux.

— Qu'est-ce qu'il y a ? La vérité blesse ?

— Il n'y a rien que tu puisses me dire pour me blesser.

Si seulement c'était vrai.

Son visage se rapproche jusqu'à ce qu'il remplisse mon champ de vision, effaçant la fête.

Mon monde se rétrécit autour de nous jusqu'à ce qu'il n'y ait que Beck. Mon souffle se bloque dans mes poumons et brûle comme un feu avant de se propager au reste de mon corps. À tout moment, je peux m'embraser.

Qu'est-ce que je fais ?

Je devrais m'éloigner, mais je suis incapable de faire autre chose que de soutenir son regard et de fondre sous son charme.

— Beck, bébé ! lance une voix féminine à travers le vacarme de la fête. Par ici !

Même si elle continue à bêler comme un mouton, nos regards restent accrochés pendant plusieurs longs battements de cœur, et je me demande presque s'il va l'ignorer. Or elle insiste, et répète son nom jusqu'à ce qu'il rompe notre connexion et se retourne.

Dès que je suis libérée, l'air s'échappe de mes poumons et mon corps s'affaisse de soulagement. Ou peut-être est-ce de déception. J'étouffe mes émotions pour ne pas m'y attarder davantage.

Que se serait-il passé si nous n'avions pas été interrompus ?

Rien de bon.

C'est *exactement* pour ça que j'évite Beck à tout prix. Même si nous sommes constamment en train de nous envoyer des piques, il a une attirance électrique qui bourdonne sous la surface. Aucun autre homme n'a jamais provoqué ce genre d'émotions en moi. J'ai autant envie de le gifler que de l'embrasser.

Le bon sens me revient en pleine face quand je me concentre sur la blonde au corps de déesse qui se trouve à vingt mètres de moi. Ava Simmons porte un minuscule bikini qui laisse peu de place à l'imagination. Une fois qu'elle a toute l'attention de Beck, elle tend la main et détache les ficelles qui maintiennent les minuscules triangles en place. Le tissu tombe sur le ciment à ses pieds. Elle laisse Beck – et toutes les personnes dans le quartier – profiter de ses seins avant de courir et de sauter dans la piscine.

Les gens applaudissent, et d'autres filles se débarrassent de leur haut pour suivre Ava dans l'eau.

Un sourire se dessine sur le visage de Beck qui me jette un coup d'œil. Une lueur de défi s'allume dans ses yeux tandis qu'il penche sa tête vers la piscine. L'eau éclabousse le bord du carrelage azur tandis que d'autres personnes plongent.

Oh, mon Dieu, non.

Mon cœur bat la chamade, et je lève les mains en signe de reddition.

— Désolée, je n'ai pas pris de maillot.

Son sourire devient prédateur.

— On dirait que tu n'en as pas besoin.

Ouais… ça n'arrivera pas.

— Aussi amusant que ça puisse sembler, je passe mon tour, annoncé-je en agitant un bras en direction de la piscine. Mais que ça ne t'empêche pas de te mêler à tes invités. Ava attend.

Torse nu. Du coin de l'œil, je vois ses abdos bouger comme des dispositifs de sécurité gonflables.

Quand son attention se porte sur les gens qui s'éclaboussent, je le suis du regard. Il est tellement plus facile de détourner les yeux que de soutenir l'intensité de son regard. Même lorsque cette option consiste à regarder une bande de filles aux seins nus que je connais depuis l'école primaire. Je n'observe pas les gars qui traînent dans le coin, cependant, je suis certaine que la plupart sont sportifs.

Honnêtement, s'il n'y avait pas Alyssa, je me tirerais d'ici avant que ça ne tourne à l'orgie.

Beck s'approche, et mon regard croise le sien.

— Tu es sûre que je ne peux pas te convaincre de nager ?

— Non, confirmé-je en secouant la tête.

— Dommage. Cela aurait largement prouvé le fait que tu n'es pas la gentille fille que j'ai toujours cru que tu étais.

Avant que je ne puisse formuler une réplique acerbe, il court et plonge la tête la première dans l'eau. J'aperçois le tissu écossais alors qu'il disparaît sous la surface.

Un mélange entre le soulagement et la déception s'insinue en moi jusqu'à ce que j'étouffe. C'est cette dernière émotion que j'ai du mal à accepter.

Le souffle court, je me dirige vers l'une des nombreuses chaises longues qui entourent la piscine et m'installe sur un coussin moelleux. Je jette un coup d'œil autour de moi pour trouver Alyssa, espérant qu'elle ait abandonné Colton pour qu'on puisse rentrer. Il n'est pas trop tard pour sauver la soirée avec une pizza et un film. Au lieu de ça, je la trouve dans la piscine.

Seins nus.

En train de rouler une pelle à Colton.

Génial.

J'ai beau vouloir partir, je ne peux pas la laisser seule ici. Dieu seul sait ce qui se passera si je le fais.

Avec un gémissement, je ferme les yeux et me prépare à une longue nuit.

Commandez votre exemplaire dès aujourd'hui !

Maintenant ou jamais

---

1. National Football League.

Le Coureur du campus
DEMI

— Bon, très bien tout le monde, je pense vous avoir transmis suffisamment d'informations pour ce matin. Je vois que vos cerveaux sont à deux doigts de l'explosion. Gardez bien en tête que le devoir d'aujourd'hui doit être envoyé par mail avant minuit. Tous les devoirs remis en retard verront leur note divisée par deux.

Un chœur de grognements suivit cette annonce.

Les lèvres du professeur Peters se tordirent d'amusement. Ce n'était un secret pour personne qu'il se moquait que les étudiants échouent ou réussissent le cours. Les statistiques faisaient partie des matières obligatoires pour tous les diplômes en sciences de la santé. Si vous ne compreniez pas sa matière et ne preniez pas de cours de soutien, alors vous étiez fichu et condamné à redoubler. Encore et encore. Et le professeur P. était le seul enseignant à enseigner cette matière spécifique.

J'avais entendu dire que des étudiants avaient dû redoubler son cours trois ou quatre fois pour obtenir la moyenne et le valider. Ce qui devait prendre beaucoup d'énergie. Heureusement, j'avais toujours eu un bon niveau en mathématiques, et j'avais également suivi des cours de statistiques au lycée. Pour l'instant, nous n'avions commencé que depuis quelques semaines et je ne trouvais pas ce cours compliqué. J'avais un A.

Au moment où le professeur Peter nous libéra de son cours, j'avais déjà rangé mes affaires et j'étais prête à m'enfuir de la salle. Je devais fuir la présence de Rowan, que j'avais beaucoup trop ressentie durant tout le cours.

Ce qui n'était pas logique, puisqu'un groupe de filles dans sa classe se battaient en permanence pour attirer son attention. S'il cherchait à s'envoyer en l'air, il avait bien d'autres options que moi à explorer. Mais au lieu de cela, il les ignorait pour s'asseoir à côté de moi à chaque fois.

C'était exaspérant.

Sans dire un mot, je passai mon sac sur mon épaule et me faufilai devant lui. Alors que je traversai l'allée, un soupir de soulagement s'échappa de mes poumons et je descendis deux par deux les marches couvertes de moquette. Quelques personnes me saluèrent alors que je traversai la porte à double battant avant de me retrouver dans le couloir qui était déjà noir de monde. Plus je parvenais à m'éloigner de Rowan, plus vite je retrouvais mon équilibre. Rowan Michaels avait la fâcheuse habitude de tout gâcher à chaque fois. Et je refusais d'en examiner la raison.

Ce type était vraiment agaçant.

Sujet clos.

À mi-chemin dans le couloir, la tension dans mes épaules se dénoua. À partir de cet instant, le reste de la journée devrait bien se dérouler. Dès que cette pensée me traversa l'esprit, un bras musclé se posa sur mes épaules, et je fus plaquée contre un corps ferme. Une odeur fraîche, mélange de notes ensoleillées et marines, m'indiqua tout de suite qui me tenait fermement contre lui. Cette odeur ne pouvait appartenir qu'à Rowan Michaels.

Punaise.

Punaise.

Punaise.

Ce type allait vraiment finir par me tuer. Comme il l'avait si bien dit une heure plus tôt, j'aurais dû savoir qu'il ne me laisserait pas m'échapper aussi facilement.

— Hé, tu es partie avant même que je te demande si tu voulais que je passe te prendre avant le dîner.

Une boule d'effroi se déploya dans mon ventre sans que je ne sache vraiment pourquoi. Ce n'était pas comme si nous sortions ensemble. Et nous n'étions certainement pas amis. Enfin, pas vraiment. Je pouvais à peine le supporter. Alors pourquoi craignais-je de lui annoncer que Justin allait se joindre à notre trio de ce soir ?

Je grimaçai. Ça semblait tout simplement mal.

Je me suçotai et me mordillai la lèvre inférieure. Rowan allait bien finir par le savoir, alors qu'est-ce que ça changerait de lui dire tout de suite ? Je savais déjà que la légère variante au plan habituel ne le ravirait pas.

— Ce n'est pas la peine, lui répondis-je en déglutissant tout en me préparant à sa réaction. Justin va venir me chercher.

Un silence gênant s'abattit sur nous alors qu'il digérait la nouvelle. Tout se passa exactement comme je m'y attendais.

Une catastrophe.

— Attends une minute, dit-il alors que son sourire disparaissait de son visage pour laisser place à une grimace. Tu as invité *Justin* à dîner ?

— Oui, marmonnai-je en refusant de lui avouer que, maintenant, je regrettais mon invitation.

— Pourquoi tu as fait ça ?

Bonne question. C'était clairement une erreur de jugement de ma part, mais je ne l'admettrais pas face à Rowan.

— Il n'a pas encore rencontré papa.

L'idée de cette rencontre me donna la nausée. Mon père avait tendance à être surprotecteur, la raison exacte pour laquelle je ne lui présentais pas la plupart de mes petits copains.

Maintenant, je me posais des questions.

Non, je regrettais complètement.

Malheureusement, la machine était déjà en route et il était trop tard pour annuler nos plans.

— Donc… ce *truc* entre vous est plutôt sérieux ?

Il semblait vraiment attristé par cette situation.

Je restai silencieuse, réticente à lui avouer la vérité. Ça ne le regardait pas de savoir avec qui je sortais. Tout comme ça ne me regardait pas de savoir avec qui il couchait. Au cours de ces trois années passées à Western, je n'avais jamais entendu parler d'une relation sérieuse entre Rowan et une fille. Mais j'avais entendu beaucoup de rumeurs concernant ses conquêtes sexuelles. Tous les lundis matin, une nouvelle histoire salace faisait le tour du campus.

Cette pensée me donnait autant la nausée que l'idée de présenter Justin à papa. Même un peu plus.

En proie au vif besoin de m'éloigner de Rowan, je haussai les épaules dans l'espoir d'en déloger son bras. Sans succès. Au contraire, il renforça sa prise. La plupart des filles auraient été ravies de cette attention. Elles se seraient blotties contre sa poitrine musclée et puissante. Pour être honnête, je dus me battre contre le désir naturel de mon corps de faire exactement la même chose.

Il tourna son visage et la chaleur de son souffle caressa la peau délicate ourlant mon oreille. Je dus résister aux frissons qui menaçaient de courir le long de mon dos.

— Tu n'as pas répondu à la question.

— Je crois bien que si.

Ce qui était un mensonge, mais comme il ne pouvait pas prouver l'inverse, je m'y accrochai comme si ma vie en dépendait. Ou plutôt ma santé mentale.

— Hmm. Tu n'as pas vraiment l'air convaincue, dit-il en resserrant son étreinte. Tu veux réessayer ?

Je me tournai vers lui sans me rendre compte de la proximité entre nous. On se perdait facilement dans les différentes teintes de bleus qui dansaient dans ses iris.

Rowan avait des yeux magnifiques.

C'était l'une des premières choses qui avait attiré mon attention chez lui. Ils étaient si clairvoyants ! Comme s'il voyait tout ce qui se passait autour de lui et qu'il était impossible de se cacher. La lucidité de son observation faisait trembler mes entrailles. Je refusais qu'il perçoive les sentiments que je gardais enfouis en moi. Je ne voulais pas qu'il réalise quel effet il me faisait. Ni la volonté que je devais déployer pour restreindre cette attraction magnétique qui m'attirait vers lui.

Une fois arrivé devant les portes vitrées qui menaient au grand air, Rowan les poussa et nous descendîmes le petit escalier en pierre. Après seulement quatre pas, une horde de filles se jetèrent sur lui. Je profitai de la foule se formant autour de lui pour me glisser sous son bras et me précipiter sur le chemin qui traversait le campus.

— Demi, lança sa voix profonde par-dessus le brouhaha.

Incapable de m'arrêter, je me retournai vers lui jusqu'à ce que nos regards se croisent. Une vague de jalousie incontrôlée me rongea de l'intérieur alors que les groupies le tripotaient tel un morceau de viande fraîche balancée dans une cage de lionnes affamées. C'était à la fois exaspérant et gênant de savoir qu'il était le seul capable de faire battre mon cœur à cette allure. Il y avait des dizaines de milliers de personnes sur ce campus. Il devait bien y avoir au moins un autre garçon capable de provoquer ce genre de réaction chez moi.

Il fallait simplement le trouver. Et pourtant je ne pouvais m'empêcher de penser à ce quarterback blond.

— À ce soir.

Je déglutis.

Pourquoi cette phrase sonnait-elle plus comme une menace qu'autre chose ?

Sans prendre la peine de répondre, je me forçai à détourner le regard avant de m'enfuir comme si les chiens des enfers étaient à mes trousses. Je ne fus capable de retrouver mon équilibre qu'au bâtiment suivant. La seule solution pour affronter le reste de la journée serait de chasser toutes les pensées de Rowan de ma tête.

Malheureusement, c'était plus facile à dire qu'à faire.

Commandez votre exemplaire dès aujourd'hui !
Le Coureur du campus

Autres titres de Jennifer Sucevic

Série Campus

Le Coureur du campus

L'Idole du campus

L'Idylle du campus

Le Canon du campus

Le Dieu du campus

La Légende du campus

Western Wildcats – Hockey

Ma liste d'envies

Ma liste de règles

Mon bien le plus précieux

Tout et Maintenant

Maintenant ou jamais

Tout ou rien

Aime-moi, déteste-moi

Même pas en rêve

À propos de l'auteure

Jennifer Sucevic est une auteure de best-sellers au classement de *USA Today* qui a publié dix-neuf romans « New Adult » et « Mature Young Adult ». Son œuvre a été traduite en allemand, en néerlandais et en italien. Jen est titulaire d'une licence en histoire et d'une maîtrise en psychologie de l'éducation, de l'Université du Wisconsin-Milwaukee. Elle a commencé sa carrière en tant que conseillère d'orientation dans un collège, un métier qu'elle a adoré. Elle vit dans le Midwest avec son mari, ses quatre enfants et une ménagerie d'animaux. Si vous souhaitez recevoir des informations régulières concernant les nouvelles parutions, abonnez-vous à sa newsletter - Inscrire à ma newsletter
Ou contactez Jen par e-mail, sur son site web ou sa page Facebook.
sucevicjennifer@gmail.com
Envie de rejoindre son groupe de lecteurs ? C'est possible ici -)
J Sucevic's Book Boyfriends | Facebook
Liens vers ses réseaux sociaux
https://www.tiktok.com/@jennifersucevicauthor
www.jennifersucevic.com

www.ingramcontent.com/pod-product-compliance
Lightning Source LLC
Chambersburg PA
CBHW020242010826
48973CB00006B/1616